隣人のうたは
うるさくて、
ときどきやさしい

白尾 悠

双葉社

隣人のうたは
うるさくて、
ときどきやさしい

隣人のうたはうるさくて、ときどきやさしい

目次

写真＋ブックデザイン
鈴木成一デザイン室

プロローグ

耳を澄ますと、隣の敷地からはいつも様々な声や音が聞こえてくる。

老婆の笑い声、ガラスが割れるような音、男の子の泣き声、ボールを蹴る音、乾杯の掛け声、玄関の呼び鈴、女の子の号令、鍋や皿を運ぶ音、男性の呼び声、窓を開ける音、女性たちの歓声、大人も子供も総出で掃除する音、いってきます、いってらっしゃい、ただいま、おかえりなさい。

彼らは皆、誰かの子供で、きょうだいで、親で、恋人で、あるいは友人だった。

誰かの何者かであることは、こんなにも騒がしいことなのか。


彼らの声と音はゆっくりと、わたしの敷地へ浸透してくる。少しだけなら、とわたしは許容してみる。

次第に音だけでなく、彼ら自身が、わたしの生活に姿を現し始める。少しだけなら、とわたしは許容してみる。少しだけ、日を決めて、最低限なら、と。

でも彼らはあっけらかんと、わたしの決めた線の上から声をかけてくる。お元気ですか？　暑いですね。寒いですね。いいお天気ですね。あいにくの雨ですね。そちらはいかがですか？　こちらへいらっしゃいませんか？

少しだけなら、とわたしは許容してみる。少しだけが、少しずつ増えていく。

子供たちは、もっと易々と境界線を越えてくる。ねえねえねえ。あのねあのねあのね。見て見て見て。聞いて聞いて聞いて。わたしの許容なんて、彼らはお構いなしだ。仕方なく、わたしは受け入れてみる。

誰かの何者でもなかったわたしは、こうして彼らの隣人になった。


あの子が庭に現れたのは、白々と夜が明けて植物たちの色彩が徐々に浮かび上がってくる、初夏の早朝のことだった。

スイカズラの陰に一所懸命に小さな姿を隠していたので、わたしも気付かないふりをした。

二回目に現れたときは、やはり夜が明けて間もない頃で、わたしが気付いたことを、あの子も気付いた。変化する朝の庭の音と色にしばらく意識を向けていると、樫《かし》の木の陰に隠れたままだったあの子は、恐る恐るわたしに尋ねた。

「ずっと、何を待ってるの？」

何も、とわたしが答えると、子供は怪訝《けげん》な顔をした。

それからもときどき、あの子は早朝の庭に隠れていた。わたしたちは言葉を交わすときもあれば、じっと黙っているときもあった。会話の始まりはいつも、あの子からわたしへの質問だった。

「この庭はいつからあるの？」

「ここで眠ったことはある？」

「どの場所が一番好き？」

子供の質問は脈絡がなく、わたしの答えを聞くたびいつも——それがはっきりしたものでもそうでないときも——不思議そうな顔をした。あるいはそれが子供という、わたしがこれまで知らなかった生き物の、普段の表情なのかもしれなかった。

「この庭に、大切なものを埋めてもいい？」

ある秋の朝、子供はわたしに尋ねた。その日は香り始めた金木犀《きんもくせい》の陰から現れた。

何を埋めたいのか、なぜ埋めたいのか尋ねると、子供は様々な大事なものを、未来でも忘れないために埋めたいのだと言った。

「この庭は、そういうものを埋めるのにぴったり」

今度はわたしが怪訝な顔をする番だった。

子供はわたしも大事なもの、忘れたくないものを一緒に埋めればいい、と言った。わたしがそんなものはないと返したら、子供はとても自信ありげに、絶対にあるはずだと言った。今はそう思わなくても、未来のわたしがそう思うようなものがあるのだと。この世界にずっと長く生きているわたしよりも、ずっとこの世界のことを知っているような顔で。

埋める〝ギシキ〟の朝が来て、子供は当然のように、まるでわたしと以前から固い約束をしていたかのように、わたしの参加を求めた。

「早くしないとお母さんが起きてきちゃう」

「ちゃんと未来の自分へのお手紙も入れないとダメ」

この子とわたしでは「未来」という言葉の示すものがまるで違う。それでいて、わたしたち二人の未来は、この場所で多少なりとも重なることになる。とても不思議で、何やら愉快にも思えてくる。

わたしは仕方なく、引き出しに入れておいた写真の束を取り出した。彼ら隣人が来るまで写真を撮ることも取っておくこともほぼなく、すべてここ何年かで撮られたものだ。当の子供が写っているものもある。わたしはその裏に一言メッセージを入れてみようかと思い立つ。

わたしはまじまじとそれらの写真を見た。過去のものもすべて。今も隣に住む人たちもいれば、もういない人たちも写っていた。

わたしは何を思い、何を書けばいいのかわからなかった。それくらい、わたしの胸に去来した思いはまったく未知で、不可解で、大きすぎて、言葉にはできなかったのだ。未来のわたしはこの思いを表すことができるようになっているのだろうか。

庭で子供が一所懸命にわたしを呼んでいる。わたしは慌てて縁側へ出る。

第1章

隣人の茶は

僕の辞書に「呆れられる」という文字はない。

誇張じゃなく、十七年間生きてきて、呆れられたことなんて一度もなかった。九割九分、褒められて育ってきたと言ってもいい。別に甘やかされたのではなく、大人たちがその都度課してくるタスク――親戚や両親の友人たちへの礼儀正しい挨拶、競争率の高い幼稚園の面接、弟に優しく、ときに手本を見せること、難関中学の受験など――が、あまりにも僕にとって簡単なものばかりで、褒められる結果しか出したことがなかったのだ。

記念すべき初の〝僕に呆れた人〟は菅野康子《かんのやすこ》さんという。たぶん年金暮らしの、たぶん東北辺り出身の、たぶん七十代くらいのお婆さんで、僕のいわば〝ハウスメイト〟だ。

ことの発端は父親の急なイタリア転勤だった。前任者が急病で倒れたとかで、まったく想定外のことだった。プロジェクトが終わるまで長くても二年、当初は単身赴任の予定だったのに、四つ下の弟の海斗《かいと》が父と一緒に行きたがり、結局母も帯同することになった。

「あの子は賢斗と違って不器用でしょ。中学にどうしても馴染《なじ》めないみたいだし、まったく違う環境に身を置くことで、もっとのびのびと過ごせるかもしれない」

弟が寝ている間の家族会議で、母の意見に父もすぐに賛成した。父だって異国で外国人のハウスキーパーに世話されるより、母が一緒の方が何かと都合がよかったのだろう。

メンタルの弱い海斗は、中学受験で第一志望だった僕の出身校はおろか、第二、第三志望にも落ちてしまい、仕方なく滑り止めの学校に入ったのだが、しょっちゅう体の不調を訴えては休みがちだった。いじめられているのでは、と懸念する母に頼まれて、それとなく相談にも乗ってやったが、海斗は「馬鹿しかいなくて話が合わない」と虚勢を張るばかりだった。「そんなこと言うなよ」と宥《なだ》めながら、僕も弟の学校名は未だ同級生に言っていない。

「僕ならおじいちゃん家《ち》で大丈夫だから、海斗がしたいようにさせてあげてよ」

「賢斗だって大切な時期に、ごめんな。一人で頑張らせる分、お小遣いの月額は上げてやるからな」

父の言葉に僕はとりあえず「やった！」とはしゃいでみせた。

「私たちの目がないからって勉強は手を抜かないでね。でも法学部はもう安全圏だもんね。この前また先生に『ついでに東大も受けてみます？』って、提案されちゃった」

母は何度となく友人や親戚に自慢してきたことを繰り返した。

弟が入れなかった僕の学園は、私大随一の名門と言われる明応堂《めいおうどう》大の附属校で、よほどひどい成績を取り続けでもしない限り、いくつかある附属高校からその上の大学へは九割方入学できる。だが大学で希望の学部に入るには高校の定期試験で上位の成績をキープしなければならず、文系トップグループは偏差値の高い法学部か経済学部を狙うのが定番だった。僕は高校入学以来今まで、試験で十位以内に入らなかったことはない。

受験勉強の代わりに、英語を含めた将来のための勉強を悠々と進めながら、大学へ進学した暁《あかつき》には、豊富な交換留学プログラムを使って、東大よりレベルの高い海外の名門大学でも学ぶ、というのが、僕が描いてきたプランだった。

違う沿線の終点にある祖父母宅に身を寄せ、通学時間が三十分増えるくらいでは、僕のプランは狂わない——そう思っていたのに、祖母が長年の持病の悪化で入院することになり、祖父には軽度の認知症の症状が表れ始めていることが発覚した。当然同居はナシになり、気が付けば僕のプランは本来の方向から大きく外れ始めていた。

間の悪いことに、住んでいた社宅は次の家族の入居日がすでに決まっていて残れず、適当な賃貸マンションでの一人暮らし、という僕の提案は母によって却下された。

「いくら賢斗がしっかりしてると言っても、高校生の一人暮らしはちょっとね。今は色々誘惑も多いし」

僕でも入れる学生寮を探したが、適当な場所には空きが見つからず、手詰まりだったところに、母の大学の同級生が助け舟を出してくれた。知人が関わっている「ココ・アパートメント」というNPOが管理する賃貸マンションに、ちょうど空き室が出た、という話だった。

そこは「心地よい暮らしを作るために多世代の住人が協働するコミュニティ型マンション」で、北欧で誕生し、北米にも広がった〝コレクティブ・ハウジング〟や〝コ・ハウジング〟と呼ばれる住まい方がベースになっているという。「ココ・アパートメント」の「ココ」にはコ・ハウジングと同じ「共に」を意味する英語の「CO」と、独立した個人という意味の「個々」、そして今生きているこの場所を大事にしようという理念から「此処《ここ》」という意味が掛けられている、とのことだった。

ウェブサイトの説明を読んでも僕はいまいちピンとこなかったのだが、母は前のめりで目を輝かせた。月に数回、当番が食事を作り、皆で食卓を囲む共同食事会（ご飯ならぬ〝ゴハン〟と呼ぶらしい）があること、空きが出たのが他より賃料の低めな、水回りを共有するシェアタイプの部屋で、他の二人の住人は身元のしっかりした大人であることが、母の気に入った理由だった。

「社会勉強にもなりそうだな。そのエリアでその広さと家賃はなかなかないんじゃないか」

母に話を聞いた父も、すぐに乗り気になった。

サイトを見た週末にさっそく両親と一緒に内見してみると、意外にも、手入れされた植栽に囲まれた、清潔でおしゃれな三階建ての建物だった。都心へ通じる私鉄の駅も近く、隣は小さな森と見紛《みまが》うような高い木々に囲まれた個人の敷地で、マンションが立つ土地もその家のものらしい。

入り口はオートロック、シェアタイプの部屋を含め各居室へ入るのも、普通に鍵が必要で、一見僕ら家族が住んでいた社宅のマンションと大して変わらない。明らかに違うのは、住人共用の、レストランのように巨大なキッチンと、学食のように長方形のテーブルが並んだダイニングルーム、洗濯機と乾燥機が複数台備えられたランドリールームがあることだった。ダイニングの横の、広いバルコニーに面したリビングのような空間には、ゆったりしたソファと、これまでの住人が持ち寄ったという本がぎっしり詰まった本棚、折り畳まれた卓球台まであった。

「キッチンはそれぞれの部屋にもあるので、ここは毎日使われるわけではないですけど、共同で買った燻製機やワインセラーを使いたい人なんかは日常的に出入りしてますね。あと菜園を作ってる中庭、物干台のある屋上も自由に使えます」

案内してくれたNPOの担当者は、波多野《はたの》と名乗った。年齢はたぶんおばさんとおばあさんの中間くらい、動作が体育教師のようにきびきびした、たくましい人だった。

件《くだん》のシェアタイプの部屋のインターフォンを押すと、白い割烹着に藍染のパジャマみたいなズボン、裸足に草履《ぞうり》を履き、浅黒い顔をしたいかにも田舎のおばあさん然とした人が出てきたので、僕は内心驚いてしまった。〝コ・ハウジング〟や〝シェア〟といったカタカナ語の溢れたおしゃれな空間から、こんな昭和風の老女が出てくるなんて、まったく想像していなかった。「菅野康子」と名乗った小柄で小太りなその人は、僕の祖父母よりも歳上に見えた。

「康子さん、こちらお話ししてた八木《やぎ》賢斗さんとご両親。部屋を見せてもらえます？」

「あー、どーぞどーぞ」

促されて靴を脱ぎ、部屋に足を踏み入れると、ねっとりした甘い匂いに包まれた。一メートル四方くらいの玄関スペースを抜けると、右側には洗面所へのドア、左側にはよく片付けられたキッチンがあり、コンロの上で焦茶色の液体がグツグツ煮立っている。

「わぁ、いい匂い！　今夜のデザートですか？」

「くっきいに挟む、からめるくりいむだけ先に作って、冷やしとこうと思って」

波多野さんに答える菅野さんの言葉は、外見のせいか響きまで昭和風に聞こえる。団子やおはぎでも作ってそうな佇まいなのに、クッキーで、キャラメルクリームなんだ。と、たぶん僕だけじゃなく両親も思っている。菅野さんは手早く木べらを動かして火を止めた。

「康子さんはいろんなお菓子のレシピをご存じで、コハン当番じゃないときも、よくこうして作ってくださるんですよ」

老女の作る「くりいむ」の味が想像できなくて、僕はにわかにその夜に体験する予定のコハンが不安になった。

両親は僕よりも熱心に部屋を眺め回している。キッチン横のすりガラスがはまった窓辺には、ずらりと小さな植木鉢が並び、形も色も違う葉を茂らせていた。その手前に置かれたカウンターテーブルの周りには、折り畳み式のスツールが二つ向かい合い、木製の天板の上には、小さな薄紫色の花でできた細長い房状の植物が一輪、ジャムか何かの瓶に挿《さ》してある。

「こちらの家電とかお鍋とかは備え付けなんですか？」

「はい、レンジも炊飯器も、食器も一通り揃ってますよ。冷蔵庫は段で分けて、野菜室や冷凍庫にしまう物は名前を書いたり、専用容器に入れたりで区別して……康子さん、トイレットペーパーや調味料のストックなんかは折半してるんですよね？」

「今はほとんど一人だから、使う分だけ自分で買い足してる」

もう一人の住人である社会人の男性は福岡と東京で二拠点生活を送っていて、最近は福岡での仕事にかかりきりのため、滅多に帰ってこないのだという。

「料理はするの？」

菅野さんが僕に話しかけているのだと、すぐには気付かなかった。戸惑う僕に代わり、母が答える。

「子供は勉強第一なので、家で家事の手伝いはさせておりません。こちらでの毎日の食事はお弁当サービスか何かを利用しようかと」

母が言い終わらないうちに波多野さんが横槍を入れる。

「あら、それでもこの部屋の水回りの掃除は分担してもらうことになりますよ？　ＬＤＫは毎月みんなで掃除しますし、階段や廊下などの共用部も、何ヶ月かに一回は掃除当番が回ってきますし」

「それなんですが、免除させてもらえませんかね。この子はまだ十七歳ですし、少しだけ家賃を上乗せするか、代金をお支払いするので菅野さんに代わりにやっていただくとか……」

「ダメです」

はきはきと爽やかに、波多野さんは父の提案を一刀両断した。

「お伝えした通り、両親不在の未成年者の入居は前例がないため、是非について居住者の皆さんで話し合っていただきました。その結果、自立した準成人として、コミュニティ作業に関わっていただくのが入居条件と決まったんです。月次の定例会については、部活や学校行事がないときに努力参加ということになりますけど」

流れるような弁舌を受けて、意外なことに、父は黙りこくってしまった。会社でも社宅でも部長として誰からも頭を下げられる立場だったから、反論に慣れていないのかもしれない。母がそっと、「家族で相談してから、最終的に申し込むか決めます」と言い添えた。

僕は両親ほど掃除の分担を心配していなかった。面倒くさいけど、適当にしておけば大した時間はかからないだろう。それよりも、この場所の少し普通と違った暮らしというのも悪くない、と次第に思い始めていた。高校生で北欧由来の住まい方で自立するなんて、学校の誰も経験したことがないはずだ。いずれ確実に同じ名門大学に進学する数多《あまた》の同級生たちの中で、ひとり番外編みたいなステージをクリアして、頭一つ抜けた存在になる。僕はそんなふうに新たなプランを描いてみた。

掃除よりも不安なのは、目の前の浅黒い顔の老女との毎日だった。

朝イチの洗面所の鏡越しに、目が合うのは老女。一日の終わりの、例えば風呂上がりや深夜のトイレで出会うのも老女。咳をしても老女——僕のように至って健康な男子高校生にとって、それは決して心浮き立つ光景じゃない。

その夜、両親と参加したコハンには、家族連れからカップル、単身の人もいて、世代も雰囲気もバラバラの十数人が、巨大な長テーブルを囲んでいた。「いただきます」で一斉に食べ始めるわけでもなく、中にはトレーごと部屋に持ち帰る人もいて、席に着いていても、親しげに会話を交わすグループがいる一方で、隣同士でもあまり互いを知らない様子の人たちもいた。想像していたような、皆が仲良し前提の、パーティーみたいな〝シェアハウスのご飯〟とはだいぶ違い、かといって険悪そうというわけでもなく、不思議な雰囲気の食卓だった。

メニューは鰆《さわら》の塩焼き、イカとじゃがいもの煮物、大根の味噌汁で、作ったのは祖父と同じ歳くらいのおじいさんだった。当番の日は必ず業務用グリルで魚を焼くそうで、一ノ瀬《いちのせ》さんという名前から、自分の夕食の日を毎回「うをいちナイト」と自称しているらしい。ココ・アパートメントへ引っ越すまで、料理は奥さん任せだったが、当番は世帯単位ではなく個人単位で、配偶者が当番を肩代わりするのは禁止なので、必死で覚えたのだと、当の奥さんが笑いながら説明してくれた。

「老後を待たなくても、病気とか事故とか、いつ何があるかわからないし、今から夫に家事教育しておくのはおすすめですよ」

そうアドバイスを受けた母も、横で聞いていた父も、困惑した表情を浮かべた。父が魚を焼く姿なんて、想像もできない。

菅野さんがデザートに作ったクッキーは、キャラメルクリームが挟まれたクッキー全体に粉砂糖がまぶしてあって、ひたすら甘かったが、味は悪くなかった。

「少女漫画の設定みたいだね、それ」

放課後の教室の片隅で、僕の話を聞いた陸《りく》はそう言って笑った。

陸の姉が持っている漫画に、シェアハウスでイケメンのエリートサラリーマンと恋に落ちる、女子高生の話があるのだという。洗濯機の中の下着の忘れ物やら風呂場でのニアミスやら、何かと〝胸キュン〟の展開があるらしい。

「こっちは上京したてかっつーくらい訛《なま》りまくったおばあちゃんだけどな」

菅野さんと僕の胸キュン展開とか、想像したくもない。ココ・アパートメントでは住人同士、下の名で呼ぶのが基本らしいが、〝康子さん〟と呼ぶのも抵抗があった。

家族がイタリアへ発ち、引っ越して一週間が経ったが、今のところ七畳の個室は快適だ。朝は僕の方が早く出るので、菅野さんと顔を合わせることもないし、夜はキッチンの電子レンジで宅配弁当を温めて、自室の机で食べるようにしている。風呂については、菅野さんは一日おきに夕食前に入り、僕は毎日九時以降に入る。あとはトイレや洗面所でかち合わなければ、懸念していたほど生活時間は重ならなかった。

「ウケる～。まあいいじゃん、ババアに気に入られたら金とかいろいろ貰《もら》えんじゃね？　あ、でも田舎から上京してシェアハウス住まいってことは金ないのか」

隣の席で淳也《じゅんや》がお約束のように悪ぶって茶化す。最近こいつと話すのを面倒に思うことが増えた。小学校から明応堂学園の、いわゆる〝内部生〟で、遊ぶ金が潤沢だったり、誰もが認めるイケメンで、少年サッカー時代は有名選手だったりと、これまで一緒にいて好《い》い目を見ることもあったけど、もういいかな、と思う。

「シェアハウスとは違うんだって。他の部屋は個別にキッチンもトイレも風呂もあるし」

「でも賢斗はそのおばあちゃんとトイレや風呂を共有してるんだよね？」と陸。

「部屋がシェアタイプだから、そうなる」

「じゃ、やっぱシェアハウスじゃん。親に生活費ケチられて、賢ちゃんかわいそ～」

「だから、そういう、部屋の形態とかだけじゃない、暮らし方の……まあいいや、俺もまだいまいちよくわかってないし」

月一回の定例会、月に数回はあるコハン、共用設備の掃除やストック管理、庭仕事など、暮らしを構成するさまざまな役割を分担する各コミッティー、とオリエンテーションで聞いたことはたくさんあるが、淳也にいちいちイジるネタを提供するようで、説明する気になれなかった。

両親が交渉して僕のコハン当番は一応免除してもらえたものの、その分だけ月一回、誰かの当番の日に手伝いに入るように言われている。手伝いの内容は盛り付けだったり、キッチンの掃除だったり、「求められることを、臨機応変に」とのことだった。来週は部屋の共用部の掃除当番がある。

「美人の女とかいねーの？」

淳也のくだらない質問は続く。僕はそっとため息をつくが、淳也に通じるわけもない。

「まあまあ綺麗な、二十代くらいの人が二人いたかな。片方の人はカップルで暮らしてるって聞いたけど。あとはお母さんとかおばさんとか子供」

「子供って何歳くらい？　妹属性の可愛い子がいたら最高だね」

「てめーのキモい趣味を押し付けんなよ、陸」

「たぶんみんな小学生とかだと思うけど。食事のとき全員揃ってたわけじゃないし、顔はあまり見てなかった」

「女といえば賢斗、梨香《りか》と陽菜《はるな》のこと聞いた？　すげーウケんの」と淳也。

「久しぶりに名前聞いたんだけど。お前ら別れたのいつだったっけ？」

「別に付き合ってねーし。二、三回ヤッただけですぅ〜」

淳也はあざとく口をすぼめて笑う。

梨香と陽菜は、僕らの男子校と同じ学校法人が経営する女子校の生徒だ。最終的には同じ明応堂大学へ進学する二つの高校は、様々な部活や学校行事で交流があり、そうした機会にカップルが成立したりする。僕や陸と違い、淳也のような内部生たちは小学校まで共学なので、内部生の女子は幼馴染みたいな感覚らしい。

梨香と陽菜の二人は高校から明女に入学した外部生で、去年の文化祭のときに声をかけられた。淳也は可愛くてスタイルのいい梨香に最初からロックオン状態で、すぐに親しくなった。陽菜は僕のことを気に入っていたようだが、グループで二回ほど出かけたあと、適当にフェードアウトした。他にいくらでも好みの子と遊べるのに、頭がいいだけで平凡な容姿の陽菜に、特に惹かれるものはなかったのだ。

僕ら明応堂学園の生徒は、学校名と将来性から、明女だけでなく他の学校の女子生徒からも結構モテる。文化祭では何人の連絡先を獲得できるか、仲間内で競うくらいだ。だが明女の、特に梨香たちのような高校からの外部生は、全国屈指の偏差値ということで、大抵の同年代男子からは引かれる。故に需要と供給のアンバランスが生じるのだ。梨香のような美人なら話は別だが、あんなレベルは滅多にいない。

「あいつら顔隠して動画配信始めたんだって。しかも内容がセックスとか、超笑えねー？」

「エロ動画ってこと？」

「ちげーよ。なんかコンドームや同意がどうとか、だらだらクソつまんない話してるだけ。あとでリンク送るわ」

淳也はそう言い置いて、慌ただしくサッカー部の練習へ向かった。僕と陸が所属する英語スピーチ部は、今日は活動がない。

「……部でもハブられてるらしいのに、律儀に練習行くとこが意外と健気《けなげ》だよね」

淳也の足音が廊下を遠ざかるのを聞きながら、陸がぽそっと言った。

内輪で固まりがちな内部生にも拘らず、淳也が僕たちと一緒にいるのは、仲間たちから締め出されたからだ。高校入学前の春休みに、男女ともに人気のあった内部生の女の子に対して犯罪スレスレの問題を起こし、親に金と圧力で揉み消してもらったことは公然の秘密だった。その子は明応堂女子の高等部へ進まず、スイスの全寮制インターナショナルスクールに転校したらしい。

僕と陸は表向き知らないフリで、淳也にも分け隔てなく接している。

「生粋《きっすい》のお坊ちゃまが何をわざわざウェイ系気取ってるんだか。最近またイキり出したし、とばっちり来そうになったら、賢斗も切るでしょ？」

「うん。ちょいちょいウザい」

「わかる」

僕が陸を気に入っているのは、文理共にトップクラスの知性と、冷静さゆえだ。いかにも男らしいイケメンの淳也と違い、陸は線の細い〝カワイイ系〟と言われることが多く、それなりに女の子たちから誘いもあるはずだが、たぶん誰とも付き合ったことがない。表向きはオタクでロリコンを理由にしているが、本当は誰にも興味がないのだと思う。その執着のなさから、効率の悪いこと、面倒なことはスッパリと切り捨てるという点でとても気が合うし、気楽だった。

その晩、いつものように宅配弁当を食べ終わり、共用キッチンでコップや箸を洗っていると、ちょうど部屋から出てきた菅野さんが僕の手元を覗き込んできた。

「ほんとになーんも知らないんだない……」

「え？　何かダメですか？」

「すぽんじの固い方は、鍋にこびりついた汚れとかを洗うためのもんだよ。がらすは柔らかい方で洗わないと、傷が付く」

いつも通り、僕は二層になったスポンジの、グレーの固い方を使っていた。汚れがより早く落ちると思ったのだ。既に洗い終えていたガラスのコップを蛍光灯に透かして見ると、表面に細かい傷がいっぱい付いていた。でもこれは元々この場所に備えてあったもので、明らかに使い古しだ。今さら少し傷が増えたところで、大差無い気がする。

「以後気を付けます」

「ほんで、すぽんじは使ったあと、一回ちゃあんと洗って絞って、また洗剤を染み込ませて、除菌しとくんだ。特にこれからの季節は雑菌が繁殖しやすいからな。今朝使おうとしたら、汚れたまんま、びっしゃびしゃに濡れててびっくりした」

「すみません、家ではぜんぶ食洗機だったから……」

皿洗いなんてしたことがなかった。本当は食洗機の使い方もよくわからない。食べ終えた皿をキッチンカウンターに置いておけば、それで終わり。弟はそれすらも、いちいち母や僕に促されなければしなかった。

「さすけねー、これから一つ一つ覚えていけばいい」

「佐助？　なんですか？」

「地元の言葉で『大丈夫』て意味だ。なんでも慣れだ。自分で自分の世話ができるようになれば、大抵のところでは生きていける」

「はあ」

生きていける、なんて大袈裟《おおげさ》な。

いくら慣れたって、二年後に母たちは帰国するのだから、家事なんて一時凌《しの》ぎで十分だ。社会に出て、結婚するまでの間はプロにアウトソースすればいい。自分が不得手なこと、非効率なことをするくらいなら、お金を出して補って、その分の時間をもっと生産的なことに費やす方が、よほど意味があると思う。

「お茶淹れるけど飲むか？　りんご剝くよ」

「いえ、お腹いっぱいなんで」

「あーそう」

菅野さんは特に気にしたふうもなく、冷蔵庫から大きなりんごとビニール袋に入った茶葉を取り出す。夜寝る前のお茶の時間は菅野さんの毎日の習慣らしい。お茶請《う》けに果物や小さなお菓子を食べていることも多い。家では「睡眠の質が落ちるから」と、九時以降の糖質とカフェイン摂取は母により禁止されていた。菅野さんのような老人になれば、睡眠の質なんて気にしなくても、簡単に寝られるのだろう。

今日に限らず、菅野さんは顔を合わせると、残り物の味噌汁とか、作りすぎた煮物とか、ちょっとした食べ物を勧めてくる。僕を準成人として扱うとはいっても、気にかけてくれているのだと思う。でもなんとなく、祖母たちとは違う、あのシミだらけでシワシワの、土の匂いがしそうな手から食べ物を受け取るのを躊躇してしまう。

家事ができなくたって、お金があればこの世では楽に生きていける。とは言っても、生活するうえで日々のタスクが想像以上に多かったのは、大きな誤算だった。

食事が何とかなれば、他は大した作業ではないと思っていた。だが塵も積もればで、予想以上の手間がかかる。ほとんど箸とコップしか使ってなくても、汚れた食器は放置しないのがシェアルームの取り決めだし、下着や靴下は洗濯しなければ替えが無くなり、制服もクリーニングに出さなければ汚れて皺が寄ってしまう。歯磨き粉もシャンプーも、買い足さない限り確実にいつか無くなり、部屋を掃除しなければ、驚くほどすぐにゴミと埃が溜まる。シェアルーム共用部の掃除は、ゴミの分別とゴミ出し、ゴミ袋のセットまでの一連の作業が一週間交代、風呂とトイレ掃除もやり方を教わったら、これから当番で回ってくる。すべての作業は、母ならどうということもないのだろうが、僕には負荷が大き過ぎる。

この部屋で暮らし始めて一番戸惑ったのはトイレだった。入るたびに便座が下ろされているのが、地味にイラつく。そして持ち上げると裏がうっすら汚れているのがまた不快だ。実家では来客がなければ便座は上がったままで、いつも便器はピカピカだった。母が父と僕と弟、男三人がいつでも気持ちよく使えるようにしてくれていたのだと、初めて気付いた。何もかも清潔に、収まるべきところに収まっていた家の快適さが、しみじみ恋しい。

僕が今まで親しくなった女の子たちは、家で家事を手伝ったりするのだろうか。社会人になって、いつか結婚を考えるような相手ができたら、母くらい家事能力があるかを見極めること。未来のプランの中にしっかりと組み込む。家庭科でどんなに家事分担を教えられても、父を見る限り、仕事をする男は家事に割《さ》ける時間なんてほとんどない。

淳也からは例の明女たちの動画リンクが送られてきたが、見ないで「ウケる」とだけ返しておいた。興味もないし、これ以上余計なことで時間を無駄にしたくなかった。

「新居にはもう慣れましたか？」

江藤《えとう》さんが脚立《きゃたつ》の上から古電球を差し出しながら尋ねてくる。

僕はそれを受け取り、代わりに新しい電球を彼に渡す。古い脚立はやや太めの江藤さんが少しでも動くたびにギッと大きな音がして、支える手に力が入った。

「まあまあです。菅野さんにはよく皿洗いとか掃除のやり方を直されてますけど」

「あはは、僕も大学で一人暮らしするまで、米の炊き方も知らなかったよ。まともに家事をするようになったと言えるのは、子供が生まれてからだし」

江藤和正《かずまさ》さんはたぶん僕の父より少し若いくらいで、奥さんと三人の子供と、一番大きいファミリータイプの部屋に住んでいるおじさんだ。このココ・アパートメントができたときからのメンバーらしい。

ココ・アパートメントでは、コハンや掃除当番の他に、何らかのコミッティーに入ることが義務付けられている。僕は「今どきの子だからＩＴに強そう」という波多野さんの印象だけで、メンテナンスコミッティーを勧められた。マンション共用部の設備点検の実施や外部業者の手配のほか、住人しかアクセスできないウェブページに連絡資料をアップロードしたり、一斉メールで周知したり、逆に住人からの、設備に関するメール相談に対応したりする委員会だ。

今日は江藤さんがメールで依頼のあった廊下の電球交換と網戸の修理をするというので、委員会の仕事を教わるついでに、手を貸すことになった。

「でも若いうちから家事を学べるのはとてもいいことだと思いますよ。暮らし方は、どうやって生きるかってことに繋がるから」

また〝生きる〟か。僕は内心呆れてしまう。

スポンジの使い方なんて知ったところで、僕の人生には何の影響もない。散々だった今朝のトイレ当番のことを思い出し、〝家事〟という言葉自体に、憎しみに近い感情が湧き上がる。

今日は初めてのトイレ掃除ということで、菅野さんに傍で指示をしてもらいながら作業をした。

ゴム手袋とマスクを付け、まずは壁を上から下までワイパーで拭いた。

「便器以外のところも結構汚れてるべ。流すときに蓋は閉めてるか？」

「え？　してませんけど」

「あらら︱。男はただでさえおしっこが飛び散るけど、せめて流すとき蓋を閉めないと、さらに壁や床を汚してしまうべ」

「……これから気をつけます」

赤の他人の老女から、尿汚れを注意される。何の罰ゲームかと思う。

コップの洗い方ひとつ、トイレの使い方ひとつ、ひどく些末《さまつ》で簡単なことを指摘されるたびに、小さな棘《とげ》のような苛立《いらだ》ちが重なった。

専用シートでタンクから便座、さらにその裏まで拭くと、白いシートの表面が尿の黄色に染まってゾッとした。僕の様子に気が付いた菅野さんが呆れたように言った。

「そんな顔しなくても、自分の体から出てきたもんなんだから」

「半分は菅野さんから出てきたものです！」

僕の必死の抗弁に、そりゃあそーだ、と菅野さんは笑い出した。そのぶははは、という笑い声も笑顔も、とにかく不快で、僕は菅野さんと汚れからできるだけ顔を背けるようにして、作業を続けた。

悲劇はウォシュレット掃除で起きた。「ノズル掃除」というボタンがあることを知らずに、「しゃわあー掃除のぼたんを押して」という菅野さんの指示に、普通に「シャワー」のボタンを押してしまい、温水をまともに顔に浴びた。

「うわ！」

慌てて顔を拭った手に、便器を触ったゴム手袋を付けていることを忘れていた。もどかしく手袋を脱ぎ捨てると、洗面所に駆け込み、顔と前髪を擦《こす》るように洗った。二重のバイ菌にまみれた情けなさで発狂しそうだった。ヘッドの部分にこびり付いていた茶色の何かが、うんこでないことを切に願った。背後では菅野さんがいつまでも笑っていた。

「こりゃーもいっかい、壁から拭かないとだめだべ」

江藤さんは、あの憎たらしい昭和の婆さんが、〝暮らし名人〟なのだと言う。

「俗っぽく言えばライフハックの塊《かたまり》みたいな。たぶんどこでどんな状況になっても、康子さんは生き抜いていけるんじゃないかなぁ。知識だけじゃなく、自分が日々何を心地よく感じるか、如何に気楽に、そういう状態でいるためにどうすればいいか、熟知してる。僕もああいうふうに暮らしをしっかり味わって、歳をとりたいと思いますよ」

「はぁ……」

僕にはぜんぜんピンとこない。菅野さんはたぶん金もそんなに持っていないし、家族もいない様子だし、これまでも今も、大した仕事はしてなさそうだ。憧れる要素なんか一つも見当たらない。お菓子のレシピや掃除の仕方なんて、例えばプログラミングや外国語に比べて、そんなに価値ある知識とは思えなかった。

「菜園や花壇を世話するグリーンコミッティーでも、康子さんがアドバイスしてくれるようになってから、野菜がびっくりするほど大きく美味しくなった。大抵の作物は作れるんじゃないかな。若い頃は酪農もされてたそうだから、そっちも詳しい……」

「野菜は苦手なんで。牛乳も」

今朝の腹いせじゃないけれど、つい菅野さんへの意地のようなものが出てしまった。ここにいる間は、せいぜい住人の大人たちから好感を持ってもらおうと思ったのに。江藤さんは「なかなか手強いねぇ」と面白そうに言う。

「僕のコハンは野菜たっぷりドライカレーか餃子だから、次の当番のとき騙されたと思って食べてみて。旬の野菜に合わせてスパイスや調味料の調合をちょっとずつ改良してきて、味には自信があるんですよ」

そうですかたのしみにしてます。セリフを言うように返しながら、家事をさも重大事のように語る江藤さんは、きっと僕の父親のような、大企業で出世するタイプではないのだろうな、となんとなく思った。

その日僕は、古電球は燃えないゴミに分別されることと、緩んだ網戸の調整の仕方を学んだ。こんな知識を得たところで、やっぱり僕のこの先の人生には何の影響もないと思う。

なんだか引っかかるものはあったのに、つい淳也の放課後の用事とやらに付き合うことになってしまった。

家族会員になっている社交クラブで夕食を奢るという誘い文句に釣られたのもあるが、何より少しでも長く、ココ・アパートメントから遠ざかっていたかった。あれから子供たちに「トイレシャワーのお兄ちゃん」などと呼ばれ、その親たちにもからかわれ、プライドはズタズタだ。僕の失敗を笑い話として住人に広めた菅野さんと、できるだけ顔を合わせたくなかった。

久しぶりに降り立った都心のターミナルは、社宅に住んでいたとき乗り換えに使っていた駅で、すでにちょっと懐かしい。淳也は駅の喧騒から少し離れたエリアの、入り組んだ路地にあるカフェに入っていった。夜にはバーになるようで、駅前のチェーン店と違い、客はまばらな店だった。

通された奥のソファ席にいたのは、制服姿の梨香と陽菜だった。げ、と咄嗟《とっさ》に声が出そうになる。

「おー陽菜も久しぶり。賢斗も連れて来て、ちょうどよかった」

二人の視線の鋭さから、気楽なダブルデートでないことを瞬時に察する。

「まだ注文してねーの？　ここは俺が持つから、好きなもん頼めよ」

淳也はこの場を仕切るように振る舞いながら、明らかにビクついていた。状況が読めず、なんだよこれ、という視線を送ったが、腹立たしいほどスルーされる。

「早く用件言ったら？」

陽菜の冷たい声音に、水を運んできた店員も心なしか表情が硬くなった。皆が黙ったまま注文をしないので、淳也が慌ててコーラを四つ頼む。

永遠のように長く気まずい沈黙が降りた。ほどよい音量の空々しいＢＧＭが四人の間を漂う。

今更ながら、帰りがけにスルッと淳也の誘いをかわした陸の要領の良さに感心する。同時に、何か勘付いてたなら教えろよ、と心の中で文句を言った。

「……動画のことでしょ？」

沈黙を破ったのは梨香だった。青ざめた顔は記憶より少し瘦せた気がするが、相変わらず芸能人のように可愛い。淳也も黙ってさえいれば、つくづく映えるカップルだった。

「ジュンくん、私たちの動画見たんだよね。こんなふうに呼び出すってことは、自分が何したか、自覚はあるんだ。それで？　削除してほしいの？」

「ばっ……わけわかんねーこと言ってんじゃねーよ！　ただこっちはあんなバカみたいな動画で、周りに変な誤解されて、迷惑なんだよ」

「誤解じゃなくて事実でしょ。あんたの強引な行為のせいで、あのあと梨香がどれだけ怖い思いして追い詰められたか、少しは想像してみたら？」

陽菜の軽蔑のまなざしに、傍らで見ているこっちまで気圧《けお》されそうだった。

「強引てなんだよ。俺が無理矢理したみたいな言い方してんじゃねーよ。頼まれてちょっと遊んでやったくらいで、どんどんいい気になって、彼女ヅラしてたのはこの噓つき女だろ。なんなんだよ、俺から金でも取ろうってのか！」

梨香がぎゅっと嚙み締めた唇が、血みたいな赤に染まる。

「最低……痛いからもうやめてって何度も言ったのに、無視したのは本当じゃない！　ゴムだって『着けなくてもＯＫ』なんて」

「途中でやめるとか、男にできるわけねーだろ！」

「他のお客様のご迷惑になるので、もう少しお静かに願います！」

淳也のどこまでもまぬけな叫びに、コーラを運んできた店員の注意が被さる。

再び無音になったテーブルで、動画を見ていない僕は完全に蚊帳《かや》の外だった。でも三人のやり取りから察するに、死ぬほど馬鹿みたいな諍《いさか》いだ。

「……あ〜あ、オンビンに済ませてやろうと思ったのに、もうやってらんねーわ」

淳也が壁に鞄を叩きつけると、陽菜たちの肩がびくりと動いた。

「これ以上変な言いがかり付けてきたら、こっちも黙ってねーから。どういう意味かわかるよな？」

淳也は精一杯声音にも脅しを利かせようとしているが、失敗している。

「行こーぜ、賢斗」

「いや、お前とは一緒に行かない。一人で帰れよ」

こいつと同類に見られるのなんかまっぴら御免だった。僕の言葉に、淳也の頭が真っ白になっていくのが手に取るようにわかる。嗜虐《しぎやく》的な気分はたちまち嫌悪に変わった。

「動画も興味ないから正直見てなかったし、今日も何も聞かされてなかったよな。こっちは関係ないのに勝手に巻き込まれて、マジでムカついてるんだけど」

淳也はパクパクと口を動かすが声が出ない。代わりにみるみる顔が赤く染まる。もう少しつつけば、涙のひとつも出るかもしれない。

「お前ウザすぎ。いい加減自分で気付けよ。お前の相手すんの、俺も陸もそろそろうんざりなんだよ」

「っざっけんな……！」

淳也は再び壁に鞄を叩きつける。こっちが恥ずかしくなるほど、やることがいちいちガキっぽい。

「お客様！」

再び僕たちを注意しに戻って来た店員に、危うくぶつかりそうになりながら、淳也はそのまま店を飛び出していった。

「すみません、すぐ出るんで」僕が言うのと、梨香がすごい勢いで立ち上がるのはほとんど同時だった。

「ちょっとトイレ、吐きそう」

「ついていこうか？」

「へいき」と小走りにトイレへ向かう梨香を心配そうに見送ったあと、陽菜はため息をついてストローに口を付ける。

「……見てない俺が言うのもなんだけど、学校にバレたらあとあとヤバいし、動画は消しとけば？」

どうでもよかったけど、僕は一応〝まともな側〟であることを示しておこうと思う。

「――私たちは胸張れる内容だと思ってるから。反響も結構来てるし」

「でもどんなふうに切り取られて残るかわからないよ。デジタルタトゥーになって希望の学部に行けなくなるかもしれないし、将来の就職とか結婚とかに響く可能性だってあるし」

「当然そんなリスクは考えたうえだよ。あれがダメっていうレベルの低い学校も会社も男も、こっちから願い下げ。っていうか、さっきの『関係ない』って何？　あのバカ男と友達の時点で八木くんだって関係者なんだよ」

「友達じゃないから。なんかハブられて気の毒だったから、一緒にいてやっただけ」

言い切ると、何故か鼓動が速まった。中等部では皆のムードメーカーだった淳也。陸と三人で、楽しかった時も確かにあったのだ。

「余計たちが悪いよ！　あいつが中学の時にしたこと知ってたんでしょ？　友達じゃないなら梨香に警告するとか遠ざけるとかできたよね？　どうせ関わるのが面倒くさいから、楽な傍観者になって面白がってたんでしょ。そのくせ『あいつを黙らせた俺カッコいい』とか思ってない？言っとくけど、こっちから見るとあんたたち大差ないから」

咄嗟に何も返せない。事の背景がほとんど見えてない僕の分《ぶ》が悪すぎる。でも陽菜はかつて、僕に好意を持ってたんじゃなかったっけ？　これは彼女を適当に扱った腹いせなのか？

「八木くんさ、そうやって自分は何でもわかってると思って、いつも一歩引いた所でクールぶって周りをバカにしてるけど、あんたも十分バカだよ。半年前の私、めっちゃ男を見る目なかった。せいぜい何も知らない井の中の蛙《かわず》らしく、つまんないエリートごっこの果てに、つまんない人生送んなよ」

「陽菜、もう帰ろ」

いつの間に戻って来たのか、無表情の梨香がソファの背後に立っていた。僕と目を合わせようともしない。賞賛や感謝の言葉を期待していたわけじゃない。でも淳也をやり込めたことは、何かしら好意的に受け止められると思っていた。二人は何も言わずに千円を置いて帰っていった。

ココ・アパートメントへの帰り道、倍速で彼女たちの配信動画を見た。内容は想像していたものとはまったく違い、十代の自分たちに必要な性教育を、実体験を交えて話し合う、というものだった。顔は見えず、音声も変えてあるが、梨香と思われる方が、生理中はコンドーム無しでも妊娠しない、と彼に説き伏せられて行為をしたものの、途中で痛みがひどくなり、やめるように頼んだのに最後までされて、という体験談を語っていた。

〈そのあと何日も下腹が痛くて、ネットで調べたら、生理中でも妊娠リスクがゼロじゃないって知った。むしろ性感染症には罹《かか》りやすいとも書いてあって……すごく怖かった〉

〈やっぱりちゃんとした性教育を受けてないから、そういう間違った知識が広まってるんだよね。あと『性的同意』！　何度でも言うけどホント重要。行為の途中でも関係ない。男女問わず同意のない行為は暴力だし、犯罪だよ。相手の嫌がることはしないって、セックスに限らず、コミュニケーションの基本だしね〉

〈あのとき『私の意思はどうでもいいんだ』って悲しくて虚しくなった。思い返すとそれまでのいろんなことが腑に落ちて。彼の中で、私は彼に従って当たり前、何でもしてあげて当たり前の存在で、対等な視点は完全に無いの〉

〈この子が妊娠や病気のリスクに怯えてるとき、向こうは周りに『処女とヤった気分』って楽しそうに話してたって。こういうジェンダー間の歪みはもういい加減うんざり。いつになったら終わるの？　私たちが考える、私たちに必要な性教育では問題の……〉

彼女たちの言葉はどんどん耳を素通りして、最後には、何一つ理解できなくなった。

——あんたも十分バカだよ

僕も生理中の女の子と、コンドームなしのセックスをしたことがある。血で精子が流れるから妊娠しないとどこかで聞いて、それを話したら相手の子も安心して——処女みたいだったと話してたのは、淳也か、僕か——無理矢理ってどこからが？　女は、特に非処女は、恥ずかしがったり、嫌がる演技をするって誰かが——。

僕が、僕らが、暴力を振るった？

素通りしたはずの動画の中の言葉たちが、ランダムに結ばれては離れ、新しい意味を成していく。それはまるで細胞分裂や、いつか授業で見た受精のメカニズムみたいで、ひどくグロテスクだった。

冷凍弁当が、レンジの中でスポットライトのように電磁波を浴びている。マイクロ波の振動が〝鶏肉と根菜のさっぱり煮〟を内側から沸騰させる音に耳を澄ましても、まるで食欲がわかなかった。買い置きの味噌汁も、袋を開ける前から独特の濃い匂いと味を想像するだけで、吐き気が込み上げる。水でも飲もうと持ち上げたグラスが掌から滑り落ち、床であっけなく砕けた。真上の蛍光灯を反射して、きらりと光るガラスの表面に、いくつもの細かな傷が見える。僕や、それ以前にここにいた誰かが付けた、無数の傷。

「あぶねー！　素手で拾うなっ」

グラスの割れる音を聞きつけた菅野さんが、すごい勢いで部屋から出てきた。あっという間に手近にあった布巾で包むようにしてガラスを拾うと、ゴミ箱の横に分別ゴミとして重ねられていた新聞紙を一枚取り出し、その上に集めていく。

「すみません、自分でやるんで」

「いーからいーから」

菅野さんはこぼれた水を拭き上げるると、小型掃除機を出してきて、素早く台所だけでなく床全体にかけた。僕は邪魔にならないよう、端へ退《ど》くしかなかった。

「怪我ないか？」

「大丈夫です、すみません……これ、どうやって捨てればいいんですか？」

「新聞紙ごと袋に入れて、〝割れ物〟って書いて、燃えないごみの日に出せばいい。次は来週の木曜だな」

「これも、燃えないゴミ……」

——何も知らない、井の中の蛙
こんなどうでもいいこと、知ったところで何も。

「具合が悪いの？　食欲ないのか？　あんかけ豆腐、余ってるけど食べるか？」

弁当を再び冷凍庫に戻す僕を見て、菅野さんが尋ねる。

「いえ、結構です」

「……呼吸が浅くなってっぺ。深く息を吸わねえと、頭がどんどん回らなくなって、体も強張る。お茶だけでも飲んでって」

割れたグラスを片付けてもらった手前、いつものようにさらっと辞退して自室へ戻ることができなかった。菅野さんはヤカンでお湯を沸かす間に、窓辺の鉢から何枚か葉っぱを摘み、じゃばじゃばと洗う。それらを冷蔵庫から取り出した茶葉と一緒に急須に入れ、熱湯を注いだ。

「飲みやすいように、少し蜂蜜入れといた」

差し出されたマグカップを前に、カフェインで睡眠の質が、と反論する気力もなかった。僕が知っているお茶よりずっと色が薄いのでまだマシか。

「いただきます」

立ち昇る湯気が顔にかかると、新鮮で清涼な香りが一気に鼻を通り、胸の辺りまで広がっていく気がする。摘んでいた葉はミントだったのか。一口飲むと草の味で、決して美味しいとはいえないが、蜂蜜のお陰で苦さはそれほどでもなく、後味はかすかに甘かった。温かいお茶が喉を移動すると、自然と息を吐き出すのがゆっくりになる。強張っていた肩から、自分でもわかるくらい、みるみる力が抜けていく。

菅野さんとこんなふうに向かい合って座るのは初めてだった。

何を話していいかわからなかった。共通の話題なんてぜんぜん思いつかない。だからこそ、これまでもなるべくこういう機会を持たないようにしてきた。まるで興味のない老女を前に沈黙で気詰まりになるなんて面倒くさいし、時間の無駄だ。かといって「学校で好きな科目は」「友達の間で何が流行《はや》っているのか」などといった、いかにも大人が他人の子供に聞きそうな、どうでもいい質問をあれこれされるのも嫌だった。

でも今、目の前にいる菅野さんは、悠々と無言だった。僕と同じようにミントの香りをじっくりと吸い込んでは、はあぁと静かに息を吐き、ひたすらお茶を味わっている。

(本当に、ただお茶を飲むだけなんだ)

何か話を聞き出すためとか、カフェインで目を覚ますためとか、明確な目的があるわけじゃない。話すことがなければそれでも別にいいや、という気楽さが沈黙を柔らかく包んでいる気がする。構えていた分、少し拍子抜けしたが、静けさにはすぐに馴染んだ。

僕は肺呼吸を覚えたての胎児みたいに、ミントのお茶を飲みながら、ゆっくりと繰り返し、深呼吸した。カウンターの瓶に生けられた、百合のミニチュアのような花に気付く。名も知らない花を眺めながら、何も考えないでいるのが心地よくて、その心地いい、という認識も、いつしか頭の中の空白へ溶けていった。

その夜、心配していた〝眠りの質〟はまったく問題なく、むしろいつもより寝付きが良いくらいだった。僕は後日、菅野さんの手作りミントティーはカフェインレスであることを知った。

僕に課されたコハンのサポートという義務は、菅野さんが当番の日に初めて果たすことになった。ちょうど僕の中間テスト最終日で、午前中の試験を終えて帰ったら制服を着替え、まずは中庭の菜園で絹さやの収穫をした。

「いつか当番になったとき困らねーように、とりあえず一通りの流れを見てみっぺ」

その「いつか」は永遠に来ないし。菅野さんの言葉に心の中で突っ込みながら、もっさりと絡まった蔓《つる》と葉の間にたわわに生《な》った絹さやを無心に集めていく。さやには薄いものもあれば厚いものもあり、厚いもの、つまり育ちすぎた絹さやの中身がグリーンピースであることを僕はそれまで知らなかった。

さらに、僕はそのとき初めて、中庭の奥の開口部を抜けたところが隣の大家の敷地の裏口に面していることに気付いた。漆喰塀《しっくいべい》に挟まれた小さな鉄製の門が見えたのだ。波多野さんと共に行くはずだった入居の挨拶は、向こうの都合が悪いからと、延期になったままだった。

「今日のコハンを届けにいく約束してっから、あとで一緒に行くべ」

特に断る理由もなかった。郊外とはいえ淳也の家にも匹敵するほどの大きな敷地に、単純な興味を覚えてもいた。

収穫の後には近所の商店街へ二人で買い出しに行った。前夜までに十五人がコハンに申し込んでおり、一人三五〇円という予算で、その時々で変わる食材の値段を見ながらメニューを組み立てる。コハンの値段は大人一食四五〇円で子供は半額なのだが、それは食材費に加え、光熱費、共有の調味料の費用などから算出されているということだった。

「旬のものはうまいけど、安いとは限んね。収穫量で変動するからその年の気候やら、輸出入の動きでも変わる。でも今日は新玉ねぎと新じゃがが安いな」

大型スーパーと八百屋で菅野さんが野菜の質を確認する間、僕は一個あたりの単価計算を任され、税込で計算してスマホにメモしていく。

「肉は大抵の場合は業務用のすうぱあが安い。部位や買う量にもよるけどな。でも商店街の割引や他のすうぱあが家計応援せえるをしたりすることもある。今日はすうぱあを両方見ておくべ」

昨夜いきなり好物を聞かれたので「ハンバーグ」と答えたら、今夜のメインにしてくれるらしい。「豆腐を混ぜれば安くでっかく作れる」とのことだった。

「デザートのお菓子の材料は？　どうするんですか？」

「今日は面倒だから作らない。なんか安い果物があれば、それでいい」

意外だった。菅野さんのコハンなら、得意とされるデザートが当然付いているものだと思っていた。

「こないだは、あるふぁほれすが食べたい気分だったんだべ。お菓子は自分が食べたいときに作って、作りたてを好きなだけ食べる。それが一番うまい」

耳慣れない響きはあのキャラメルクリームのクッキーの名だろうか。別に興味もないのに、僕はその単語をしっかり記憶してしまう。

大量の食材のほとんどを僕が持ち、共用キッチンに運び込むと、学校帰りの子供たちがわらわらと集まってきた。

「トイレシャワーのお兄ちゃん、今日のコハンなに？」

「トイレシャワーのひと、料理できるの？」

「トイレシャワーの」

「ちゃんと、名前で呼んでくれない？」

ムカついて声を尖らせると、子供たちは明らかに面白がっている様子で「だって名前忘れちゃったんだもん」と口々に言った。思えば僕もまだほとんどの住人の名前を覚えていないし、下の名で呼ぶこともなかった。社宅に住んでいた頃は、他の階の人の名前なんて、ないも同然だった。

「八木、賢斗だよ」

「僕、えとうりゅうすけ」「ひがしはらたいが」「おおえはなの」

聞いてないし、そんな一度に覚えられるか。

「ほーれ、賢斗お兄ちゃんはこれからお米研いだり忙しいから、邪魔すんな」

「康子さん、何か手伝う？」

最初に名乗った一番体の大きな男の子——確か江藤さんの次男——が尋ねると、菅野さんがにっこり笑う。

「なら三人には絹さやの筋取りしてもらうべ。やり方はわかるか？」

「わたし、知ってるよ」

「じゃあはなちゃん、ふたりに教えたげて」

一番年上と見られる、はなのと名乗った女の子が絹さやのヘタをつまみ、スルリと筋を取ると、たいがという男の子が隣で恐る恐る真似る。力の加減があるのか、彼がつまんだ筋は途中でプツっと切れてしまう。二人が黙々と作業を進める傍らで、最初に手伝いを買って出たはずのりゅうすけは、絹さやを顔の前に掲げ、「まゆげー」「はなー」と福笑いのパーツみたいにして遊んでいる。たぶん小学校三、四年のくせに、お前は幼稚園児か、と突っ込む余裕もない。僕は巨大な米《こめ》櫃《びつ》と業務用炊飯器を前に、なす術《すべ》もなかった。

「あの、米を研ぐって、どうやればいいんですか？」

菅野さんに助けを求めると、先にはなのが答えた。「わたし、知ってるよ」

「あらら―、じゃあはなちゃん、賢斗お兄ちゃんにも教えたげて？」

「うん。康子さん、このお米は新鮮？」

「ん―と、精米から一ヶ月経ってないから、まだ新しいな」

「じゃあ優しく、軽く洗えばいいんだね」

「そうそう。よく覚えてるねぇ」

僕はそうして小学生の女の子の指導のもと、人生で初めて米を研ぎ（しかも給食のように大量の）、茹でたての新じゃが十二個の皮を剝いて（火傷《やけど》寸前くらい指が赤くなった）、マッシャーという道具でつぶし、十五枚のプレートにおかずを盛り付けた（綺麗に、同じように盛るのは意外と難しい）。

盛り付けが終わる前から住人が少しずつ集まり始め、用意のできた皿から順に捌《は》けていく。それぞれのテーブルでバラバラに「いただきます」の声が上がった。引っ越してからこれまでにあったコハンでは、初回を除き勉強を理由にテイクアウトしてきたが、今回はさすがに逃れられそうになかった。なんとなく菅野さんの隣に座ると、先ほどの子供たちと江藤一家が、僕らを囲むように長方形のテーブルの一角に陣取った。

メニューは新玉ねぎと絹さやの味噌汁にポテトサラダ、豆腐ハンバーグで、オーブンで焼かれた肉汁たっぷりのハンバーグは、大して期待していなかった分、ものすごく美味しかった。大鍋で作られた味噌汁は、インスタントの人工的で尖った濃さとぜんぜん違い、まろやかな出汁《だし》の味がした。

テーブルのあちこちから住人たちが料理を口々に褒めるのを聞くのは、何だかこそばゆい。少し手伝っただけなのに。僕の半日を費やすに値しない、たかが夕飯のことなのに。

思えば僕は、そして父や弟は、ここ数年、母に「美味しい」と伝えていただろうか。

菅野さんは「今日はなかなかよくできたべ」と自分でも驚いているようだった。本人によれば、そんなに料理が好きでも得意でもないと言う。

「気が向いたときに好物を作って食べるのは、いつだって美味しいから好きだけどな」

江藤さんの〝暮らし名人〟評と実態は、ずいぶん乖離《かいり》しているのかもしれない。

キッチンに一番近いテーブルでは、ワン・チェンシーさんという中国人女性が、アパートメントでは見たことのない黒人男性と肌の浅黒い女性と一緒に食事していて、どうやら同じ大学院に通う留学生仲間らしい。

「住んでない人も、コハンを食べられるんですね」

「うん、予《あらかじ》め申し込んでお金を払えばね。賢斗くんも友達とか呼んだら？　うちの子たちの同級生も何度か来てるよ」と江藤さん。

「友達……」

あの出来事のあと、淳也はずっと学校に来ていなかった。

陸には陽菜に言われたことを端折《はしよ》ったうえで事の顛末《てんまつ》を話すと、冷笑が返ってきた。

――高校生にもなって、それくらいでいじけて不登校っていうのがまた淳也らしいよね。まあそろそろ潮時だったし、面倒くさそうな明女なんかと関わるのもタルいし、切るにはちょうどいいタイミングなんじゃない？

それは合理的で正しい判断だ。あんな危なっかしい奴のそばにいたら、いつどんなことに巻き込まれるかわかったものじゃない。

理解して同意したのに、心のどこかがずっとざわついて落ち着かない。淳也の見捨てられた犬みたいな情けない目が蘇った。陽菜が言ったように僕もあいつと『大差ない』のか、そして僕に近いものを感じる陸もまた、はたから見れば同類だというのか。こんなわけのわからない問いについて、陸に『どう思う？』と聞いてみたい気もした。『何言ってんの？』と呆れられることは簡単に予想がつくけれど。

「友達いないの？」

向かいの席から、名前は忘れたが江藤家の長男が聞いてくる。手足が折れそうに細くて、弟より色素が薄い。声変わりしてないが、身長からすると中学生くらいか。

「僕はいっぱいいるよ。たかおくんに、よりちゃんに、ロビー」

「――一緒に勉強したりする同級生はいるよ。ただ、友達って何なのかなって」

「友達が何かもわかんないの？　変なのー」

兄の隣で、りゅうすけがデカい声を上げる。

「りゅうすけ、そういう言い方はいじわるに聞こえるよ」

隣で小さな女の子のハンバーグを細かく切っていた母親が諫めると、りゅうすけはますますムキになる。

「だってこのお兄ちゃん、すごく頭いい学校行ってるんでしょ？　なのにお米の研ぎ方も知らないし、友達が何かも知らないって変だよ！」

僕の名前は忘れても、入居前のコハンで母が聞かれてもいないのに伝えた僕の学校の評判は、覚えていたらしい。

（うるせーよ。僕だってようやく変かもって気付いたんだよ！）

「学校の勉強のほかにも、学ぶことはたぁーくさんあるってことだべ」

菅野さんが陽気に言う。

「えーやだなぁ、ぼく勉強きらい！　遊んでる方がずっといい！」

「りゅうちゃんが魚を食べられるようになったみたいに、これからも嫌いだったものを好きになることがあるかもしれねーべ。学ぶことが遊びになったりな」

いやだいやだそんなことない、と騒ぐりゅうすけに、和正さんが「まもなく潜入捜査を開始する。音量は一で」と声をかけると、りゅうすけは急に声を落とし、立ち上がりかけていた椅子に座り直す。こういう遊びなのだろうか。菅野さんはその様を見てうんうん、と頷くと、「お粗末様」と言って立ち上がる。

「賢斗くんと、勲男《いさお》さんとこ行ってくる」

「そっか、もう退院されたんですね。どうかお大事に、とお伝えください」

江藤さんに続いて、周りの人も口々に「いってらっしゃい」「お加減どんな感じ?」などと菅野さんに声をかけている。勲男さんというのが大家の名前らしい。

「あ、勲男さんに渡そうと思ってたお茶があるんだ。ちょっと待っててください」

江藤さんの奥さんはそう言って、慌ててダイニングを出ていった。


一階から中庭へ出ると、菅野さんはまっすぐに、さっき僕が見つけた大家の敷地の裏門へと進んで行った。小さな門灯に照らされた鉄の扉は簡単に開き、そこから奥の方へ点々と飛び石が続いている。塀沿いにはよく手入れされた大小様々な木々が植えられ、飛び石に沿って据えられた控えめな灯りが足元を照らし、まるで旅館か料亭のようだった。食事を載せたトレーを傾けないよう慎重に、菅野さんについて石の上を一歩一歩進む。立派な平屋建ての建物の脇に出ると、勝手口のような小さなドアの前で、菅野さんはインターホンを押して来訪を告げた。

「こんばんは」とドアを開けたのはマスク姿の中年の女性だ。大家のヘルパーさんだと菅野さんが説明する。

中へ入るとそこは広々としたダイニングキッチンだった。純和風の外観と違い、内装はフローリングのモダンな作りで、バリアフリーになっているようだった。奥の部屋から「おお、ありがとう」と車椅子に乗った大柄な老人が出てくる。ヘルパーの女性は僕からトレーを、菅野さんから江藤さんのお茶の缶を受け取ると、「あら美味しそう」と老人にも見せる。

「初めまして、八木賢斗です」

「五十嵐《いがらし》勲男です。どうぞよろしく」

老人の微笑《ほほえ》みは少しぎこちなく、「し」の音がほとんど「ひ」に聞こえる。声は弱々しく、細く高い鼻筋や下がり気味の目尻もどこか女性的な容貌なのに、不思議とすごい圧を感じた。

「ちょっと病気をしていたもので、入居のとき挨拶ができなくて失礼しました。これでも大分回復したんだがねぇ。まだ少し麻痺が残っていて、リハビリ中なんですよ」

傍でヘルパーさんが「少し食べやすくしますね」とトレーを作業台に置き、キッチン鋏《ばさみ》やスプーンを棚から取り出す。

「今日は賢斗くんがコハンを手伝ってくれたんだ。絹さやの収穫から米研ぎから、ポテトサラダもな」

菅野さんの言葉に、五十嵐さんはほうほう、と大袈裟なほど感心して相槌を打つ。

「家で料理をすることはあったのかな?」

「いえ、ぜんぜん……」

料理どころか何一つ家事をしたことがなかった。一日の生活とは、学校へ行って食事をして風呂に入って寝ることだと思っていた。

「最初は誰だってあんだけの人数分作るのは難しいけど、慣れればなんとかなっぺ」

僕の言葉が詰まったのを勘違いしたのか、菅野さんが励ますように言った。

「賢斗くんが初めての当番をするときは、私もぜひ食べに行きたいねぇ」

老人二人にいくら期待されようと、この先僕がコハン当番になることはないし、あったとしても、慣れる前に、たぶん僕の家族が帰国する。そうしたらまた母がすべての家事を担い、僕は父や弟と共に、その生活を当たり前のように享受する――ずっと何も知らないという顔をして。

「その頃までにはしっかり回復しないとなあ」

「こんだけべらべら喋れるようになったんだから、すぐ元通りだべ」

「うるさいおしゃべりばあさんが話し相手になってくれるからねぇ」

老人たちは大家と住人というにはあまりにも気安く、古くからの友人同士に見えた。でも僕がそう尋ねたら、二人は同時に否定した。菅野さんが入居した時からの付き合いで、十年も経っていないと言う。

「おらたちは、いやんべな隣人だ」

「いやんべ？　嫌な隣人ってことですか？」

僕の言葉に菅野さんも五十嵐さんも豪快に笑った。

「いやんべな、いい塩梅《あんばい》の、隣人同士。賢斗くんともそうなれるといいですねぇ」

五十嵐さんの穏やかな声音に、僕は自然と相槌を打っていた。

ココ・アパートメントの僕らの部屋へ戻ると、菅野さんが当たり前のようにマグカップを出してお茶の用意をする。グラスを割ってからというもの、もう何度か、このシェアキッチンで一緒にお茶を飲んでいた。

「蜂蜜入れるか？」

「お願いします」

マグカップに顔を近付けると、熱い蒸気で毛穴が開くのがわかる。今日のお茶は口の奥で、花の匂いと味がした。それらを蜂蜜のふっくらした甘さが包む。

「かもみいるだ。よく眠れる」

最初はミント、その次はクミン、前回がレモングラス。そしてここ数日テーブルに置かれている青い花はブルースター。一つ一つ、深呼吸するように、僕は覚えたてのものを自分の中に吸い込んでいく。酸素の行き渡った体の奥からは、思ってもみなかった言葉が出てきたりする。

「僕は大事なことを一つも知らない……馬鹿、なんですかね」

人に呆れられても、呆れられたことはない。馬鹿にしても、馬鹿にされたことはない。レベルの低い人間関係からも、面倒事からも、距離を取っていられる自信があった。でも結構イケてると思っていた自分像が、このところぐらぐらと不安定な台の上に乗っているようで、それをわかっていなかったのは、自分だけだったかもしれなくて。

「こえーか？」

「え……？」

菅野さんには僕の何がどういうふうに見えているのだろう。唐突に、目の前の老女が計り知れなく思えてくる。そして確かに、僕は今のこの、心許なさが怖い。

「答えがどこにもなくて、それが気持ち悪い……自分のことは自分が一番よく知ってるはずなのに、わからなくなったり」

「おらも三十過ぎまで、自分がどんな人間なのかよくわかってなかったべ」

「三十歳って、そんなおばさんになるまで、何で？」

「——さあな。でも一生わからない人も、最初からわかってる人も、いるんでないかい？　自分が見えないなら、他の人間を見てみっぺ。家族でも友達でも、大事な人たちが何を求めて、どうしたら幸せを感じるか、そのために自分に何ができるか、見て考えて聞いて話してみっぺ。そんでまた自分を振り返ったら、案外いろんなことがわかったりするかもしんにぇ」

意味がどんどんわからなくなる。でも家族の次に陸の顔が浮かんだ。僕やあいつが求める、幸せを感じるものってなんだろう。

「まぁ今日は早く寝っぺ。おらもこわい」

「や、やすこ……さんも、怖いことがあるんですか？　何が？」

「ん？　ああ、『こわい』は地元で『疲れた』って意味だ」

また方言かよ。ずるずると脱力する僕の向かいで、老女はいつものように、お茶の香りをじっくりと吸い込んで飲み干すと、はあぁと静かに息を吐いた。

「賢斗くんがものを知らないのは馬鹿と違う。自分がものを知らないってことを知らないのが馬鹿で、それは傲慢に繋がる。そくらてすも言ってっぺ？」

「――ギリシャ哲学とか読むんですか。もしかして大学で勉強したとか？」

〝アルファホレス〟くらい意外だ。さっき何気なくネット検索したら、あのクッキーは東北あたりの銘菓ではなく、南米の郷土菓子だった。アラブ圏からスペインへ伝わり、コンキスタドールによってペルーやアルゼンチンをはじめ、南米諸国へ広がった味なのだという。

「大学は行ってない。本読んで、自分で勉強した。勉強して、自分がなんも知らないことを知って、もっと世界が見たくなった」

老女の穏やかな声を聞きながら、僕もお茶の花の香りを、ゆっくりと胸の奥まで吸い込み、はあぁと吐き出す。

「知らない分だけ、これから賢斗くんの世界は広がって深まる。おもせーな」

「おもしろい？　……んですか」

怖い、ではなく？

彼女が見に行った世界がどれだけ広いか僕が知るのは、いつしか〝康子さん〟呼びに慣れ、僕らが何夜かのお茶の時間を、向かい合わせで過ごしてからのことだ。

陸が読んでいた漫画みたいに恋に落ちるなんてことは当然なく、なんでも腹を割って話す友達というのとも少し違う。互いにこの先も知らないこと・話さないことはたぶんたくさんあって、これが「いい塩梅の隣人」という関係なのかは、正直まだよくわからない。

ただ言えるのは、話せば話すほど康子さんは計り知れなくて、僕は自分がまだまだこの世界について何も知らないということを、何度も痛感させられた。でもそれは、ぜんぜん嫌じゃなかった。

第2章

隣人の涙は

マンションの入り口まであと二十メートルほどのところで、三階の男が郵便受けの前にいることに気付いた。できるだけさり気なく後退《あとずさ》りして、角の家のあまり手入れされていない生垣の陰に身を隠す。一度消えた塀の上の人感センサーが再び反応し、私という不審者を煌々《こうこう》と照らした。

以前にやはり入り口であの男に行き合ったとき、社交辞令で一応挨拶をしたら、無言のままやたら人の顔をジロジロと見てきて気持ち悪かった。以来、顔を合わせるたびに同じことをされるので、できるだけ避けている。五十絡みの、これといって特徴のない顔と服装で、外ですれ違っても警戒どころか注意も払わないような平凡な外見だけに、尚さらあの奇妙な振る舞いが怖い。マンション住人の間で『会いたくないランキング』を付けるとしたら、彼はダントツの一位だ。

二位は間違いなく最上階の六階に住む、ひ弱な外見の割にひたすら攻撃的なおじいさん。この世のあらゆる人間が鬱陶《うっとう》しいという風情《ふぜい》で、初めて挨拶をしたときにはじろりと睨まれ、数時間ほど気分が暗くなるダメージを負った。彼が先に乗っていたエレベーターに慌てて駆け込んで、思い切り舌打ちされたこともある。毎回何かうまい反撃ができたらと思うのだが、慣れないことは咄嗟にできるものではない。自慢じゃないがこれまで四十一年間、他人に迷惑をかけない・不快にさせないという常識に従って生きてきたのだ。自分の小市民的善良さにやるせなくなりながら、ダメージだけが溜まっていく。

そして三位を挙げるなら、隣の部屋の若い女性になるだろうか。二ヶ月に一度くらいの周期で、真夜中に何か重いものを壁伝いに動かし、その後は奇妙なメロディの歌を歌うという習慣がある人だ。三十分以上続くことはないため、やり過ごせなくはないのだが、気になりだすと止まらない。何より不気味だ。一度管理会社に注意してもらってからは、音量は少し抑え気味になった一方で、私を見る彼女の目に怯えが浮かぶようになった。互いをヤバい人認定した私たちは、マンションの敷地内で行き合えば会釈はするが、敷地外だと完全な他人ムーブになる。だからこそ、駅やスーパーで偶然居合わせ、目が合ってしまったときはとことん気まずい。

壁で仕切られているとはいえ、なんならある意味で同じ屋根の下に暮らしているのに、こんなにも会いたくない。まともな私ばかりが割りを食っている気がする。男は敷居を跨《また》げば七人の敵あり、と言うけれど、マンションの敷居を跨がなくても私には三人の敵がいる。近くに住んでいるからこそ、厄介な敵になったとも言える。遠くの他人であったなら、名前も知らない彼らをこんなに厭《いと》うこともなかったのだから。

視線の先で、三階の男はポスティングされたチラシをぐしゃりと丸め、大家が設置した専用のゴミ箱へ乱暴に放り込んだ。オートロックの内ドアが閉まる音に耳を澄まし、私は恐る恐るマンションの入り口まで歩を進めた。どこからか微かに金木犀の香りがすることに、ようやく気付いた。

冷凍しておいたご飯にキムチ納豆、インスタントの味噌汁に豆腐だけ切って入れたもの、という修行僧のような夕飯を済ますと、スマートフォンに兄の義徳《よしのり》からのSOSメッセージが入っていた。いつもながら他人行儀な、まるで仕事先に送るような文面だ。

〈お忙しいところたいへん恐縮ですが、急な出張のため、金曜の夜から一泊して土曜まで大我《たいが》と過ごしていただけませんでしょうか。龍介《りゅうすけ》くんと喧嘩をしたらしく、江藤さんの家は大我が拒んでおります（もしもそちらが難しいようでしたら、言い聞かせます）。土曜の夕方頃には帰れる予定なので、由美子《ゆみこ》さんのご都合が許す限り滞在いただけたら大変助かります（留守番にも慣れてきましたので、ご予定などありましたらどうかご遠慮なく）。食事についてはあとで精算しますので、外食でもデリバリーでも、大我と一緒に好きなものを食べていただければ。土曜の夜はコハンがあるので、もしよかったら〉

短文メッセージ向けアプリにあるまじき長文と括弧書きの多さに、思慮深い兄の性格が表れている。兄が「由美子さん」呼びなので、いつからか私も義徳「兄ちゃん」ではなく、「兄さん」呼びになった。

脳裏には、二ヶ月前に会った甥の大我の丸顔が浮かぶ。なにかのキャラクターみたいに、すべてのパーツが円でデザインされたような顔をしている子だ。

〈承知しました　なるべく早く向かえるようにしますが今日明日の仕事の状況にもよるので時間などは追って連絡します　当日何か不測の事態が起きた場合はいただいている番号に連絡します　夕食は本人の希望を聞いておいてもらえれば〉

兄に負けず劣らず四角四面なメッセージを打ちながら、座椅子に疲れた体を預けると、知らずため息が出た。体は明らかに、面倒くさがっている。

都内にある兄たちの住むマンションは、私の会社からもマンションからも、電車を乗り継いで片道一時間近くかかる。その移動距離も、兄の家の慣れない寝具も、体力の衰えを日々感じる身では、なかなかキツい。週末は二度寝したうえで、パジャマのまま一日中ごろごろしてようやくエナジー・チャージが叶うのだが、大我と寝起きするときは、平日同様、七時には起きる。彼の今後の教育のためにも、大人のだらけた姿を見せてはならぬ、と自分の中の〝世間様〟に言われている気がしてしまうのだ。

メッセージを送信したあと、ついでに「小学三年　男子　仲直り」と検索する。結果は小学生同士の喧嘩についてのサイトばかりで、私たちには当てはまらない。

前回泊まりがけでシッターをした夜は、大我は夏休み中の開放感もあってかよく笑い、口数もいつもより多く、これまでにないほど私に打ち解けているように見えた。案外私は子供に好かれる質《たち》なのかもしれない、などという錯覚を抱いたのも束の間、翌朝になって彼が些細なことで殻に閉じこもるように口をきかなくなってしまい、兄が戻るまで微妙な空気のまま別れたのだった。

四十年あまりの人生、友人や恋人や同僚と近付いたり離れたり、ややこしい人間関係はそれなりに経験してきた。人付き合いの断捨離の後に残った少数精鋭の友人たちとの、穏やかで気楽な関係にようやく落ち着いていたところへ、再びこんなふうに悩む日が来るとは。しかも小学生の甥っ子相手に。

そもそも私の中では、血縁というものが希薄になって久しかった。
別に家族仲が悪かったわけではない。反抗期も親の離婚も、ＤＶなどという不幸も経験しなかった。ただ社会人になってまもなく、母が平均寿命よりうんと早く逝き、やもめとなった父が香川の実家を引き払い、学生時代を過ごした北海道へ移住したら、そこで新しいパートナーを見つけた、という話だ。

兄妹仲も悪くはなかったと思う。でも私の物心がついた頃には、兄は将来を嘱望《しょくぼう》された柔道選手として、関東にある中高一貫校の寮に入っていたから、兄に遊んでもらった記憶はごくわずかだ。親しくなるには年齢的にも物理的にも、距離が遠すぎたのだ。そして私たちは二人とも、たまに会ったときに距離を一気に縮められるような人懐《ひとなつ》っこさからは程遠かった。

兄は家を出たあと、帰省するのは年に二度ほどで、いつも過密な練習メニューの合間を縫った短い期間だった。そして私が小学校を卒業する前に、兄は大学の強化合宿で大怪我を負い、以来試合に出場することなく卒業と共に引退し、そのまま東京で柔道とはまるで関係のない、工場の管理や流通のシステムを開発する一般企業に就職した。

社会人ともなれば帰省する頻度なんて推して知るべしで、その頃思春期真っ盛りだった私も、兄と再び親睦を深める時間も関心もなかった。両親も「家族が揃う時間を大切にしよう！」というタイプではなく、割とドライだったので、兄が就職して以降、四人揃って家族行事らしい行事をしたことはほとんどない。気付かない間に兄が帰省しており、気付けばすでに東京へ発っていた、という年末年始も何度かあった。

私が大学進学で家を出てからは、母の葬式と兄の結婚式、そして父の引っ越しで実家を引き払うときに顔を合わせたくらいで、兄とは特に交流はなかった。大我が生まれたときも、会いに行かずに贈り物だけ通販で手配し、店側が用意した例文のメッセージをそのままコピー&ペーストしたカードと共に送った。

そんな私が叔母として初めて大我に対面したのは一年半ほど前の冬、義姉が突然の事故で亡くなったときだ。想像の中の彼は内祝いに添えられたカードの、生まれたての写真で留まっていたから、葬儀場の長い廊下の片隅で姿を見かけたときは、(ずいぶん丸っこい子供だな)と、我が甥だとは気付かずに通り過ぎていた。

喪主の兄は一見毅然《きぜん》としていたが、明らかに顔色が悪く、憔悴《しょうすい》し切っていた。仕事は激務と聞いていたから、父子二人だけでは遠からず生活が破綻するのは明らかだった。

こういう場合、多くのケースではきっとそれぞれの実家が二人を支えるものなのだろう。でも兄だけでなく、義姉も家族との縁が薄い人だった。両親は彼女の高校入学と同時に離婚、その後それぞれに再婚していて、一人っ子の彼女は夫と子供、両親の他に近い身寄りも実家もない人だったと、私は葬式の席で初めて知った。

「うちの人もぜひ頼ってくれと言ってるし、大ちゃんを数日預かるとかなら、喜んでお世話するから、どうか遠慮せずに」

北は北海道から南は大分県と、東京から遠く離れたそれぞれの地で、新たなパートナーと暮らす祖父母たちが言うものの、そして兄一家は孫を媒介にそれぞれと浅い交流を保ってはいたらしいが、ほぼ他人の、それぞれの伴侶がいる家に頼るのは憚《はばか》られたのだろう。本音では祖父母たちも気まずいものがあったと思う。具体的な話にならないまま精進落としは終わり、ジジババたちは斎場が手配したマイクロバスに乗って帰って行った。

義姉のママ友の江藤敦子《あつこ》さんと、夫の和正さんに声をかけられたのは、二号目のバスの車内だった。

「このたびは……」

二人揃って真っ赤に泣き腫らした目で挨拶され、自分は義姉とは一度しか会ったことがなく、ほぼ交流はなかった、なんなら実兄ともほぼ交流はない、などとは言えず、東原《ひがしはら》家の親族らしく、丁重にお悔やみの言葉を受け取った。

「うちの次男と大我くんは保育園も小学校も一緒で、同じサッカーチームにも入ってまして、東原さんのお家《うち》とは、ずっと家族ぐるみでお付き合いさせていただいてたんです。それで差し出がましいとは存じますが……」

江藤夫妻の提案は、彼らの住む「少し特殊な」マンションに、父子で引っ越してきたらどうか、というものだった。生前の義姉も興味を持っていたのだと言う。

「放課後や週末にあるサッカー練習の送り迎えは私か夫ができますし、義徳さんの帰りが遅いときなんかは、うちで預かれます。共用スペースには大抵ほかの部屋の子供や大人もおりますから、セキュリティのうえでも安心かと思います。何より、私たちでできることがあれば、二人を支えたいんです」

「義徳さんも今はまだ今後の生活のこととか考える余裕はないと思うのですが、折りを見て、妹さんからもそれとなく勧めていただけたら。何かあればいつでも僕らにご連絡ください」

申し訳なくもほとんど他人事として聞きながら、自分が彼らと同じ立場だったら、こんなふうに手を差し伸べられただろうかと考えた。

結婚式で一度だけ会ったときの印象では、義姉はやはり顔のパーツ一つ一つが丸く、顔も性格も柔らかな雰囲気の、私とは正反対のタイプに見えた。彼女と知り合う機会は永遠になくなったが、いい友達がいる人だったのだな、と思った。

そのまま夫妻とはメッセージアプリのＩＤを交換して別れた。兄とは互いのＩＤを知らないのだとは、最後まで言えないままだった。

「少し特殊な」マンションのことは帰宅してすぐに調べた。

ココ・アパートメントという名のその賃貸マンションは、『心地よい暮らしを作るために多世代の住人が協働するコミュニティ型マンション』らしい。企画運営を担うＮＰＯの公式サイトには、共用の広々としたリビング・ダイニングで、小学生や幼児が中年女性と一緒に遊んでいる写真が載っていた。一見、兄妹と母親に見えるが、コンセプトからすると全員が他人同士なのかもしれない。各戸にある水回りとは別に、共用の巨大なキッチンと洗濯ルームがあり、キッチンでは定期的に当番が皆のために食事を作るのだという。この住まい方が北欧で始まったときから、家事の負荷軽減は重要な理念の一つだと書いてある。

サイトにはクリスマスやお花見などの季節イベントの写真もあり、住人たちはとても仲が良さそうだった。他の住人との交流が前提のマンションなんて、私なら考えただけで暗澹《あんたん》たる気持ちになるが、ひとり親家庭となった二人には、確かに理想的な環境に見えた。

葬式で会ってから、私はなし崩し的に江藤夫妻、そして兄と連絡を取るようになり、大我の新学年が始まる前に、父子は無事にココ・アパートメントへ引っ越した。兄は妻を亡くしたショックと新たな生活基盤を築くためにしばらくは休職していたが、無事に復職して激務に戻った。以来一年半、大我は江藤家や他の家族のお世話になりながら、すくすく成長している。私はといえば、ごくたまにではあるが、江藤家の都合がつかないときなど、兄に請われるままに、大我の面倒を見るようになってしまった。

初めて大我と二人で過ごすことになった日は、柄にもなく緊張した。兄が日帰り出張先の荒天で足止めをくい、帰れなくなってしまったときだった。江藤家は家族の半分がヘルパンギーナなる感染症に罹患《りかん》してしまい、頼れなかった。

私は大人として子供と遊んだ経験がほとんどなく、職場からアパートメントへ向かう電車で必死に「小学二年生　遊び」と検索した。牛乳パックで作る夏休みの自由工作のアイデアやら、公園遊びが如何に子供の発達にいいかを説くものやら、まるで役に立たない情報ばかりで、当時も検索エンジンが恨めしくなった。会社帰りの身で、飲み終えた牛乳パックなどあるわけもなく、夜の公園で追いかけっこなどしたら近所迷惑だ。

何より、私は子供が苦手だった。結婚願望が薄かったのもそれが大きい。十代や二十代の若い頃は特に、乳幼児以外の子供をどうしても可愛いと思えなかった。なまじ自我が芽生えた子供は、理屈が通らないわりに自己主張は全開で、その傍若無人っぷりに辟易するのだ。最も苦手だったのは、ドタバタと暴れることに無上の喜びを感じ、周りの迷惑を一切顧《かえり》みない小学生男子の集団だった。加齢と共に受け流せるようになったが、今でも子供好きとはとても言えない。

心配に反し、当時小二だった大我は暴れもせず、騒ぐこともなく、首を引っ込めた亀のように沈黙していた。彼は小学生の群れではなく、一人の子供だった。

「大我くんの好きなものとかわからなかったから、お弁当を適当に買ったんだけど、唐揚げとハンバーグ、どっちがいい？」

兄の部屋のキッチンで、なんとか箸やヤカンの在処《ありか》を見つけて尋ねると、大我は長く下を向いて沈黙したあと、蚊の鳴くような声で言った。

「……どっちでもいい」

「じゃあとりあえず温めるから、中身を見てから選んで。あとスープは、キノコとかワカメとかシジミとか色々買ってみたんだけど、どれがいい？」

「……どれでもいい」

デザートに買ってきたアイスも、おそらく同じような返事だろうと予想すると、頭を抱えたくなった。こっちも仕事帰りで疲れているところに、家とは真逆の方向の見知らぬ街へ、わざわざ電車を乗り継いで駆けつけたのだ。しかも血が薄く繋がっているだけの、ほとんど知らない子供のために。

「ちゃんとお話ししてくれないと、叔母さんも困っちゃうな」

私の声音に苛立ちの気配を感じたのだろう。大我は泣きそうな顔で私を見上げた。その表情を見て、ハッと胸を突かれた。

（この子、途方に暮れてるんだ）

大我の立場になって考えてみれば、当然のことだった。

突然母を亡くして間もないのに、数えるほどしか会ったことのない、ほぼ他人の叔母といきなり二人きりでひと晩過ごすなんて、不安以外の何ものでもないだろう。私が兄のようなガタイのいい中年男だったなら、恐怖すら覚えたかもしれない。彼と何をして遊べばいいのか、何を話せばいいのかを考える前に、私たちは知り合わなければならなかった。知り合って、私は安心できる相手だという信頼を得なければならなかった。

糸口を探して自分の小学生の頃を思い出そうにも、記憶はあまりにも朧《おぼろ》だった。当時流行《はや》っていたアニメや歌謡曲はなんとなく思い出せても、日々何を思い、何を大事にして、何に悩んでいたのか。友達と、そして親と先生以外の大人と話すときはどんなだったか。私の中にいるはずの、かつての八歳の子供は一向に見つからなかった。もしも私に育児経験があったら、簡単に見つかったのだろうか。

毎回互いにインタビューをしてみる、というのは、大我と同じように途方に暮れた私が無理矢理絞り出した提案だった。仕事で消費者調査を担当したこともあったから、インタビューには慣れていた。ただ漫然と尋ね合っても張りあいがないので、お互いについて知ったことを、父であり兄である義徳にそれぞれ報告することにした。

最初は好きな食べ物やら趣味やら、当たり障りのない質問をしあっていた。だんだんと互いに慣れるうちに、そのときどきの興味や、話の流れのままに知りたいことを聞くようになった。合間には共用リビングで他の住人と過ごしたり、卓球をしたり、ネット検索で見つけた、棒消しのような昔懐かしい手軽なゲームなんかをするようにもなった。検索エンジンもまるっきり役に立たないわけじゃない。

そうやって少しずつ、お互いについて知り合ってきたのだが、大我が私をどれほど信頼してくれているのかは、まだまだわからない。あるいはこの先も、彼から全幅の信頼を得ることはないのかもしれない。

同僚と上司に理由を話し、定時ダッシュで準急を捕まえ、やっとの思いでココ・アパートメントに着いたときは、七時を過ぎていた。共用リビングに飛び込むと、大我はソファで上階に住む大江花野《おおえはなの》という女の子と並んで漫画を読んでいた。

「大我くん、遅くなってごめんね。おなか空いたでしょ」

「だいじょうぶ。花野ちゃんにクッキーもらった」

「こんばんは由美子さん」

さりげなく様子を観察したが、前回の気まずい空気はすっかり忘れているようでホッとする。

「こんばんは。大我と遊んでくれてありがとうね。クッキーもごちそうさまでした」

「どういたしまして。お母さんがお仕事でもらったのが余ってたから」

五年生の花野ちゃんはさすがにしっかりしている。大我は自分も挨拶をすべきだったと思ったのか、一瞬戸惑ったような顔をした。

「じゃあ行こっか。すぐ出られる？」

「お金取ってくる。お父さんがお財布に入れてくれた」

「あとでまとめて精算するからいいよ。それより上着を着た方がいいかも。外、結構涼しいよ」

今日は大我のリクエストで、駅前の人気ラーメン店で夕食の予定だった。四十路《よそじ》の夕食には重すぎるのだが、子供の頃の自分も、ラーメンが好きで好きでたまらなかった記憶があるから仕方ない。

大我が上着を取りに行っている間も、花野ちゃんは、夢中で漫画を読んでいる。花野ちゃんの母親の聡美《さとみ》さんとも、これまで二度ほどこのリビングで顔を合わせたことがある。とても聡明でハキハキした感じの女性で、兄たちと同じくひとり親家庭と聞いた。

「花野ちゃん、聡美さんまだお仕事？」

「今日は接待で遅くなるって言ってました」

「あら、じゃあ一緒にラーメン食べに行く？」

「母がおかずを作り置きしてくれたから大丈夫。康子さんと一緒にデザートを食べる約束をしてるし。でもありがとうございます」

「そっか。ところでその漫画やっぱりおもしろい？　もうすぐ映画が公開されるんだっけ」

「新人の初連載だから絵はまだ下手なところもあるけど、キャラクターがいいです。皆が前世の記憶を持った国で、ほとんど記憶を持たない少女が主人公で。殺戮《さつりく》の限りを尽くして退治された大魔女だったという記憶だけわずかに取り戻した彼女が、迫害を恐れながら過去の謎に迫っていくんですけど、残酷な記憶と少女のボケっぷりのギャップがよくて。あと途中から仲間になる前世が騎士の少年にバレたときの」

「待って、それ以上ネタバレしないで。あとで読みたいから」

「あ、ごめんなさい」

花野ちゃんの将来の夢は漫画家と聞いたが、ココ・アパートメントの掲示板で見た彼女の絵は、お世辞にも上手《うま》いとは言えなかった。でも「漫画であらゆることを学んできた」と豪語するだけあり、年齢の割に語彙が豊富で、発想もなかなか面白いので、ストーリー作りならいけるかもしれない。こんなふうに、外野の漫画好きな大人が勝手な期待を抱いていることを、彼女はまだ知らない。

ラーメン店では、大我はトッピング全部入りのスペシャル・ラーメンを、私はスタンダードな醬油ラーメンに煮卵だけ付けたものを注文した。

「お父さん相変わらず忙しいみたいだけど留守番は大丈夫？　寂しくない？」

「りゅうたちといっぱい遊べるから寂しくないよ。こないだ一緒に寝たときにね」

大我はふひゃひゃ、と説明をする前に吹き出し、ぷっくりした手に丸い顔を埋める。

大我の要領を得ない話を繫ぐと、江藤家に泊まるときはいつも次男の龍介くんと布団を並べて寝るのだが、この前彼が「マネージャー、ファンが怒鳴ってます」というとても冷静ではっきりとした口調の寝言を言ったそうだ。当の龍介くんはどんな夢だったのか覚えておらず、でも互いに再現しては笑いが止まらなくなり、小学校のクラスでもしばらくの間、その妙なフレーズをできるだけ抑揚を付けずに言うのが流行《はや》ったのだという。子供の笑いのツボはつくづく不思議だ。

「龍介くん、夢の中で芸能界入りしてたのかね。喧嘩したって聞いたけど、もう仲直りしたの？」

「うーん、まあなんとなく？　サッカーの練習もあるし」

では私が来る必要はなかったのでは。一瞬そう思ったが、口いっぱいにラーメンを頬張る大我を見ていたら、まあいいかと考え直す。会った当時を思えば、こんなふうに無邪気に話をしてくれるようになったのは、ともかく大きな前進だ。

「じゃあインタビューを始めよう。まずは前回のおさらいからね。私が行きたい国はどこでしょうかー？」

「えー？　あーっと……ぶ、ぶ、ブラジル！」

「残念、ブだけ合ってます。地域はもっと日本に近い。一緒にグーグルアース見たでしょう」

「そうだっけ？　もう覚えてないよ」

ほんの二ヶ月前なのに、覚えてないのか。私は軽くショックを受ける。

「正解はブータンでしたー。理由はお金じゃなく、幸せを大事にしてる国らしいから」

「あ！　どれくらいみんなが幸せか、測ってる国だ」

「そうそう。どう測るのかいまいちよくわからないけど、どんな国か見てみたいんだよね。で、大我くんが行きたい国はスペイン。理由はサッカーチームのバルセロナが好きだから」

そういえばあのとき大我はパエリアを食べてみたいと話していたのだった。今夜はラーメンじゃなくスペイン料理にしていたら、好奇心を刺激できて教育上よかったかも、などと考える。

「由美子さんて記憶力いいよね。花野ちゃんみたい」

大我が心底感心したように言った。二人の記憶の差は、きっと互いへの興味関心の高さの差からくるのだろうな、と思う。

自分も子供の頃、親戚の大人になんて興味が湧かなかった。視界の高さが違う世界はほとんど見えていなかった。親のことですら、思い起こせばあまり知らない。父のことは今からでも知ろうと思えば可能かもしれないが、母のことはもうわからない。彼女が行きたかった国は、どこだったのだろう。

大我が大人になったら、私についての記憶どころか、存在そのものが、ああそういえばいたっけね、くらいに薄れてしまうのかもしれない。

「今日聞きたいこと、考えてきた?」

「えっとね……あ、由美子さんは料理、できる?」

「たまーにするよ。時間と気力があるときは簡単な作り置きしたり——」

言いかけて、大我の質問が意味するところに気付く。

「いつもデリバリーや外食ばっかりでごめんね。ちゃんと作ってあげられたらいいんだけど」

会社帰りにここまで来るだけで精一杯で、仕事終わりに食材を買い、使い慣れない台所で料理すると考えただけで、ぐったりしてしまう。食事時間も遅くなってしまうし、かといって育ち盛りの小三に独身・四十路の時短適当飯――納豆キムチご飯とインスタント味噌汁だけでは、私の中の〝世間様〟のお怒りを買ってしまう。働いて家事育児もこなす、世の親たちに頭が下がる思いだ。

大我は「ラーメン、嬉しいよ?」と丸い澄んだ目で言ってくれる。いつか数少ない得意料理のボルシチを作ってやらねば、と密かに心に決めた。それが意地から来るのか、わずかでも愛情から来るのか、自分でもよくわからなかった。

「あとね、いつ、どうやって、料理できるようになった?」

「家で母の手伝いをすることもあったけど、包丁の使い方とか、ちゃんとゼロから習ったのは、やっぱり小学校の授業だったかな。調理実習があるのは五年生くらいだっけ」

「うん。花野ちゃんは家庭科の教科書を先まで読んじゃって、もう朝ごはんとか作れるんだって。お米炊いたり、ゆで卵とか、お味噌汁も作れるんだよ」

「花野ちゃんならすぐできそう。高学年になれば、ひとりで火を使ったり包丁を使ったりもそんなに心配ないもんね」

「包丁って難しい?」

「慣れちゃえばどうってことないよ。大学生ぐらいまでは、たまに油断して指切ったりもしたけど」

「そうなんだ……」心なしか大我の顔が青ざめて見えた。

「大我くんも料理したいの？」

「……別に」

「料理できると便利だよ。一人暮らしになったら、絶対に作れたほうがいい。凝ったものじゃなくて、野菜炒めとか簡単なものでいいんだよ。栄養も偏らないように自分で管理できるし、お金の節約にもなるし」

大我はほとんど無反応だった。小学三年生に独立後の節約生活を説いても、実感が湧かないのは当たり前かもしれない。

丸い顔はもっと何かもの言いたげなのに、それ以上質問してくる気配はなかった。言葉にする術がまだ拙《つたな》いからなのか、単純に、私に何でも話すにはまだ警戒があるのか。大我の心の奥は、開きそうで開かない。

その日の私からの質問は、龍介くんから連想して、一番最近見た夢はどんなだったかというものだった。ぜんぜん覚えてないと言う大我に質問を重ねてみると、少し前に隣に住む大家の勲男さんの家の庭に、木の枝の妖怪が現れる夢を見た、と言う。

「手足が枝で出来ててすごく長くて、全部伸ばすとココ・アパートメントも超えちゃうくらい背が大きいの。夜になるとこの辺を歩き回ってるんだけど、見えないふりをしないといけなくて、僕はバレそうになってドキドキした」

東西の有名フィクションが混ざり合った造形の元ネタは、どうも花野ちゃんの創作話らしく、内緒で教えてもらえる「庭の七つの秘密」なるものがあるそうだ。

私はまだ勲男さんに会ったことはないが、共用リビングに飾られたいくつかの記念写真を見る限り、大柄でとても威厳のあるおじいさんだ。少し前に大病を患って車椅子生活だと聞いたが、そういった現実が大我の夢にも影響しているのかもしれない。それでなくとも春の花見や夏の流しそうめんと、行事のときに招待してもらえるらしい特別な庭は、きっと子供たちの想像力を大いに刺激するのだろう。

「花野ちゃん、そのお話を早く漫画にしてくれないかな。大家さんの庭もいつか見てみたいな」

大我は嬉しそうに同意してくれる。まだ七つの秘密のうち三つしか知らないそうで、早く残りを知りたいのだと言う。

「勲男さんの庭は、由美子さんもお花見に来ればきっと見られるよ」

「じゃあ来年は大我くんが招待してね。楽しみにしてる」

大我は風呂のあと、すんなりとベッドに入ってくれた。まだ眠くないなどとぐずられたらどうしていいのかわからないのでホッとする。私はといえば、やはり兄が整えておいてくれたソファベッドではうまく寛《くつろ》げない。花野ちゃんが読んでいた漫画を借りようと共用リビングに来てみれば、先客が三人もいた。

「由美子さんこんばんは。そういえばゲスト宿泊の連絡メールが来てましたね」

「ちょっとだけ一緒に飲みません？　女子会開催中なんです」

ここで彼氏と同棲しているという茜《あかね》さんと、中国からの研究者らしいチェンシーさん、そして花野ちゃんのお母さんの聡美さんが、部屋着姿にすっぴんでくつろいでいた。サイドテーブルには缶ビールやワインボトルが並んでいる。ココ・アパートメントでは、敷居の内には三人の敵ならぬ、三人の飲み仲間がいる。

「兄が出張で、シッターに来ました。一杯いただいちゃおうかな」

どーぞどーぞと促されるまま、ソファの向かいの椅子に腰を下ろすと、すでにできあがっている聡美さんがタンブラーグラスに白ワインを注いで渡してくれた。いつものキリッとした佇まいが、アルコールでゆるんで柔らかくなっている。

「義徳さん、相変わらず敦子さんたち以外に頼り難《にく》いみたいですねー。花野もずいぶんしっかりしてきたし、急なときは家《うち》にも来てもらっていいですからねー。大ちゃんにも、遠慮なくおいでと言ってあるんで」

「私が来たとき、ここで花野ちゃんと一緒に漫画を読んでました。おやつにクッキーをもらったみたいで、ありがとうございます。今日は接待だったとか？」

「そーなんですぅ。気を遣うばかりの席で、お料理もお酒も味がしなかったから、一日をいい酒で締めようと思ってー」

姐《ねえ》さんお疲れさまです、とチェンシーさんが聡美さんのグラスに自分の缶ビールを合わせ、流暢な日本語で続けた。

「義徳さんも忙しそうですね。最近ほとんどここで見かけてない気がする」

「新規で大口の取引先を開拓したばかりなのに、担当がひとり辞めちゃったそうで。皆さんにもご迷惑をかけてないといいんですけど」

「みんな大変なときはあるんだから、持ちつ持たれつですよー」と聡美さん。

「でも実は、義徳さんに限らず、定例会への参加とか、コハン作りとか、しばらくできていない人が多いことにどう対応していこうかって議題が出てるんです。うちの相方もここのところ休日出勤が重なったりで、コミッティーの仕事も疎《おろそ》かになっちゃって」

茜さんが申し訳なさそうに言う。

本来は皆が月一回コハンを担当し、定例会にも参加するルールなのだが、強制ではないところに、感染症の大流行やら共用冷蔵庫の故障やら、各自の仕事や家族の事情やらで、コハンの実施が間遠になったり、定例会参加率が落ちたりしているそうだ。兄が入居まもない頃に初めてコハンを担当したときは招待をもらったが、友人との予定があって行けなかった。あれから彼はどれくらいコハンを作れたのだろう。

「もっとコハンがないと生活が困ると思いつつ、私も当番に入れるのはほとんどが週末の簡単なランチばっかりだからなぁー。康子さんがキノコの炊き込みご飯をおにぎりにして、残業組のために取っておいてくれたときとかホント沁みて、私も自分が作るときは頑張ろうって思ってたのに」

「でもこのあいだ聡美さんが作ってくれたさつまいものポタージュ、最高でしたよ。あんな美味しいの家で作れるんだってびっくりした」

茜さんが言うとチェンシーさんもまいうー、まいうーとお気に入りの日本語で賛同する。

「ハンドミキサー買ってからポタージュ作りにはまっちゃってー。気に入ってもらえてなによりでーす」

ここにも超人のようなワーキングマザーがいる。私は小さく首《こうべ》を垂れた。

「今日、大我に料理ができるか聞かれました。私が来るときはいつも外食やデリバリーだから、疑われちゃったみたい」

「大我、まさか得意料理なんて聞いてこなかったですよね？」

心なしかチェンシーさんの鼻息が荒くなる。

「それは聞かれなかったですけど……？」

「チェンシーちゃんがこのあいだ誘われて合コンへ行ったら、女性みんなが得意料理を言わされたんだそうです。男性陣がいちいちそれにコメントして」

茜さんが宥めるようにチェンシーさんの背中をさすりながら説明してくれた。

「私には『餃子作ったりしないの？』『オレは小籠包《ショウロンポウ》が好き』とか言って、『じゃあ、あなたたちの得意料理は？』と聞いたら、『料理が得意な彼女募集中』ってニヤついてんですよ。私はまーまー料理が得意ですが、お前らのために得意なわけじゃない」

思えば私が若い頃は「男を捕まえるには胃袋を摑め」とよく言われたが、歴代の彼氏は偏食家ばかりで、摑むほどの胃ではなかった。

「相手は昭和のおじさんじゃなくて若い人たちなんですよね？　令和の若者にもまだそんな男がいるんだ」

「中国の男はたくさん料理する。うちでは母より父の方が作ってた。父の得意料理は厚揚げの炒め物と私の大好きな酸辣湯《サンラータン》で、私もそれくらい作れる人がいいって言ってやりましたよ」

「日本の男もそんなんばっかじゃないからねー……って元夫は似たようなものだったけど」

言いながら、聡美さんは冷たく笑う。

兄も義姉の生前は、おそらく家事はそんなにしていなかったのではないだろうか。兄は今と同じ職場で残業に明け暮れ、義姉は大我が生まれてからは、勤めていた会社を辞め、パートタイマーになったと聞いた。

「日本の親たちが、息子たちをそう育ててきたのでは？　賢斗の親がコハン来たとき、食前も食後もぜんぶ母が皿を運んで、父は座ったままでびっくりした」

賢斗とは、確か春に入居した高校生だ。今度は聡美さんの鼻息が荒くなった。

「昭和ドラマの世界でしたねー。あの辺の年代から上は、エリートほど女に専業主婦を求めがちですし、そりゃあ国も衰退するわー」

「でも賢斗くんはここ何回か、康子さんのコハンを頑張って手伝ってますよね。最初はひねてる印象だったけど、ちょっと変わってきたような」と茜さん。

「ここの男の人たちはコハン作るし、大丈夫だと思う。由美子さん、大我がちゃんとした大人に育つよう、頑張ってください！　応援してます」

「え、わたしは……」

チェンシーさんに強く励まされ、思わず言葉に詰まってしまった。

私は大我の成長に影響を与えるほどの関わり方はこれまでもしていないし、これからもしないだろう。あくまで突発的なときだけのシッターなのだ。

「……敦子さんや和正さんの方がよほどあの子と深く関わってくれてるし、普段の様子なんかも、皆さんの方がご存じだと思いますよ。私はそんなに懐かれていない、ただの親戚なので」

「そうですか？　前にここで二人が卓球してたとき、大我くんすごく楽しそうに見えましたけど」と茜さん。

「うーん、一応楽しそうにはしてるけど、心の奥底は見せてくれないというか」

「親にだって全部は見せてくれませんよー。子供とはいえ一人の人間、全部知るなんて無理無理。私だって花野にすべてをぶっちゃけることなんてできない……」

そう言う聡美さんは、眠気が限界なのか、ほとんど半目になっている。

「子供たちが心を開いてくれてるかはわからないけど、気にかけてるよって伝われば、それでいいんじゃないでしょうか。親とか先生とか、子供を責任持って育てる立場にはぜんぜんないんだけど、見守る気持ちは持ってる大人がたくさんいるのが、ここのいいところですしね」

茜さんがしみじみと言う。同棲中の彼と、そろそろ結婚や子供のことを考えているのかもしれない。

「確かに、子供は好きでも嫌いでもなかったけど、ここに来てから見え方が変わった」

賢斗くんが来るまで、他の住人に比べて飛び抜けて年若かったチェンシーさんは、子供たちにとって大きなお姉さんという存在らしく、とても好かれているようだ。

「ちゃんと信頼できる大人がたくさんいるってだーいじ！　味方は多い方がいいから。大ちゃんは少なくとも、由美子さんといるとき安心してるように見えますよー。うちみたいなシングル親家庭には、そういう人が本当に貴重なんで。義徳さんも同じだと思うなー」

敷居の外の、七人の敵ならぬ味方になら、私もなれるのだろうか。

「そうなら、いいんですけど」

翌日は二日酔い気味の頭を振り切って七時に起き、大我の朝ごはんには駅前のベーカリーで買っておいたパンを食べさせた。江藤家が郊外のショッピングモールへ誘ってくれたので、ありがたく大我を預けることにした。

「うちの車大きいから、由美子さんも来たらいいのに」

和正さんが運転席から顔を覗かせて言った。敦子さんと共に、仕事に家事育児にと大忙しのはずなのに、いつもどこかゆったりとしていて、ここにも同年代ながら超人的ペアレンツがいる、と思う。

「ちょっと早めに済ませないといけない用事があるので、今日は帰ります。ご面倒をおかけしますが、よろしくお願いします」

電車で行き難い大型ショッピングモールには確かに少し惹かれるものがあったが、一緒に行けば、必然的に今夜のコハンまで皆と共に過ごすことになるだろう。江藤家の人々と大我、そして兄の顔を思い浮かべるだけで、どっと疲れた。週末くらい、世間様に顔向けできない顔で過ごしたい。

「じゃあまた。二人の喧嘩はじゃれあいみたいなものなんで、今後もぽーんと預けてくれちゃって大丈夫ですから。ホラ大ちゃん、由美子さん帰るって。挨拶しなー！」

既に後部座席に乗り込んで、龍介くんとその兄の晴暢《はるのぶ》くんとの指相撲に夢中になっていた大我は、敦子さんに促され、「バイバーイ」とひどくあっさりとした挨拶をよこした。


その日は取引先でのミーティング後、リモートで作業する承認を上司から取り付けていて、私は朝から少し浮き立っていた。

長い会議を終えて外に出てみれば、周囲はまだまだ西日で薄明るい。眺めのいいカフェで甘いものをつつきながら仕事をしようか、作業が早めに終わったら久しぶりに映画もいいかも、などと妄想しつつ都心のオフィス街を歩いていると、スマートフォンが震えた。兄からの着信だった。

普段はメッセージで連絡が来るから、嫌な予感しかしない。恐々通話ボタンを押すと、案の定、切羽詰まった声で、大我を学校まで迎えに行ってもらえないか、と相談された。同級生と喧嘩をしてしまったらしい。

「本当に申し訳ないですが、担任の先生が『江藤さんじゃなく保護者の方で』と。僕がいま日帰りの出張先なので、最短で着けるのが七時過ぎで……」

「私で保護者の代わりになるのかな？　今日はこれからリモートワークになるんで、時間は大丈夫ですけど」

しかもちょうど最寄駅を通る接続線に乗れば、兄たちの駅まで一本で行ける。でも江藤さんやココ・アパートメントの居住者たちの方が、血縁である私よりよほど、普段の大我の様子にも詳しく、小学校の事情にも明るいのに、とも思う。

「どうしても僕が無理なら他の家族の人でいい、と言われました。今後はちょっとうちの状況について学校側とも協議しようと思いますが、今日だけ保護者代理として行ってもらえたら、本当に助かる」

「了解です。すぐに向かうけど、喧嘩って何があったの?」

聞けば、大我が同じクラスの女の子とサンタがいる・いない、で言い合いになり、手が出てしまったそうだ。相手の頰をぶった拍子に爪が引っかかり、少し出血させてしまったらしい。相手の子のぶたれた箇所はまだ腫れているので、向こうも親が迎えに来るのだと言う。

保護者検定なるものがあるなら、相当上級者向けのシチュエーションだ。たじろぐ私をよそに、兄は小学校の受付手続きと、正門から大我のいる教室までの行き方を、懇切丁寧に説明してくれた。

到着した駅から南へ延びる道を、ココ・アパートメントへ向かういつもの角で曲がらずにそのまま進むと、やがて小学校の高いフェンスが見えた。下校時間は過ぎているはずだが、紅葉を始めた桜並木の向こうで、まだ多くの子供たちが校庭を駆け回っている。

がらんとした教室で担任の先生と二人きりで待っていた大我は、心なしかいつもより小さく見えて、ひどく萎《しお》れた様子に、親でなくとも胸が痛んだ。

「東原くん、普段は本当に穏やかで、喧嘩なんて珍しいんですよ。本人もすごく反省して、相手の子にもちゃんと謝ったので、あまり怒らないであげてください」

服装によっては大学生にも見えそうな、私よりずっと若い担任が、「怪我させるつもりはなかったんだもんね？」と優しく大我に確認すると、本人は俯いたまま小さく頷いた。

「相手のお子さんと保護者の方にも直接お詫びしたほうがいいですよね。まだいらっしゃいますか？」

「ええ、保健室で待っていただいてます」

つるつるした静かな廊下を、先生について歩く。大我は私の隣を避けるように、少し離れてついてくる。保護者検定上級者だったなら、並んで肩でも抱いてやるのだろうか。緊張でとてもそんな余裕はなかった。

相手の子は関《せき》かなみちゃんといい、大我よりずっと背も大きく大人びた雰囲気の、明らかにリーダータイプの女の子だった。高級な桃のように滑らかな頬に、白いガーゼが痛々しい。大我がこの子に怪我をさせたという現実が、否応なく突きつけられる。

「子供の喧嘩ですから、どうか気にしないでください。ただのかすり傷ですし、うちの子も物言いが結構キツいところがあるので」

やはり仕事帰りか、ベージュのジャケットを着たお母さんがサバサバと言ってくれたので、強張っていた肩から少し力が抜けた。

「痛かったのに、なんでそういうこと言うの！」

かなみちゃんが母親の背中をバシンと叩き、その目はみるみる真っ赤になって潤《うる》んでいく。教室で彼女が泣いたのを見て、他の女の子たちが一斉に大我を責めたと聞いた。

「本当にごめんなさい」

私が頭を下げると、少女は戸惑った顔で視線を逸らした。

「もし傷の経過が思わしくないなどあれば……」

この子の父親までご連絡を、というのは他人事にすぎると思う。でも大我にとっての、私の立ち位置がまだよくわからない。

「……どうか改めてご連絡ください。本当に申し訳ありませんでした」

「いえいえ、そちらのご家庭も大変だと思いますので。あ、でも爪とか伸びてると本当に危ないので、時々気にかけてあげてください」

同級生の保護者だから、大我の母の死も知っているのだろう。お母さんの眼差しには同情の色が浮かんでいた。大我の爪なんて、よくよく見たこともなかった。

「東原くんも、また明日からかなみと仲良くしてね？」

大我はまた亀のように頭を引っ込めて、小さく頷いた。かなみちゃんはまだどこか納得のいかない顔で、そんな大我をじっと見ていた。

今日はサッカーの練習日で、本来は練習後に江藤さんの家でご飯・お風呂までお世話になる予定だったらしいが、大我は遅れて練習へ行くことを拒否した。

「じゃあ少し早いけど、ファミレスでも行こうか……」

アスファルトに淡く浮かぶ、自分たち二人の付かず離れずの影を踏みながら、とりあえず駅まで向かう。他人から見たら、私たちは学校帰りの子供とその母に見えるのだろう。

そういえば大我がサンタクロースを信じているのか否定派なのか、担任にも兄にも聞きそびれてしまった。今日のことを話すうえで、前提を間違えれば後々に影響する、とても大事な問題なのに。今日は大我に会う予定ではなかったので、インタビューの質問も考えてきていなかった。

「……なんで、あやまったの？」

聞き違いかと思い、大我の方を見下ろすと、今度はもう少しはっきりとした声で、同じ質問をされた。

「喧嘩の発端がなんであれ、やっぱり手を出したらダメだよ。大我くんも、怪我をさせて、泣かせちゃったのは悪いと思ったから謝ったんでしょう？」

「そういうんじゃないっ」

以前に機嫌を損ねたときと同じトーンだった。

「……そういうんじゃないなら、どういうの？」

大我はまた黙り込んでしまう。ごくわずかなシッター経験から言うと、このまましばらくは亀になってしまう。でも予想に反し、大我は再び口を開いた。

「……泣くのは我慢するものじゃん。泣いたら勝ちみたいなの、ずるいよ！」

（ああそっち？）

なぜ私が謝ったのか。そういう質問だったらどうしようと内心焦っていたから、力が抜ける。

私はつい「はは」と笑ってしまった。

「なんで笑うの?」

「ああごめん。私も昔、まったく同じように思ったことあるなって。絶対に泣かない、強がりの子供だったから。向こうが先に手を出してきたのに、反撃したら泣かせちゃって、周りに私がいじめたみたいに思われたことがある」

「それでどうしたの?」

「頑張って先生や母親に何があったか説明したよ。母は『お兄ちゃんもまったく同じ状況になったことある』ってちゃんと信じてくれた」

ガタイがよくて喧嘩も強い、母由来のDNAは兄と私に遺伝している。

「――なんであの子をぶっちゃったか、説明できる? サンタさんの話をしてたんだよね?」

「……関が、サンタさんなんかいないって。僕が絶対いるって言ったら、『いまだに信じてるなんて子供っぽい、馬鹿じゃないの』って……」

大我はサンタを信じている派だったのか。

大人からしたら微笑ましい諍いだが、大我にしてみれば、ずっと信じていたものを否定されたことはショックだっただろう。そしてかなみちゃんの言い方がキツいのは本当のようだ。

「サンタさんのモデルになったセント・ニコラウスはものすごい昔に実在したし、サンタクロース協会というのが世界最北のグリーンランドという島にあって」

サンタに関する知識を総動員してこの場を宥めようとした私の言葉を、大我が震える声で、遮った。絞り出すような声だった。

「お父さんが、お母さんはサンタさんと同じ場所にいるって言ったのに！　去年のプレゼントだって、サンタさんとお母さんが相談して決めたんだって……サンタさんは、お母さんは、いないの？　どこにも？　お父さんは嘘をついたの？」

大我の丸い顔がみるみるトマトのように赤く染まる。かと思うと、次の瞬間に彼は顔をしかめ、瞬きもせず宙を睨む。

この子はこんな小さいのに、喪失の痛みを知っている。それはなんて酷なことだろう。世界をまだほとんど知らないうちから、世界で最も深い悲しみの一つに直面してしまうなんて。

私は咄嗟に胸を突かれ、かといってどう慰めていいのかもわからない。本人が泣くまいとしているのに、「泣かないで」はおかしい。頭を撫でて良いものか躊躇していると、中途半端に上げた手で、傍の車道を走るタクシーを停めそうになった。

「サンタさんやお母さんがどこにもいないとは、誰にも言い切れないんだよ。信じてる人の心の中にいるって、嘘じゃない……」

詭弁《きべん》とはわかっていても、何か言わねばならないと思う。大我のために、嘘でない何かを。

私は小三の頃の記憶を辿ろうとして、ふと気付く。もう少し新しい記憶の中に、私たち二人の大きな共通点があった。

「むかし私と義徳兄さんのお母さん――大我くんのおばあちゃんにあたる人が死んだとき、友達が教えてくれたんだけどね、細胞っていう、体の素《もと》みたいな、目に見えないくらいすごく小さな体の一部を、お母さんと子供は交換してるんだって」

「……さいぼう」

「そう。私たちはみんな細胞でできてる。それで、大我くんの体の何百万の、何千万分の一くらいは、お母さんの細胞。お腹の中にいたときに交換したものが、子供の中にほんの少しだけど残ってるんだよ」

大我は自分のお腹を不思議そうに見下ろす。葬式で会ったときは顔ばかりかお腹まで丸く出た幼児体型だったが、ずいぶん子供らしい姿になった。成長しているのだな、と思う。

「だから、お母さんの一部が大我くんの中にいるのは間違いない」

当時二十代の半ばに差し掛かっていた私には腑に落ちたが、大我は眉間に皺を寄せ、納得のいかない顔をしている。細胞よりサンタクロース村の話をすればよかったのか。

「……よく、わかんない……！」

突然、大我は堰《せき》を切ったようにぽろぽろと涙をこぼし始めた。

私はその熱のこもった丸い頭に恐る恐る触れる。掌の中のあたたかい丸みから、何かがじんわりとこみ上げて胸に達する。嫌がられている様子はなかった。

「泣いちゃ……ダメ、なのに」

「泣いていいんだよ。泣きたいときはいっぱい泣くの。そういうもんなの」

「由美子さん、今日のこと、お父さんに、言う？」

「何があったかは言わないとだけど、泣いたことを言ってほしくないなら、言わないよ」

「言わないで……お父さんが我慢してるのに……僕も我慢しないとダメなのに……」

大我はいよいよしゃくりあげて、顔中を濡らし、切れぎれの声で言う。

「お父さんが、泣くのを我慢してるの？」

「……僕が寝てる間に、泣いてた……でも僕の前では……ぜったい、泣かな……な、泣いてない、フリしてる……」

初めて二人で過ごしたとき、この子が途方に暮れていると思った。私も人生に再び〝家族〟が現れて、困惑していた。でも誰よりも一番、兄が途方に暮れていたのかもしれない。

ファミレスで瞼を腫らしたままチキンカレーを完食した大我は、なんとか家までは持ち堪えたものの、風呂を沸かしている間に寝てしまった。兄が帰宅したのはそれからまもなくだった。

大我を起こさないように、二人で電気を落とした共用リビングへ移動する。

「本当に、申し訳なかったです。学校にはココ・アパートメントのこととか、江藤さんと我が家の関係とか、根気よく説明していくんで、二度とこんなことがないようにします」

久しぶりに顔を合わせた兄は、元柔道選手の体格はそのままに、一気に老けて見えた。謝罪で下げた頭の天辺《てっぺん》が薄く、白髪も増えたようだ。土気色の顔は明らかに不摂生で、疲労が溜まっていると思われた。

「私の方は大丈夫。関さんのお母さんも気にしないようにって言ってくれたし、先生も大我くんが反省しているのを理解してくれてて……それより」

色々と遠回しな言い方を考えるには、私はそこそこ疲れていた。

「兄さんは、我慢しすぎだと思う」

兄はぽかんとして、私を見返した。

「……え？　いや、由美子さんとか、敦子さんたちとか、頼りすぎるくらい頼らせてもらって、本当はもっと僕が頑張らないと」

「それ以上頑張らなくていい。でないと死にますよ？　それより、兄さんがいろいろ我慢することは、大我くんも我慢しなきゃいけないってメッセージになるんだよ、きっと」

兄は眉間に皺を寄せ、納得のいっていない顔をする。大我は母親似だと思っていたけど、こんな表情は兄によく似ている。

「兄さん、あの子の前では我慢して、隠れて泣いてますよね？」

「え……なんで？　泣いてませんよ」

「子供の目はごまかせないみたいですよ。大我くんは気が付いてます」

兄はそのまま絶句する。やはり隠れて泣いているのだ。

「……いや大我の前で、そんな姿を見せるのは……不安にさせるし……」

「不安はいつか解消できます。大我くんが安心して暮らせるように、江藤さんたちがきっとこれからも手を貸してくれるし、私だって手伝いますよ。でも悲しみはそういうものじゃないでしょう——そういえば私たち、お母さんが死んだあとも、ちゃんと一緒に悲しんでなかったよね」

「家族で葬式をあげたじゃないですか」

「あの一日で悲しみがなくなるわけじゃない。それとも兄さんはなくなったんですか？　あのあとお母さんのこと思い出して、涙が込み上げたこと一度もなかった？」

「う……」

「そういうのを、本当はみんなで一緒に経ていくものだったんだと思う。でも物理的にも心理的にも、私たちには難しかった」

話しながら、なんだか下瞼がうずうずしてくる。きっとこの場所のせいだ。私にとって敷居の外なのに、ゆるやかに内側みたいな、家庭よりも薄いけど、その分大きな膜に守られているような、この場所の。

「大我くんは一緒に住んでるんだし、まだ小三だよ。いいじゃない、泣きたくなったら一緒に泣けば。泣かなくても、楽しい思い出で笑ったっていい、一緒に悼《いた》めばいいじゃないですか」

家族でなくたって、江藤一家もきっと一緒に偲《しの》んでくれるだろう。義姉を知っている皆で彼女を思い、笑って、泣けばいいのだ。

そして時々は、母たちの話をするのもいいかもしれない。私たちの中にある何百万分の一の細胞が、どんな人のものだったのか、兄と大我と私で、互いにインタビューしあうのだ。そうやって大我を見守る膜を少し厚くするくらいなら、私にもたぶんできる。

私は兄にも、大我と義姉が交換した細胞の話をした。

「だから大我くんはある意味で、お義姉さんと一緒にいるわけです。彼女とサンタが一緒にいるなら、三段論法で彼はサンタとも一緒にいる。次のクリスマスのとき、あの子にそう話してあげたらどうでしょう」

「……そうか、彼女と一緒に……心強いなぁ……」

兄は静かに涙を流していた。静かすぎて、電灯の明かりに雫が光らなければ、すぐには気付かなかった。なるほど、これなら泣いていないフリも簡単だ、と思った。

誰かが共用リビングのドアを開け、私たちがいることに気付き、そしてたぶん泣いていることにも気付き、「失礼」とそっとドアを閉めた。


十二月、ココ・アパートメントではクリスマス会が開かれるという。

そのことを私は兄からではなく、大我からの招待状で知った。兄がアプリのメッセージで補足することには、小学校で折々の行事のときに招待状の書き方を学んでいたらしく、それを応用して書いてくれたらしい。

「でも僕には住所だけ書かせて、中身を絶対に読ませてくれなくて。誤字や失礼があったらごめんなさい」

由美子さんへ
寒い冬が来ましたね。お元気ですか？
十二月十日にココ・アパートメントのクリスマス会があります。みんなで食べ物を持ってきます。ゲーム大会やえいがかんしょうの時間もあります。ぼくはお父さんと果物を持っていきます。由美子さんにも来てほしいです。
本当はりょう理をしたいです。お父さんがいそがしくてコハンを作れないので、ぼくが代わりに作ろうと思った。でもぼくはまだ三年だし、ほうちょうは指を切るのでこわいです。こんどりょう理を教えてください。おねがいします。がんばりまっす！

ぜひクリスマス会に来てください。

東原大我

拙い文面に、思わず顔が綻《ほころ》んだ。

独身子無し、家族のしがらみもなく、少数精鋭の友人がいればいい、隣人付き合いなんてあり得ない。そんな気楽な生活が気に入っていたけれど、たまには面倒くささを味わうのもいいか、なんて。あの不器用な兄という人と、なんだかんだで可愛く思えてきた甥っ子と、彼らの隣人たちによって、私が自分の周囲に作り上げた高く快適な壁には、いつの間にか大きな窓が開いている。

そしていよいよ大我にボルシチを振る舞うときが来た。材料と入手先を頭の中で整理する。ビーツは近所のスーパーにはたぶん無い。ああでも、もしも聡美さんがポタージュ、チェンシーさんが酸辣湯を作ってきたら、スープだらけになってしまう。まずは大我に料理の基礎を教えてから、いつか一緒にコハンで作ることにしようか。

聡美さんといえば、クリスマスのあとに「泣ける映画ナイト」というイベントをアパートメント内で企画している、と敦子さんから聞いた。大人は泣きたくなったら思い切り泣くこと。子供はそんな大人を見ても茶化したり笑ったりしないこと、がルールらしい。

「私たちは家族じゃないし、それぞれの哀しみを共有することはできないけど、せめて、泣いてる時間くらい、たまには共有してもいいかなって」

という又聞きした聡美さんの談に、私はあの夜、誰がリビングの扉を開けたのかを確信した。

第3章

隣人の子は

「家族」という言葉から俺が真っ先に思い浮かべるのは、自分自身の家族の姿ではなく、小さな頃に病院の待合室かどこかで見たポスターの写真だ。そこには赤ん坊を抱きかかえた綺麗な母親と、左手を妻の肩に置き、もう片方の手で小さな男の子を抱き上げている、逞《たくま》しくてかっこいい父親が写っていた。皆が笑顔の、なんて理想的な家族。

でも今やあの写真を思い浮かべるたび、四人は優しい笑みを浮かべたまま、同じ言葉を同じ声——ひんやりした元カノのものに似ている——で俺に囁き続ける。

すごい無責任だよね。

「だーかーらー、俺が聞きたいのは、結婚の決め手だよ。どこで踏ん切りつけたのかってことだよ。マッチングアプリ見りゃ、まだまだいくらでも若くて可愛い子いるじゃん」

居酒屋の熱気とアルコールでこもった耳に、酔っ払った友人たちのがなるような会話が飛び込んできて、俺は思わず耳を塞ぎそうになる。

「やっぱ最後は人生を共にするイメージが持てるかだな。つまりは彼女の人生の責任を取れるか、取りたいのかってこと」

野郎ばかりのこの飲み会仲間で唯一子持ちの竹之内《たけのうち》は、酔いの回った充血した目で得意げに言う。まるで一段上から物わかりの悪い後輩たちを諭してでもいるみたいに。でも実際、結婚して、ローンを組んでマンションを買い、子供のための学資保険とつみたてＮＩＳＡも始めたという竹之内は、同い年ながら、人生の何ステージも先を行っているような気がする。

「まあ結婚はいいもんだよ。やっぱ安心できる場所があるって、なんか強くなれるし、双子の息子たちもめちゃ可愛いし、子供作ってよかったなーって寝顔見るとしみじみ思う」

「どっかの家電メーカーのコマーシャルかよ！　理想のパパかよ」

「奥さん、専業主婦だっけ？」

「今はね。正社員だったんだけど、育休明けて復職して、一年も経たないうちに辞めちゃってさ。こっちとしてはこれから教育費とか色々かかるし、続けてほしかったけど、体力もたないって。とりあえず子供が小学校あがるまでは、できる範囲でパートとかしてもらって、あとは俺一人でなんとかすっかーって」

「なんだよ今度は男前アピールかよ！　お前に甲斐性《かいしょう》があるのはいい加減わかったよ！」

俺は竹之内の話を聞きながら、頭の中でひとつひとつ答え合わせをする。

人生を共にするイメージができるか——チェック。

彼女の人生の責任を取れるか——彼女が望むなら、彼女だけなら、もちろん。

妻子を一人で養う甲斐性があるか——稼ぐ自信はそれなりに。でも、色々と保留。

「じゃあこの辺で、チャラ男こと令和の無責任男こと、中沢亨《なかざわとおる》くんのコメントも聞いてみましょう。新しい彼女との同棲生活はその後どーなん？」

「あー、控えめに言って、最高ですね！」

俺の顔はたちまち竹之内以上に得意げになっていたと思う。本音だから仕方ない。たとえ先がないとわかっている関係でも、今夜家に帰れば彼女がいて、隣で眠れるという今この瞬間の確信が、俺をどこまでも幸福にする。

「はいはーい！　今度こそ結婚する気あるんですかぁー？」

「しつもーん！　結婚じゃなくて同棲にしたのは逃げる猶予を残すためですかー？」

「亨せんせーい、これまで何人孕《はら》ませたんですかー？」

テーブルの端ですごいスピードでグラスを下げていた店員の視線が、マスクの上で少し鋭くなった気がする。

「はーい君たち、今からコンドームの付け方実習するぞー！　僕はこれで、一人も孕ませてません！」

毒を喰らわば皿まで。場のノリを大事にしてしまうこの性格が、いつも笑っているような細い垂れ目とやたら茶色い地毛と相まって、いっそう俺の〝チャラ男〟らしさを増幅させる。

「無責任男の極意は、責任を取らなきゃいけない事態からして避けるってことかー」

「いやぁ勉強になるなー」

「よ！　これが令和の漢《おとこ》らしさ！」

「惚れるなよー？　責任取れないからな！」

俺のお決まりの台詞《せりふ》に笑いが上がる。皆と一緒におどけながら、どうしても埋められない答案用紙の空白を眺めているような気分になる。

男の責任、男の甲斐性ってなんだろう。

二年付き合った二十九歳十ヶ月の彼女と別れたら、仲間内で「令和の無責任男」と呼ばれるようになった。しかも俺の会社の後輩に彼女の友人がいて、どう伝わったのか、元々社内の老若男女問わず「軽い」と見られがちだった俺は、女性社員たちから「女の敵」「要注意人物」のレッテルを貼られてしまった。

先ほどと同じ店員が追加のビールピッチャーを運んできたので、受け取りながら「うるさくしてすみません」と小声で伝えると、「お前ー、店員のおばちゃんにまで点数稼いでんじゃねーよ、ほんとチャラいな」と野次《やじ》られる。

無表情だった店員の目が一瞬強張った。友人たちの笑い声の合間に、小上がりの半個室を去る彼女の、軽蔑や怒りの混じったため息にも気付いてしまった。俺はかなり目と耳がいいのだ。特に自分に関する周囲の反応を、金属探知機みたいに拾ってしまう。

「女性に優しくしろって代々の家訓なんだよ。お前失礼すぎ、あの人おばちゃんて年齢じゃないだろ」

「チャラ男がフェミアピールっておまっ、全人類に好かれようとでもしてんのかよ」

言われてしみじみ自覚する。俺はできればすべての女の人、いや、男だろうと誰にも、嫌われたくない。嫌われて、いらなくなった子は、いつか捨てられてしまうものだから。

「三十超えたら男も女も立派なおじちゃんおばちゃん！　異論は許さーん」

「待て待て、じゃあ俺たち皆おじちゃんなのか？　三十四なんてミドサーだぞ？　ぜんぜんまだイケると思ってたんだけど」

「ミドサーとか、女みたいな言葉使ってんじゃねえ。あんなの三十五過ぎてアラフォーって言いたくないおばさんが捻《ひね》り出した言葉なんだよ。それが証拠にミドフォーなんて言わないだろ。四十超えたら自分がおばさんてこと受け入れて、足掻《あが》くの諦めるんだよ」

「いや、そうすると今度は人外に転生すんだろ。美〝魔女〟なんつって」

再びぎゃははは、と下卑《げび》た笑いが場を満たし、ゆるく区切られた隣のブースから「おっさんマジうざっ」「自分らの身の程知って黙っとけよなー」と若い女の子の嘲笑する声が聞こえた。俺以外は誰も気付いていないようだった。

そんな中でも、責任と甲斐性を知る男・竹之内は超然とスマートフォンに目を落としている。メッセージ画面に溜まった吹き出しを一瞥し、ごめんねと書かれた土下座スタンプを秒で送るのが見えた。

「奥さん？」

「んー子供がぜんぜん寝付かないって。『疲れた』『辛い』『何時に帰る？』ってそんなんばっか。読んでるだけでこっちが疲れてくるよ」

「双子の育児は過酷らしいな……こんなとこで飲んでないで、早く帰ったほうがいいんじゃないか?」

「いっつも誘ってくるお前が言うなよー。それに俺だって、たまには自分の自由な時間が必要じゃん。平日は嫁と子のために働き詰めなんだから」

それは妻の方だってそうなんじゃないだろうか。しかも赤ん坊の世話には平日も休日も、下手すると朝も夜もないらしい。そしてたまには、と言いながら、竹之内はほぼ月一で集まっているこの飲み会で皆勤賞を誇っている。

今では人生云々を語っているが、彼がかつて三十歳になるのを機に、半ば今の妻に押し切られる形で「もう、勢いだ!」と結婚を決めたことを覚えている。こいつが理想のパパと讃えられる一方で、大好きだった元カノと別れた後しばらくは風呂に入るたび湯船でプチ入水《じゅすい》自殺をし、目下は今カノの幸せのために歯を食いしばって自分の存在を消そうとしているこの俺が〝令和の無責任男〟って。やっぱり世の中どこか間違ってるんじゃないのか?


終電ギリギリで家路に就き、少し離れたところで一度立ち止まり、ココ・アパートメントから漏れ出る暖かな光を見上げる。あとどれくらいこうして、(彼女がいる)という期待をもってこの光を眺めることができるだろう。

正面入り口のオートロックを開錠しエレベーターで三階に上がり、室内と室外の境が曖昧《あいまい》な、海外のような板張りの廊下を忍び足で進む。部屋のドアノブを回すと、案の定、鍵はかかっていなかった。普通のマンションであれば無用心だと彼女に注意するところだが、ここの住人は皆顔見知りで身元も保証されているから、それほど心配はしていない。むしろ彼女が俺のために玄関を開けておいてくれたことに感謝する。

二つ並べた一人がけのカウチクッションにダイブして「ただいまー」と声をかけると、洗面所から「おかえりー」と茜が顔を覗かせる。肌の手入れの最中だったのか、ターバンで綺麗な額が全開になっていて、いつ見ても二十代で通りそうな艶《つや》だと思う。

「飲み会どうだった？」

「皆がすっごく騒いで、お店の人とか、隣の個室の若い子たちにウザがられた」

「それでまた傷ついちゃったんだ」

「いや当然だし……でも、また無責任男って言われた」

つい拗《す》ねたような言い方になってしまった。いい歳のおっさんなのに。

見知らぬ女たちの「自分らの身の程知って黙っとけよなー」が耳奥に蘇り、上体を起こそうとしたが、その前にカウチの隣に腰を下ろした茜が、よしよし、と俺の額に手を置く。

「私は享がそんな人じゃないって知ってるよ」

茜はほどよく体温の低い掌で俺の前髪を丁寧に寄せながら、皮膚の表面に軽く触れるくらいの絶妙なタッチで撫でてくれる。俺はこれをされるとすぐに眠気を覚えてしまう。子供の頃の耳かきを思い出す心地よさだ。本気で彼女にはハンドパワーか何かがあるんじゃないかと思っていたが、以前そう尋ねてみたら、「子供の頃から実家の猫の僕《しもべ》だったから」と笑われた。

「……いやいや、〝そんな人〟だって知ってるよね。俺は立派に無責任な男だよ」

「変な日本語」

「……今日は、どっかにいい男いた？」

「いないよ。いつもと同じ。会社行って、チームの人といつもの定食屋さんでランチして、いつも通り残業して帰ったよ。あ、でも帰りの電車にすごいイケメンがいた」

　あの人に似てた、と茜は二人で一気見した韓国ドラマに出ていた俳優の名前をあげた。黒目がちな目で彫りの深い、俺には似ても似つかない顔の長身イケメンだ。

「もっと特徴教えてくれたら、ＡＩで写真合成して検索かけて、後も尾《つ》けて、職場と現住所、出身大学と家族構成に元カノ遍歴、貯金残高と借金履歴なんかも探るよ」

「そこまでしたら立派なストーカーでハッカーだね。捕まったとき、目元だけボカシて『同居女性のＡ子さん』って報道されるの嫌だな」

「『無責任なのでいつか捕まるんじゃないかと思ってました』ってね。情報を悪用しなければ大丈夫だよ。彼女のシン・カレ探しは立派な善用だろ」

　滑らかに動いていた茜の掌が、俺の眉毛の上でぴたりと止まった。

「いいよハッキングしなくて。イケメンでも、なんか性格悪そうだったし」

「うちの家訓では、第一印象で人を判断したらダメだって」

　言いかけた俺の唇を、茜が唇で塞いだ。

　歯磨き粉の香りの小さな舌が入ってきて、俺はそれを包むように自分の舌を絡める。酒臭いはずだが、茜は気にする素振りも見せずに俺の舌を甘噛みする。綺麗な顎のラインをゆっくりと指でなぞり、すべすべした耳たぶを挟むと、茜の唇から声と吐息の中間みたいな音が漏れた。

「……生理前？」

「そう。したいな」

俺はキスしたまま上体を起こし、茜を抱えてクッションへ横たえた。

いつだって、彼女がしたいとき、したいように――俺は茜に新しい相手が見つかるまで、全力で彼女の僕になると決めている。


三年前、俺は当時大好きだった彼女、百華《ももか》に振られた。

「わたし三十五歳までに二人目を産みたいから、産休・育休の期間とか子供の年齢差とか色々考えると、そろそろ結婚しておきたいんだよね」

それはストレートなプロポーズだった。年下だけど、俺よりずっと計画性があって、賢さも合理性も、彼女の魅力だと思っていた。

「……ずっと一緒にいたい気持ちは俺も……でも子供が欲しいかは、まだよくわからない」

彼女から結婚を申し込んでもらったからこそ、勇気を振り絞って自分の正直な気持ちを伝えた。でも俺の精一杯の誠意は、言下に否定された。

「なにそれ？　二年も付き合って、私との結婚をちゃんと考えてなかったってこと？」

「もちろん考えてるよ。ずっと一緒にいたいってそういう意味だよ……でも結婚と子供はまた別だから」

「別？　同じでしょ。子供作らないならわざわざ結婚する意味なんてないじゃん。同棲でいいってことでしょう」

「法的にお互いを守るってことだよ。俺になんかあったとき、病院では百華にそばにいてほしいし、百華に何かあれば俺がついていたい。俺が死んだら金も大事なものも、百華に遺せる。そっちが病気か何かで会社を辞める必要があるときは、俺の健康保険でカバーできるとか、どうしても住みたい家を見つけたら、ペアローンを組めるとか」

　結婚のメリットはずっと考えてきた。何より俺は百華と結婚したかった。互いが唯一の相手だと誓い合い、周囲にもそう認めてほしかった。

「ＤＩＮＫＳ婚がいいなら、付き合い始めのとき言ってほしかった。あのときなら私まだ二十七歳だったのに。三十歳の誕生日が迫ったときに言うなんて、すごい無責任だよね」

「あのときはまだ結婚前提ではなかったし……でもごめん。もっと早くこういうことを話すべきだった」

　一抹の引っ掛かりを覚えた〝無責任〟という言葉は、ボディブローのようにじわじわと俺を侵蝕した。

「子供が欲しいか〝わからない〟んだよね？　ならこれから欲しくなるかもしれないじゃない？大抵の男の人は、女の人に比べてそういう気持ちがゆっくり湧くって聞くよ？」

「……考えが変わる可能性はゼロじゃないけど、一〇〇パーセントとは言えないから、それこそ無責任なこと言いたくない」

「もう十分無責任だよ！　なんで？　自分の子供って絶対可愛いと思わない？　それともお金の問題？　でも享の会社はお給料いいし、私だって産んだ後も仕事辞めるつもりないよ？　うちの実家もきっといろいろ支えてくれる」

「そういう不安とかが原因てわけじゃなくて……いや、やっぱり不安なのかな」

もしも可愛いと思えなかったら？　それが子供に伝わってしまったら？　『本当は欲しくなかった』と、百華や子供を恨み、最悪の場合は暴力に転化したり、飽きたおもちゃのように捨ててしまう未来が絶対にないとは、誰にも言い切れないんじゃないか？　他の男たちがそうした可能性を考えもしないか、考えても、すぐに「自分は大丈夫」と楽観的に収められてしまうことが、俺には信じられなかった。一人の人生がかかっているのに。

「なんで百華は子供が欲しいの？」

「それは……家族として幸せになりたいからだよ。享がいて、私たちの子供がいて、絶対に楽しいと思うし。子供を育てることで人として成長できて、私たちの絆も、もっと深まっていくんじゃないかな」

子供は別に俺たちの間を深めるために存在するわけじゃなくない？　という言葉が出かかったけど、俺は黙っていた。

「俺は百華といられて、今もじゅうぶん幸せだよ。その上で結婚という形で法的にお互いを守れるようにしておくのは、二人の未来にとって大事なことだと思ってる」

「でも二人だけの関係はいずれ変わってくものでしょ。どんなときも一緒にいる〝家族〟になるために、子供が欲しい。それってそんな疑問を持つようなこと？」

だから、子供は別に俺たちのために——それに二人だろうが家族だろうが、変わらない関係なんてない——周りに気付かれないようにしているだけで、壊れた家族なんてその辺にたくさん——。


口に出せば絶望的に嚙み合わなくなる言葉をいくつも呑み込んできた。だからこの手の話題にはなるべく触れないできた。衝突を先延ばしにして、彼女と心地いい関係のままでいたいと思ったのは、確かに俺のエゴだった。

「まだよくわからない」と言ったものの、正直に言えば、俺は一度も子供が欲しいと思ったことはなく、この先もそれは変わらなそうだった。だいたい、子供が「欲しい」、子供を「作る」なんて、そんな野菜や粘土人形みたいなノリで、そんな単純な述語で済ませるには、「子供」はあまりにも重い目的語だ。なんせ一個の生命体だ。成長して、やがて衰え、いつかは死んでしまうのだ。自分たちと同じ人間を、「欲しい」とか「作る」とか言うことに、どうしても違和感を覚えてしまう。

若い頃はこういうことを誰かに話すと、大体の場合、家庭に問題があったのかと思われたが、俺の家はごく普通の三人家族だ。折檻《せっかん》もネグレクトもされたことがない。なんの疑問も持たず茨城の片隅で見合い結婚した両親は、なんの疑問も持たず俺という一人息子を〝作り〟育て、家庭の内外で深刻な問題に直面することなく、大学まで進学させてくれた。俺が独立してからというもの、彼らは、たぶん一日最大でも数十ワード分くらいの会話を交わすのみで、まさに互いが空気になったかのような、穏やかな生活を送っている。

俺が大した苦労もなく成長して、今まで平穏無事に生きてこられたのは、もちろん両親と自分自身の努力もあるが、圧倒的に運だと思う。同じ地域の似たような生育環境で育った小中の同級生には、不慮の事故や病気で若死にした者もいる。本人じゃなくても、その兄が大麻所持で捕まったとか、誰それの母親が痴情のもつれで不倫相手を刺したとか、本人の資質に依《よ》らない理由で困難な人生を歩まざるを得なくなった例なんてざらにある。

両親には俺が成長するまでにかけてくれた金と労力相応の感謝を感じているが、それ以上でも以下でもない。

生まれてきたこと、生きていることになんら特別な感慨も絶望もないので、「この世で不幸に見舞われ苦しむかもしれないのに、子供を誕生させるなんて罪だ」という考えの、反出生主義者でもない。本当に単純に、子供を〝欲しい〟と思えない、というだけだ。そこに明確な理由を求めるなら、誰か子供を〝作りたい〟と思う明確な理由を挙げて、俺を納得させてほしい。

子供が好きだから——確かに可愛い子供はいるし、赤ん坊の笑える動画なんかを見ると俺だってほっこりする。でも、もれなくどんな子供も好き、まだ会ったこともない自分の子供まで好きと言うなら、人間が全員好きと言っているのと同じくらい空々しく聞こえる。「みんな好き」は「誰のことも特に好きじゃない」の裏返しじゃないだろうか。

種の保存のため・生物としての本能——本能から遠く離れた現代文明の笠の下でぬくぬく生きてきて、都合のいいときだけ本能を持ち出している気がする。種としての人類を保存せねば、という神のような使命感を持っているなら、現在の地球上の資源バランスや、環境破壊の進行と照らして、地球の適正人口は五十億という説もあるがどうなのか。二〇五〇年には世界の総人口は現在の八十億人の倍近くになるって予想もあるけど？

日本社会の存続のため、このままじゃ国が滅びる！　——これは究極的に、俺たちの命は国や社会のためにあるという考え方だ。それを美しいと思う価値観もあるかもしれないが、俺は気持ち悪いと思う。女性には最低三人子供を作れなんて言う政治家は、何人の子持ちか知らないが、たぶん育児にまともに関わったことなんてないだろう。そしてそういうことを言う奴らが、いざ戦争ともなれば、平気で誰かの子供を特攻隊員にしたり、前線に送り込んだりするのだ。なんせそれらの命は国のもの、ひいては国を率いる自分たちの所有物なのだから。

あの理想の家族のポスターの父親は、俺にとって永遠になれない憧れの象徴で、同時に、父親そのものへの疑心の象徴でもある。

百華と話し合いを重ねる中で、そんな自分の考えをできるだけ正直に伝えたら、彼女の中で俺は「子供の話になったら気持ち悪いくらいに言い訳を重ねて、のらりくらり結婚話からも逃げた、最低の無責任男」に転生していた。たぶん今の彼女にとって、俺の生き物としての価値はスライム以下だ。

別れて一年余りで彼女は別の男と結婚し、今では順調に第一子の育休中、と風の噂に聞いていている。俺はと言えば、半同棲していた広めの１ＬＤＫの空っぽさに耐えられなくて、彼女が荷物を引き上げた直後に、友達が住んでいた都心の大規模シェアハウスに引っ越した。

そこは二、三十代の若手社会人を中心に六十人あまりが住む賃貸マンションで、鍵付きの七畳ほどの各居室には最低限の家具が置いてあり、巨大なキッチンと付随するカフェのようなダイニング、そしてランドリールームは住人全員で共用するという、スタイリッシュな異業種交流独身寮みたいな場所だった。

わざわざそんなマンションを選んでいるからには、皆が他の住人との出逢いに意欲的だった。マンション内でのイベントや飲み会はしょっちゅうで、大学時代のようなサークル活動も盛んだった。パリピと名高い友達も、餃子パーティ、クラフトビール飲み比べ、ボードゲームナイトなど、せっせと遊びを企画しては、俺に新しい女の子たちとの出逢いをお膳立てしてくれた。

そこで会ったのが杉原《すぎはら》茜だった。元は東海地方で県庁職員をしており、「一度くらい東京で働いてみようと思って」上京し、東京に知り合いがほとんどいないため、大規模シェアハウスに住んでみたのだと話していた。

「こんなドラマに出てくるみたいなおしゃれなマンション、地元には絶対ないよ！」
「休日にラウンジで読書とかしてると、私も東京の人になったなぁって思っちゃう」

都会の垢に染まっていない素朴さと明るさ、派手さはないが、清潔感のある整った顔立ちで、マンションの中には彼女を気に入っていた男が何人かいたと思う。俺はといえば、茜と会う以前に「ちょっと遊ぶにはちょうどいい相手」と見られたらしく、二人の女の子からカジュアルなお誘いをもらったが、ぜんぜんそんな気になれなかった。

茜の転職先はネット広告代理店で、一方俺はコンシューマー向けアプリや企業向けウェブサービスを作る総合ＩＴ企業勤務で、彼女の会社にも何人か知人がいた。上京して日も浅く、「役所とは勝手が違いすぎて」仕事や職場の慣習になかなか馴染めないと話していた彼女の相談にのることが増え、仕事の話も弾んだ。でも俺が彼女を恋愛対象として初めて意識したのは、ダイニングで開いた飲み会の雑談で、苦手な男のタイプという話題が上ったときだった。一人の女の子が「優柔不断な人はダメ」と言うと、女性陣が一斉に賛成した。

「やっぱり男の人には、最後にはリードしてほしいし、決めるとこは決めてほしい。女はただでさえいろんな負担があるし」

「そういう人の方がどうしてもかっこよく見えちゃうんだよね。頼れる責任感のある男って感じで」

「俺らもちゃんと決めるとこは決める男だよー？」

「まぁ俺は？　色々言われちゃってるけど？　ぜんぜんそう見えないかもしれないけど？　実は責任を取る男でーす」

俺が茶化すと、皆が口々に「うっそやーん」「一番逃げ足早そう」と笑った。

「責任を取るのは男だけ、なのかな……女の責任ってないのかな？」

そのとき、会話の流れを堰《せ》き止めるように茜がつぶやいた。

「私は自分の責任は自分で引き受けたいし、自分のことは自分で決めたい。一緒に何かするときは、責任を分けあえるようになるのが理想だな」

「なるほどー」

「さすがあかねちゃーん」

男たちはたぶん彼女の意図を曲解してどこか嬉しそうな顔をし、女たちもまた見当違いの理由で、軽蔑の眼差しになった。

俺ももしかしたら彼女の言葉の意図を取り違えていたかもしれない。でも百華と別れてから、無責任と言われ続け、ゴミ屑程度にしか感じられなかった自分の存在を、ちゃんと尊重してもらえたように思ったのだ。世間ではこれを甘えと呼ぶのかもしれないが、俺は〝令和の甘ちゃん〟で何が悪いと思う。

後で知ったことだが、茜はレジデンスの女性たちの間では少し浮いていたようだった。清く正しく、まるで学級委員みたい、というのが多くの評で、そのモテぶりに「あざとい」「男に媚びてる」なんて陰口を言われてもいた。

付き合うことになったら、今度こそ最初に子供のことを言わないと——俺はそう固く決めていた。

でも将来像をそれとなく聞き出したり、進展を躊躇したりする間も無く、俺と茜の仲はトントンと音がしそうなくらいものすごく円滑に深まってしまった。すぐに他の住人も気付き、そんな中で互いの部屋を訪れるのは気恥ずかしく、ことあるごとに周りに冷やかされるのも、気を遣われるのも、面倒くさかった。どちらからともなく引っ越しの話になり、具体的な物件の検討の前に、俺はやっと決意の告白をした。

「俺の茜への気持ちは、このまま同棲じゃなくて、結婚に進みたいくらい真剣。……なんです」

なんで丁寧語に言い直したの？　と茜が吹き出したので、俺は裁判の宣誓みたいに右手を上げた。

「でも俺は、子供が欲しいと思えないんだ。前の彼女にもそれで振られた。だから茜が子供のいる家族の形を望んでいるなら……俺はこのタイミングで、身を引こうと思う」

潔い言葉を口にしても、内心は彼女の目から視線を逸らさないようにするだけで精一杯だった。茜はぽかんとした顔のまま長く沈黙した後、「正直に言ってくれてありがとう」と深々とお辞儀した。

「すごく嬉しい気持ちと、まだ整理がつかないところがたくさんあるんだけど……」

「もちろん、今すぐ決めなくていいよ。ただ新しい場所で同棲なり、次のステップに進む前に、ちゃんと言っておきたかった。茜には時間を無駄にしてほしくないから」

百華にこっぴどく振られたあと、俺は高齢出産や不妊に関する様々なネット記事を読んだ。それまで漠然とした知識しかなかったが、現実の数パーセントも理解していなかったことを知り、百華の焦りと怒りがとても真っ当なものだったのだと思い直した。茜は知り合ってから、三十一歳の誕生日を迎えていた。

何かを確かめるように、茜は俺の上げたままだった右手に左手を重ね、指の形をなぞったり、両手で挟んでみたり、しばらく弄《もてあそ》んだ後、自分に言い聞かせるように言った。

「私は結婚前に、絶対に同棲期間を作りたい。それが時間の無駄とはぜんぜん思わない。一緒に暮らすのは、付き合うのとはまったく違うと思うから。暮らしながら、結婚や子供のこととか、どうやって一緒に生きていくかとか、お互いが納得するまで話したい」

腹のあたりが徐々に温かくなって、穴の空いた風船みたいに、そこからゆっくりと力が抜けていった。少なくとももうしばらくは、彼女と一緒にいられる。「身を引く」なんて虚勢を張って、もしも茜とすぐ別れることになっていたら、俺はまともに社会生活を送れなくなっていたかもしれない。

「正直に言うと、私は子供より、結婚そのものをしたいか、よくわからなくなっちゃってて。享のことは好きだけど、まだ心から信頼できるかは……享個人がどうってことじゃなくて、男のひと全般がね」

それから茜は、県庁職員だった頃の苦い経験を話してくれた。一度くらい東京で働きたかったというのは表向きの理由で、実は職場にも地元にもいられなくなったのだという。

「単身赴任で大阪から来てた人で、県立図書館で知り合ったの。独身だっていう彼の言葉を鵜呑《うの》みにして付き合ったら、妻子がいたっていう話。小中高大と、清く正しい学級委員で生徒会役員でゼミ長で、世間の汚い部分を知らないまま社会に出ちゃったから。まさかちゃんとした企業の真面目そうなサラリーマンが、人をそんなふうに騙すなんて、思いもしなかったんだよね」

俺はその見たことも会ったこともない男に、視界が歪むほどの殺意を覚えた。彼が目の前にいたら間違いなく殴りかかっていた。三十余年のチャラ男人生、人を殴ったことは一度もないけれども。

そいつが既婚者だと茜が気付く前に、向こうの妻が気付いた。妻は大阪から茜の職場に子連れで乗り込み、職員や利用者もいる中、大声で不倫を抗議したのだという。激怒した上司や両親には事情を話してわかってもらったが、茜は裏切られたショックと周囲の好奇の目にいたたまれなくなった。しばらく休職したあと「ぜーんぶリセットしたくなって」県庁を辞め、東京の会社に転職を決めた。

「彼らがその後、離婚したのかはわからない。でも夫婦って、結婚って、なんだろうって。それまで当たり前にいつか結婚するものだと思ってたけど、ピタッて時計の針が止まるみたいに考えられなくなった。幼稚園児くらいだったあの子供の困惑した顔が忘れられない。あの子はいつか大きくなって、何が起きてたのか理解する。知らなかったとはいえ、私は奥さんとあの子の人生を狂わせたと思うと、自分が結婚で幸せになるとか、うまく想像できない」

「狂わせたのはその男だろ。茜だって被害者じゃん。俺はそういう過去をひっくるめて茜を幸せにしたいし、俺抜きでも幸せになってほしいよ」

思わず口をついて出た言葉は、我ながらクサくてサムかった。友人たちや職場の人が聞いたら、たぶん新手の無責任ジョークだと爆笑するところだ。

「享はぜんぜんチャラくないよね……最初はここの男の人たちが私のこと、純朴で擦《す》れてない子扱いするのを、ちょっと馬鹿にしながら演じてる部分もあった。男なんてズルいくせに単純だって、あの人に復讐するみたいな気持ちで。一部の女の子たちからあざといって言われてるのも知ってたけど、どうでもいいやって」

「あ、知ってたんだ」

「それは気付くよ。でも享はそういう私の清楚系アピールにはぜんぜん興味を示さなかったでしょ。その割に、私の仕事の話とかは丁寧に聞いてくれて。民間に転職したてで、気張りすぎのとこもあったから、軽ーい感じで業界情報とかもらえるのも気楽だった」

「いついかなるときも軽ーく見られる俺の本領を発揮したんだよ」

俺はずっと弄ばれていた右手を大きく開いて、茜の手をぎゅっと握った。彼女の体温まで、大好きだと思った。

「心から信頼してもらえるように、俺も頑張るから」

「一〇〇パーセントじゃなくても、七〇パーセントくらいはもう信頼してるんだよ。またこんなふうに男の人を好きになれると思ってなかった」

茜は彼女の手を握る俺の手の甲に、甘えるように頬を寄せた。

しばらく一緒に暮らしながら、これからどうやって生きていくか、たくさん話そう。そう二人で決めた。

茜は後で「よくよく考えたら、私二回プロポーズの言葉をもらったよね？ なんか得した気分」とふざけた。俺は彼女との時間が引き延ばせたようで、もっと得をした気分だった。

引っ越し先候補として「ココ・アパートメント」を探してきたのは茜だった。

そこは「心地よい暮らしを作るために多世代の住人が協働するコミュニティ型マンション」で、住人は単身者からファミリーから老年夫婦までいるという。運営会社が全ての管理業務を担い、掃除も清掃員任せだったこれまでのマンションと違い、住人が作る各委員会が主体となった自主管理となっていた。巨大なキッチンやリビングがあるところは大型シェアハウスと共通だが、ココ・アパートメントでは毎月不定期で、当番が皆のために食事を作る、ご飯ならぬ〝コハン〟があるのが特徴らしかった。

「引っ越しても、これまでみたいに二人の共通の知り合いが増えていくのがいいなって。あと多世代だからいろんな家庭像が見えそうじゃない？　部屋自体は普通の賃貸で水回りも付いてるから、今の部屋よりプライバシーが保てると思うし」

茜の言葉に俺も興味を覚え、翌月には二人で入居説明会とコハンに参加することにした。

見学のために初めて足を踏み入れたココ・アパートメントは、入り口の植栽から沈丁花《じんちょうげ》が香り、中も想像以上に清潔で、自主管理では行き届かないところもあるのでは、と疑っていた俺たちは驚いた。

「掃除レベルや汚れの許容範囲は人それぞれですけど、現在の掃除コミッティーの皆さんは綺麗好き・掃除好きが揃っていて、色々工夫してくださってます」

対応してくれた波多野というＮＰＯの担当者が教えてくれた。

それまで老夫婦が住んでいた、ちょうど空き室になったばかりの部屋を見せてもらうと、小さめながらもバス・トイレは別で、二口コンロのキッチンも使いやすそうだった。東南向きの掃き出し窓からは中庭の家庭菜園やオリーブの木が見えた。

「バルコニーがすごく広いと思ったら、並びの部屋と繋がってるんですね」

「バルコニーも交流空間と捉えた設計なんです。一応、勝手に他の部屋の前には行かないルールなんですが、好奇心の強い子もいて。この部屋に以前お住まいだったご夫婦は窓からの訪問者を面白がってました。でも気になるようでしたら遠慮なく注意してください。いろんな大人がいて、いろんな基準があるのが社会ですから」

その日のコハンの担当は和正さんという四十代くらいの男性で、メニューは野菜がたっぷり入ったドライカレーとコーンスープ、サラダと杏仁豆腐だった。基本は一人で作るものだが、手が空いている人がサポートに入ってくれることもあるそうで、その日は副菜の盛り付けを、チェンシーさんという若い中国人の女の子が手伝っていた。

「和正さんがご担当のときは必ずドライカレーか餃子なんです。毎回メニューを考えるのも、食材の調達や価格計算が大変ですからね。他にも必ず魚を焼く方、牛丼一択の方、いろいろです。お料理好きの方は各国の家庭料理を作ったりしますね。業務用グリルや燻製機もありますから、チャレンジしがいがあるそうで」

波多野さんが説明してくれた。メニューによっては子供用と大人用で味付けを変えたりもするらしい。

いくつかのテーブルが並ぶダイニングの向こうのリビングスペースでは、料理ができるまでの間、年齢がバラバラの五人の子供たちがソファを動かしてわちゃわちゃと遊んでいて、どうやら秘密基地ごっこをしているらしかった。茜は「なんか親戚が集まる、実家の夏休みを思い出しちゃう」と微笑んだ。俺は、茜が上京してから一度も帰省していないことを知っていた。

皆で乾杯するでもなく、「いただきます」と一斉に食べ始めるでもなく、コハンの席はとても淡々としていて、大規模シェアハウスの食事会と比べ、その盛り上がりのなさに拍子抜けしてしまった。でもだからこそ、〝日常〟という感じがした。ここの住人たちにとって、他人が作ったご飯を皆で集まって食べることは、イベントごとではなく、普段の生活の一コマなのだ。

住人たちは本当に年代も世帯構成も様々で、ファミリーから夫婦二人暮らし、一人暮らしの人も若者から高齢まで幅広いようだった。といっても大きなテーブルの周りでは世帯の境目がよくわからない。たぶん俺たちが普通に想像する〝一人〟暮らしとは、ずいぶん違う生活なのだろうと思われた。

俺たちのような住人以外のゲストも何人かいた。そのうちの一人は五十嵐勲男さんという、このアパートメントが立っている土地の地主で、波多野さんからは「大家の勲男さんです」と紹介された。七十代半ばくらいか、高齢の割にとても背が高くがっちりした体型で、整った目鼻立ちの老人だった。隣に住んでいて、アパートメントの季節行事に参加したり、逆に所有地での筍掘りや自邸の庭での花見へ住人を招待するといった交流があるという。

「大家と言ってもここの管理は住人の皆さんと波多野さんたちでされてるからねぇ。もしもご縁がありましたら、ただの隣人のじいさんとして、よろしくお願いします」

俺たちと同じテーブルには波多野さんと、和正さんと奥さんの敦子さん、長男の晴暢くんと長女の結衣《ゆい》ちゃん、そして調理のサポートをしていたチェンシーさんが座った。

「うちはもう一人次男の龍介がいるんですけど、今日はあっちでサッカー仲間と食べてます」

敦子さんが指さした席には、和正さんと同じ歳くらいの中年男性と、男の子二人が仲良く食事していた。どちらが龍介くんなのかわからないが、親子のほうは元々近所に住んでいて、今月入居したばかりの父子家庭だという。子供たちは風呂上がりなのか二人とも髪が濡れていて、言われなければ兄弟だと思っただろう。

茜は隣に座ったチェンシーさんと、彼女が着ているバンドTシャツの話で盛り上がっていた。茜も大好きなバンドのもので、Tシャツが発売された二年前のツアーに茜も偶然行っていたらしい。俺は和正さんと敦子さんに、ここでの生活のことをあれこれ質問した。聞けば、二人はこのアパートメントの建設が計画されたときからの、初期メンバーだった。

「建ったのは龍介が生まれてすぐだから、もう八年。結衣はここで生まれたんです。その前にも二家族に赤ちゃんが生まれてて、結衣は三番目のココ・ベビー」

三歳だという結衣ちゃんは俺たちにもまったく人見知りをせず、ニコニコと満面の笑みで父の作ったドライカレーを頬張っていた。当時は春休み中で、四月から六年生になるという晴暢くんは「ココ・ベビー」という敦子さんの言葉が気に入ったのか、響きを確かめるように何度も何度も繰り返していた。

帰り道、どちらからともなく頷き合い、「ここに住もう」と決めた。

俺たちはコハンを食べたその週に入居を申し込み、引っ越しは業者を頼まずレンタカーを借りて、自分たちで荷物を運ぶことまで段取りを付けた。最低限の家具を買い揃え、一ヶ月後の四月終わりに入居したあと、俺はイベントコミッティー、茜はコハンコミッティーに入ることになった。

茜はたちまちアパートメント内に知り合いを増やし、すぐに新たな住まいに馴染んでいった。

「帰ってくるときにここの建物が見えると、もう『ただいま』って気になるの、すごい不思議。実際、リビングや廊下で会うと、まだ話したことのない人もみんな『お帰りなさい』って挨拶してくれるしね」

「わかる。でもそういうとき『ただいま』ってまだ馴れ馴れし過ぎるけど、『ただいま帰りました』も改まりすぎて壁を作りそうで迷うんだよな。何て返してる？」

「え、普通に『こんばんは』でよくない？　享って妙にそういうところ細かいよね」

「ずっとつるんでた幼馴染の親がすごく厳しかったからかなぁ。小一とかでも目上の人には敬語を使えとか言われてて、隣で俺も自然と気にするようになった。未だにちょい混乱する」

俺はといえば部署異動で嬉しいことに役職付きになったが、そのぶん休日出勤も増えてしまい、アパートメントとは最低限の関わりしか持てなかった。一回目の定例会はなんとか出席できたが、三時間を超える長丁場に、二回目は仕事を理由に欠席させてもらった。でも茜の言う通り、建物内や近所で行き合えば気軽に挨拶しあうので、次第に顔見知りが増えていき、都内のマンションながら、地元の田舎に通じるものがあった。

茜が初めてコハンを作ることになった週末、俺が夕方に出先から帰宅してキッチンを覗くと、彼女は四人の子供たちに囲まれていた。その光景がごく自然に見えることに、俺は小さくショックを受けた。

「リビングで遊んでたから、『手伝ってみる?』って聞いたら、『やるやるー』って。ちょっとした子供料理教室みたいでしょ」

「みんな素敵なお姉さんたちを手伝いたいんだよねー?」

あらかじめ助っ人を頼んであったチェンシーさんがふざけて言う。男の子たちはちがうよー、と照れ、女の子たちはめいめいにはにかんだ。

「うちの子は最近料理に目覚めたみたいで、隙あらば誰かのコハンを手伝ってるんです」

そう言う聡美さんは、花野ちゃんという賢そうな女の子のお母さんで、俺と同じく休日返上組らしく、カウンターでラップトップを広げていた。

茜のメニューはマヨコーンやマルゲリータといった数種類のピザとオニオンスープにマフィンで、炭水化物が多めだったけど、業務用グリルオーブンを使ってみたい、と入居当初から話していた本人は満足気だった。

こんがりと焼き上がった自作ピザを前にした子供たちの興奮と相まって、その夜のコハンはいつもよりずっと賑やかだった。何人かの大人たちは「ピザとくればやっぱりねー」と各自の家の冷蔵庫からビールを取り出してきて、それぞれの席から茜に掲げてくれた。それを見た子供たちは、代わりにチョコやバナナが練り込まれて丸く膨らんだマフィンを「かんぱーい」と茜に向かって掲げた。

「おっとっとー」

龍介くんがマフィンの端を齧《かじ》り、こぼれる酒をすする真似までしたので、ダイニングは爆笑に包まれた。

「お父さんはそんな飲み方しないだろ」

和正さんが困ったように言うと、龍介くんは「これはチェンシーさんの真似ー」とおどけた。

「前に日本のおじさんの真似してみたんです。ドラマで観ました」

名指しされた本人が堂々と言うと、「これも逆輸入っていうのかねぇ」と誰かが言って、また笑いが起きた。

「とにかく茜さん、初コハンお疲れさまです。ライライライ！」

チェンシーさんが中国語らしき掛け声で乾杯すると、皆が声を合わせた。

二人の女の子がマフィンを片手に「またお菓子作りたい」と茜の席まで言いにきて、茜は「次はパイを焼こっか」などと言って乾杯を返してやっていた。女の子たちも茜も嬉しそうで、俺はそんな彼女たちを、ただ眩しく見ていた。


「あー楽しかった！　大変だったけど‼　貴重な日曜の午後ぜんぶ費やしちゃったもんね。でもその甲斐あった。次は何を作ろうかなっ」

カウチに体を放り出し、ぐんと伸びをする茜に、俺は冷たい麦茶を注いで渡した。

「みんな喜んでくれてよかったじゃん。やっぱピザはデカく焼いた方がうまいな。縁がカリカリ、中もちもちで、焼き加減が絶妙だった」

「ね！　そうだよね？　享のときもあのオーブン使えば？　そんなに難しくなかったよ」

「早く日程決めないと――ところで茜って、もしかしてかなり子供好き？　扱いがすごい慣れてて、ちょっとびっくりした。子供たちにもすぐ懐かれたみたいだし」

「親戚の子供の中で私が一番年上だったの。地区の子供会の会長なんかもやってたから、慣れてると言えば慣れてるし、やっぱり可愛いなぁと思う」

「俺はたぶんまだ、名前も覚えられてないよ……」

今夜言う必要があるのか、という逡巡をぐっと抑え込む。茜のためには、できるだけ早い方がいいのだ。

「あのさ、茜の中で時計の針はまた動き出してるんじゃない？」

「……なんのこと？」

問い返しながら、茜もわかっているみたいだった。

「結婚とか、子供のこと、また考えられるようになってるのかなって。俺に遠慮しないでいいよ」

隣のカウチに腰を下ろし、茜の方へ首を傾けたが、茜は天井を見上げたままだった。並べてソファみたいにした二つの一人がけカウチクッションは、この部屋のために二人で買った家具の第一号だった。

「……享は？　ここに住んでから、心境の変化はないの？」

「いろんな夫婦や家族がいるんだなって、刺激をもらってるよ。身近に子供がこんないっぱいいる状況は初めてだけど、みんなすごいユニークで面白い」

「だよね！　私も子供だったら、ここで育ちたかったなぁって思った。いろんな大人に接することができるし、学年の違う子とも仲良くなれて。親も、困ったときにすぐ相談できる育児の先輩や、人生の先輩がたくさんいて……」

茜は言いかけて、口を噤《つぐ》んだ。

彼女はもうここで子供を育てるイメージまで抱いているのだ。それはとても自然なことだと思った。

触れるか触れないかの距離で茜の息遣いを感じていると、世間の価値観をぜんぶ受け入れて、自分の正直な気持ちなんか力尽くでねじ曲げてしまいたくなる。それでずっと彼女の隣に、ただ一人の相手としていられるなら、本望だと思う。でも。

あのポスターの中の理想の家族が、今にも「むせきにん」と一斉に言い出しそうな笑顔でこちらを見ている。男の子を抱え上げる父親の手はひどく血管が浮き出て、異様な力が込められているのに気付いた。男の子も笑ってはいるが、その瞳はどこかぎこちなく、父につかまろうと伸ばした小さな手が置き所に迷っている。

（わすれなきゃ）

「俺に気を遣う必要なんてぜんぜんないから。茜の人生を一番大事にしてほしい。変な話かもしれないけど、俺にできることは何でもするよ。出て行った方がよければそうするし、友達の友達を紹介してもらうとか、茜にとって最高の相手が見つかるように、いくらでも協力する」

本当に幸せになってほしいから、という浅ましい言葉はかろうじて口に出さなかった。

「……でも一番してほしいことは、できないんだね……」

「──ごめん」

茜は俺から体を背け、「今日は疲れたから、話はまた今度でいい？」とくぐもった声で言った。拒絶の色をありありと示した薄い背中に、俺はタオルケットをかけることしかできなかった。二人の間には、埋めようのない距離が終わりへの予感となって横たわっていた。それは最初からずっとそこにあったのだと、わかっていた。

それから俺たちは、時間を見つけては二人で長々と話し合った。

自分さえ変われれば、と何度思い直そうとしたかしれない。お前ならできる、できるはずだ、お前を信じてる。仕事では何度もそうやって部下や後輩たちを鼓舞してきた。笑顔を作れば脳がハッピーな状態を錯覚するように、令和の無責任男らしく「まーなんとかなるっしょ！」と開き直って突き進めば、いずれぐちゃぐちゃと思い悩んだことが嘘みたいに、ちゃんと父親になれているはず。

そうやって目を瞑《つぶ》って飛び込もうとする度に、未来で取り返しのつかないことになるという確信は強くなった。

「起きてもいないことに対する不安なんて、妄想と同じだよ。私だっていろんなことに対して不安になるけど、それを越えていかないと何もできなくない？　享は自分で自分をがんじがらめにしてる」

茜に指摘されて、もっともだと思った。

でもいくら妄想と言われても、俺の中では現実以上に現実味を帯びた、生々しい映像が浮かんでしまうのだ。俺は子供なんか欲しくなかったと、血管が浮き出るほど拳を握り締めて茜と子供を責めたあげく、飽きたおもちゃを捨てるみたいに二人を放り出す自分自身の姿が。それはどれだけ振り払おうとしても、俺の脳裏にこびりついて離れない。子供も茜も不幸にしてしまうくらいなら、死んだ方がマシだ。

（わすれなきゃ）

何度話し合っても、俺たちの未来が一つに繋がるという結論は出なかった。

何度目かの話し合いのあと、茜が取引先の担当から、個人的に誘われていることを打ち明けてくれた。

「もう今回の取引は終わってて、お互い担当を離れたタイミングで連絡をもらったの。『不適切なご連絡で申し訳ありません。プレッシャーのようなものを感じられたら、遠慮なく断ってください』って……仕事はできるし、誠実ないい人だとは思う」

「会うだけ会ってみてもいいんじゃないかな。最初はランチで、大丈夫そうなら早めのディナー。なんか変な素振りを見せたら俺を呼べばいいし、気に入らなかったら、人脈が広い奴に頼んで、いくらでも他にいい男を紹介させる。俺のことはどんな形でも利用してくれていいから」

「……考えてみる」

俺は声が震えないようにするのに精一杯で、茜の目は見られなかった。エゴだらけの嫉妬の感情で体が熱かったが、平静を装った。せめて茜の人生から、令和の無責任男ではなく、誠実な人間として退場したかった。

今日茜は、件《くだん》の男と初めてのデートに出かけている。行き先は水族館で、最寄駅の評判のビストロでランチをしたあとに、イルカショーの時間に合わせて向かうという、向こうが提案するプランまで教えてくれた。水色のロングシャツワンピースに白いロングカーディガンを羽織った茜は、本人に言ったら「単純だなぁ」と呆れられそうだけど、やはり清楚で綺麗だった。

俺の予定では、今日は持ち帰った仕事——契約書の確認と、部下からの報告書の精査と、来期の予算のドラフトプランを作る——の合間に、再びの一人暮らしに向けて引っ越し先を少し検索するはずだったのに、どれひとつとして進まない。気分を変えるために共用リビングに移動してみたものの、やはり同じだった。

広いテラスに面した窓からは秋の陽がいっぱいに差し込んで、嫌になるくらい澄んだ青空が見える。住人たちは皆どこか戸外で天気のいい日曜日を楽しんでいるのか、リビングにも廊下にも人影はなく、俺は世界に取り残されたような気分だった。

そのとき、滅多に使うことのないメインエントランスのインターホンが鳴った。

宅配便の受付などは各戸のインターホンで応答するので、俺はこれまで一度もこの画面を操作したことがなく、何かややこしい来訪だったらどうしよう、と勝手に焦った。でもよくよく画面を見ると、モニターにひょろりと映っているのは、和正さんちの長男・晴暢くんだった。

「どうしたの？　ひとり？」

「鍵を忘れました」

スピーカー越しのボーイソプラノに拍子抜けして開けてやると、晴暢くんはか細い上半身をゆらゆらと揺らしながらリビングに入ってきた。

「ありがとう」

「たまたまいてよかったよ。ここのインターフォンの音は家じゃ聞こえないと思うから」

晴暢くんは上半身をゆらゆらと揺らしっぱなしだ。目線が合うようで合わない。敦子さんからは「晴暢も龍介も、平均的な成長過程に照らすと凸凹があって、晴暢は話したり動いたりも全般的にのんびりしてます」と聞いていた。いわゆる発達特性があるのだろう。子供を持つことすら考えられない俺にとって、そうした子供たちを育てるということが、どんな状況を伴うものなのか、想像もつかない。

「あの、ベランダ」

「ん?」

「ベランダを通ります。通りください……通らせてください」

意図がわからず、考え込む。でも次の瞬間、波多野さんが最初の説明会で言っていたことを思い出した。

「ベランダから、家の中に入りたいのか！　そっか、鍵忘れたんだもんな。でもお家《うち》の窓の鍵は開いてる?」

晴暢くんは意図が通じたことが嬉しいのか、俺の質問には答えずにニコッと笑った。

とりあえず二人で三階に上がり、部屋へ通すと、晴暢くんは不思議そうに部屋中を見渡した。

「ぜんぜん違う」

「前の部屋と？　前のご夫婦のところにはよく遊びにきてたの？」

「ここに机があって、椅子が二つあった。大治郎《だいじろう》さんが右、絹代《きぬよ》さんが左。こっちに本棚があって、百六十二冊の本が並んでた。ベッドはそっち側、枕はシマシマ、お布団は灰色」

「よく覚えてるね。仲良かったんだ？」

「ななばいの友達」

「え？」

「大治郎さんが『孫みたいに思ってもいいかな』と言ったから、『僕はお父さんとお母さんのお父さんとお母さんの孫だから大治郎さんの孫じゃない』と言う。『じゃあ友達になろう、私ははるちゃんのだいたい九倍の年齢だから、九倍の友達だ』と言った。大治郎さんも、僕も嬉しい。友達ができた。いまは七倍の友達。僕は十一歳、大治郎さんは七十八歳」

立板に水を流すような、それでいて抑揚のない独特の喋り方だった。時制や話法が混乱していても、意味するところはわかる。

「……すごいね、俺には七倍どころか、二倍の友達もいないよ」

「でも大治郎さんは、僕をときどき忘れる。『すっかり忘れちゃった』と絹代さんが言う」

だから退去したのか、と合点がいった。

ようやく自分たちの家として見慣れてきた部屋が、切ない気配を帯びてくる。来て、去って、また来て。部屋だけは変わらずここにあるけれど、遠くない将来、俺たちも去る。二人がここにいた景色は、跡形もなく消え去ってしまう。

それでも、老夫婦はきっと出て行った今も一緒にいて、同じ時を過ごしているのだ。たとえ相手を忘れてしまったとしても、羨ましいと思うのは、不遜《ふそん》なのだろうか。

バルコニーに出ても、晴暢くんは手すりに捉まり下を見下ろしたまま、自分の部屋へ行く素振りを見せない。次の行動が読めず、いちいち時間が一時停止するようだった。でもどうせ仕事は進まないし、気が紛れるので、俺はとことんこの少年に付き合おうと思った。

「康子さんと勲男さん」

隣に立って一緒に下を覗くと、シェアルームに住む老女・康子さんと、大家の勲男さんが中庭にいた。上から見下ろしても明らかなでこぼこコンビは菜園の様子を見ているらしい。夏に勲男さんの庭で流しそうめんをしたときは、子供たちがここで収穫したトマトを運んできて、その場で洗って食べた。

「おーい、やすこさーん！　いさおさーん！　おーい！」

晴暢くんが思いのほか大きな声で呼びかけると、二人の老人は驚いて僕らの方を見上げ、「はるちゃんかー」「とおるさんかー?」と嬉しそうに手を振ってくれる。

「やすこさん、いさおさんこんにちはー！　野菜はどうですかー?」

「ほうれん草がもうすぐ食べられそうだねぇー」

「こりゃ小松菜だべー！」

康子さんは隣の勲男さんに話しかけながら、俺たちに呼びかけるような大声で言った。その様子がおかしかったのか、晴暢くんが笑い、俺も笑った。二人は俺たちにもう一度手を振ると、隣の勲男さんの家の裏門の方へ消えた。

たまに勲男さんがコハンに来るときも、流しそうめんのときも、大抵二人は隣に並んでいて、とても仲が良さそうだ。二人とも家族がいる様子もなく、もしかして恋人同士なのか、と勝手に想像を巡らせたこともあった。でもなんとなく違う気もするし、関係を決めつけることには意味がない。俺と茜も、今の猶予期間みたいな関係を何と呼んでいいのかわからない。

俺はここに残ってもいいかもしれない、とふと思う。

もしも茜が遠くない未来に、今日のデート相手と結婚を決めたら、当然のようにそれぞれ出ていくことを考えていた。でもここで暮らし続けていれば、この先、子供が欲しくない俺を結婚相手として受け入れてくれる女性が現れなくて、一生誰かの夫や父親にはなれなかったとしても、あんなふうにいい隣人にはなれるんじゃないだろうか。家族ではなくても、子供から老人までいろんな人たちの隣で、時々一緒に食事したり、おしゃべりしたりして生きていくひとりの人生も、あるのではないか。

「……俺もいつか晴暢くんの三倍の友達に——あれ?」

いつの間にか俺の隣から消えていた晴暢くんは共用バルコニーの一番端、角部屋の自分の家を覗き、窓に手をかけている。どうやら鍵がかかっているらしい。バルコニーに落ちていたのか、片手には何かおもちゃを握り締め、こちらを見ては、また困った顔で窓に手をかける動作を繰り返している。それぞれの体のパーツがバラバラにループ再生されたGIFアニメみたいだ。

「開いてないならみんなが帰ってくるまでうちで待ってればいいよー。こっちに戻っておいで」

晴暢くんは素直に戻ってきた。やはり上半身をゆらゆらと揺らしている。片手に握っているのは、人気漫画の主人公のソフトビニール人形だった。

「お父さんたちはどこにいるのかな？　何時ごろに戻ってくるかわかる？　念のため連絡を入れておこうか」

俺はスマホを手に取り、居住者用のメーリングリストを探した。

「小学校で、龍介たちのサッカーの試合を見る。僕が帰るとき前半が終わり。茜さんも応援する」

「え？」

「これは捨てるもの」

掃き出し窓の外から部屋を覗く格好になった晴暢くんが、俺にソフビ人形を放り投げる。

濁流のように様々なイメージと声が押し寄せ、俺の記憶の蓋が弾け飛ぶ。

「――え？　晴暢くん待って、試合に茜がいたの？　お父さんたちと応援してたの？」

言いながら、俺の脳裏にはあのポスターの理想の家族がくっきりと浮かぶ。

俺は彼らを知っている。あれは幼馴染の家族だ。父親がギインヒショでベンゴシの、駆け回れるほど広い庭のある家に住んでいた、あの子の。

（わすれなきゃ）

——こっちはいそがしいんだからいちいちくだらないことをそうだんしてくるなよ！

——くだらないってなに？　あなたのこどものことでしょう！

——おまえがどうしてもほしいというからしかたなくつくったんだ。おれはさいしょからこどもなんかいらなかった
忙しくて滅多に家にいないけど、幼馴染は有名な父親をとても自慢にしていて、俺はあの広い庭と同じくらい、かっこいいお父さんが羨ましかった。地元の写真館の宣伝に写真がずっと使われるくらい、完璧で理想的な家族だった。

あの日、図書室みたいな書斎で激しい言い合いをしていた夫婦は、掃き出し窓の外で立ち聞きする俺に気が付いていなかった。

——おれのじかんをこれいじょうじゃまするな！

父親は怒鳴りながら、叩きつけるように何かをゴミ箱に捨てた。俺にはその何かが、大好きな幼馴染そのものみたいに思えた。震えながらずっと握っていたソフビ人形が、自分の手汗でぬるりとしてひどく気持ち悪かった。

（わすれなきゃ）

「うん。駅前で会って、お母さんが『これから龍介と大我の試合を見にいくの』と言い、『一緒に行っていいですか』『もちろんいいけど、予定は大丈夫なんですか』『キャンセルします。サッカー大好きなんです』。茜さんは試合中にすごく大きな声で『切り替えー！』と叫ぶ。僕はびっくり」

そういえば茜の地元には、いくつか高校サッカーの強豪校がある。

でも考えるべきはそこじゃなくて――なんでデートに行ってないんだ――勢いよく回ったままの記憶と思考がぐちゃぐちゃに混ざりあって、どうやっても回転が止まらない――。

（わすれなきゃわすれなきゃ）

「……なんでだよ」

そのとき唐突に玄関の扉が開き、茜が顔を覗かせた。

刹那《せつな》、急に込み上げた強い感情に、下瞼が熱を持った。それは小さな頃の心細い家路で、ようやく家の灯りが見えたときの安堵に似ていた。

茜は俺を見て、晴暢くんを見て、「え？　あれ？」と驚く。晴暢くんは嬉しそうに「お母さんたち帰る？」と尋ねた。

「今みんなで帰ってきたとこ。龍介くんたち勝ったよ。大我くんがアシストして、龍介くんが一点入れたの」

晴暢くんがすごい勢いで玄関を飛び出していくと、茜はそっと扉を閉めた。

「なんで……」

茜は鞄を椅子の上に置き、カーディガンを脱いで、窓の外を眺めながら、静かに言った。

「デートに行くより、サッカーを見たくなった。その程度にしかデートは楽しみじゃなかった。そんな簡単に切り替えられなかった。子供が欲しいから結婚したいんじゃない、享がいい、享と一緒にいたいから、結婚したい、享と家族になりたい」

黙っていたら、茜は「なんで」の答えをいくらでも並べ立てそうだった。

気が付くと抱きしめていた。というよりも、小柄な彼女にしがみついていた。

「……子供が欲しいと思えなくても、一緒にいられるなら、茜と俺の子供ならって、何度も思おうとした。でもできなかった」

「うん、うん」と俺の胸の中に、相槌を打つ茜の声が直接響く。

「幼馴染の、家族がいたんだ、誰が見ても理想的な……俺は父親にいらないって言われたあの子が、可哀想だった。いらないって捨てられた子供はどこに行けば？　って考えたら、すごく怖くて心細くて……絶対に本人に知られたらダメだと思った」

俺はあの父親が怖かった。何よりも、彼みたいになるのが、怖かったんだ。

床の上には、さっき晴暢くんが放り投げたソフビ人形が笑顔で横たわっていた。

「なんの話？」

俺の胸に顔を埋めていた茜が頭を上げる。顔を俺のTシャツに押し付けていたのと、たぶん涙のせいでマスカラが取れかかり、少し鼻水も出ていたけど、心臓を掴まれたみたいに、愛しさが溢れた。

「俺もずっと忘れてた、大事な話。だからもっと話したい……茜に聞いてほしいんだ」

いい？　と尋ねると、茜は再び顔を俺の胸に押し付け、「うん」と頷いた。

止まっていた過去の時計が動き出し、今の時計と一緒に時間を刻む。もう少しだけ、できるなら、未来でもここで、この人と一緒に。

開きっ放しの窓の外では、晴暢くんたち家族がバルコニーに面した窓を開け放つ音が聞こえた。

和正さんの「鍵あったかー?」と言うのんびりした声も、かすかに聞こえた。

第4章

隣人の庭は

共用リビングのドアを開けると、由美子さんと大我くんが、まったく同じポーズでソファに並び漫画を読んでいた。由美子さんはグレージュのニットコート、大我くんはチャコールグレーのブルゾンを着ていて、ファッション雑誌の母子リンクコーデのようだ。でも二人は別々に暮らす叔母と甥の関係で、服装の色味もたまたま一致したのだろう。

「お待たせしました。今日はご面倒をおかけしますが、よろしくお願いします」

「よろしくお願いします」

傍の花野も、私に倣《なら》うようにぺこりと頭を下げる。こっちは着古したネイビーのスウェットにジーンズと、相変わらず味気ない格好だ。せっかくのお出かけなのに、と思うが、花野は私と違いまるでファッションに興味がなく、あくまで自分が楽な格好というポリシーを崩さない。

「いえいえ、私も楽しみなんで。なんせ山科文月《やましなふづき》先生の画業四十周年記念展覧会ですから」

由美子さんは作家本人が在廊している場合に備えて、花野の分まで色紙を用意してくれたくらいだから、楽しみなのは本当なのだろう。平成生まれの花野が昭和から活躍する大御所漫画家・山科文月の漫画にハマったのも、元々は漫画好きの由美子さんが教えてくれたからだ。

「花野、勝手な行動で由美子さんに迷惑かけないように。大我くんも花野に付き合わせちゃうみたいでごめんね。山科文月の漫画は読んだことあるの？」

「うん。でもよくわかんなかった」

大我くんはあっけらかんと言う。

彼はこのココ・アパートメントという少し特殊なマンションに住む、いわば私と花野のお隣さんだ。春休み最終日の今日は、仕事を休めない父の義徳さんに代わり、溜まった代休を取った由美子さんが、元は大我くんを人気のアニメ映画に連れて行く予定で、「映画館と近いし、ついでだから」と、会期が今日までの、花野の行きたがっていた展覧会にも一緒に行ってくれることになったのだ。

「私のセレクションが悪かったのかなー。読みやすいと思ってSF短編傑作選を読ませたんだけど」

甥の理解が得られなかった由美子さんがぼやくと、花野も訳知り顔でコメントする。

「初読には一番人気で学園ものの『青と春のいた日々』がよかったんじゃないかな」

「だってあれ二十三巻あるし、学園BLはどうかなぁと思って」

「おれ、そんな長いのすぐに読めない。ほとんどわかんなかったけど、猫星人の話は面白かったよ」

大我くんはBLの意味がわかっているのかは不明だが、二人の年上女性のオタクトークにも臆さない。二年前にここへ入居したての頃より、大人たちの前でもずいぶん堂々と振る舞うようになった。自分の子も他人の子も、子供というのはつくづく順応性に富んだ、驚くべき生き物だと思う。

「花野ちゃんは映画に備えて『少年捜査官・椿小路《つばきこうじ》マール』の既刊三十五巻をぜんぶ読み直しちゃったんでしょ。すごいよねぇ」

「さすがにちょっと寝不足……でもやっぱり『サンマリノ修道院編』は名作でした。アニメであの追い詰められたフランチェスコが洞窟の天井を開く最後のシーンがどんなふうになるのか、すごくたのし」

「待った！　それ以上ネタバレなしでお願い。私は読み通すの諦めたから、まだ結末を知らないんだよ」

「あ、ごめんなさい」

花野が慌てて自分の口を両手で覆うと、大我くんが「一番のトリックがネタバレだぁ」と笑い、由美子さんは「聞かなかったことにするから」と首を振って耳を塞ぐ真似をする。

気が重い会合の前に、フッと心が軽くなる。花野がこういう時間の中にいられるためなら、何でもするという決意が力になって戻り、体中に満ちる。でも母として、言うべきことも言っておかないと。

「このところ夜中にごそごそしてると思ったら、漫画読んでたんだ。次の学期でまた成績表に『落書きや居眠りをして授業に集中していないときがあります』って書かれたら、今度こそお小遣い半分に減額だからね」

「四角形の面積の計算より、一千万部売れている漫画を読む方が、私の将来にとっては大切だと思って」

「まーた算数の時間に寝たの⁉　何が大事か、自分で判断するのはまだ早い。漫画家になろうが会社員になろうが、素養を身につけるためにも、少なくとも高校卒業までは科目の隔てなく勉強するって約束したでしょ」

「……はーい」

素直な返事は変わらないが、以前なら父親に怒られるたび、俯いて身を縮こまらせていた。今は「納得いかないが仕方ない」という本音がしっかり透けている。小憎らしくもあるけれど、花野がこうして反抗できるようになったことが、しみじみ嬉しい。こんな子だったんだと、新鮮な発見に満ちている。

では私は？　あの人と離れて、どこまで変われている？


いつもの降車駅を通り過ぎ、都心にあるターミナル駅で電車を降りた。すっかりお馴染みになった雑居ビルの三階の、観葉植物に囲まれた清潔な応接室で、三枝《さえぐさ》弁護士はコーヒーの用意をして私を待っていてくれた。

「せっかくだから、休みでも取って思い切り花野ちゃんと遊べばよかったのに」

ドレープの綺麗なカーキ色のシャツに鮮やかなマスタードイエローのポンチョ型ニットというファッションが、三枝先生の美しいグレイヘアと、皺があっても艶やかな肌によく似合っている。

いつ見ても先生はおしゃれだ。

「今週は打ち合わせが立て込んでますし、とにかく早く取り掛かりたかったので。でも春休み終わりに結果が出るあたり、最後まで私たちの邪魔をしたいあの人の呪いみたいですよね」

深煎りの淹れたてコーヒーは、口を付けると苦味と甘みのバランスがちょうどよく、心を落ち着かせる香ばしさが鼻へ抜けていき、思わず「おいしい」と声が漏れた。三枝先生は満足気に頷く。

「電話でお伝えした通り、あちらの上告は不受理となりましたので、これで正式に離婚できますよ。必要書類はここにぜんぶ用意してあるので、来週金曜までにそちらのマンションがある区役所に提出してください」

「はい、承知しました」

離婚裁判で離婚となれば、離婚届に夫の署名をもらう必要もなく、こちらだけで手続きを進められる。区役所までの道順も窓口の様子も、もう不要となる旧姓の印鑑供養の段取りまですぐに浮かぶのに、書類へ伸ばす手が自分のものという感覚が湧かない。センサーがうまく反応しないＶＲ映像みたいで、現実が奇妙にずれていた。

ほらほら顔上げて、と三枝先生がパンパン、と手を叩く。

「まずはこの三年半、ずっと頑張った自分を褒めてあげなくちゃ。大江さん、あなたはよく戦った。戦い抜いて、勝ったんです。改めて、離婚おめでとうございます！」

「あ、ありがとうございます……」

喜ぶべきタイミングであることを忘れていた。

　座ったまま深くお辞儀し、顔を上げてもまだ、うまく笑えなかった。ようやく終わったと思えばまた次の落とし穴があるような、長かった裁判の日々を思い、嬉しいはずの気持ちは、この先の悪い予感に呑み込まれる。

　私にはとても無理――きっと何かを間違えてしまう――長年の結婚生活の中で染み付いた思考の癖は、自覚していても、すぐに直るものではなかった。

「……やっぱり、どうしても面会はさせなくちゃいけないんでしょうか？　花野を危険に晒《さら》すと思うと、不安で」

「そのための第三者機関の介入です。ＮＰＯの立ち会いの下で、時間は二時間以内、泊まりはなし。この条件は絶対に死守します。何か違反があれば、即中断の申し立てをします。今回の上告騒動で、あっちの弁護士も相当うんざりしてるみたいだしね、ぜんぶ呑ませますよ」

　違反があったときではもう遅いのだ。未然に防ぐことこそ重要なのに。

　中立書のほかに私と花野の分ときっちり診断書を揃えても、彼が花野へ書き続けた手紙と、面会時の態度が功を奏し、さらには花野が父に「会ってもいい」と受け入れたことで、定期的な面会という条件が成立してしまった。罰金を払ってでも会わせないか、あるいはいっそあの人を――と何度思ったかしれない。

「……ここまで執着してきた人が、おとなしくこちらの条件を呑むとはとても思えなくて」

「完全に拒絶することで、却って逆上させてしまうことを私は懸念してる。また調停を繰り返してくる可能性もあるし。でもあなたの心配も尤《もっと》もです。花野ちゃんが拒否すれば、覆せる可能性はあるんだけど、本人に真実を伝えることは、やはりまだ？」

「いずれは必ず言わなければならないことはわかってます……でも、今なのかというと……あの子が自分自身を否定するような状態には、絶対なってほしくないんです」

だからこそ別居してからも、花野には元夫を警戒するようそれとなく諭しても、彼をはっきりと非難することは避けてきた。彼がこの先も彼女の生物学的父親であることは、変わりようがないのだ。

「どのタイミングでも、絶対に傷つかない、というのは無理だと思うよ。幼いうちの方が傷も浅くて済むと考える人もいる。子供にもよるし、『これ』って正解はないんだけどね」

これまで類似の案件を扱ったことがある三枝先生は、思案顔で言った。

その後は候補となる二つのＮＰＯの概要を説明され、元夫側との調整に入る前に、一度両団体の担当に会いに行くと決めて、ミーティングは終わった。

「最後にあちらから、いつものです。ちょうど届いてたので」

淡いライムグリーンの封筒をそっと差し出される。元夫から花野宛の手紙だ。中身はまた美辞麗句のオンパレードなのだろう。ネットに〝別居している子供宛の手紙の書き方〟指南でもあるのかと思うような内容の。

どれほど中身がなくても、こうしてきっちり定期的に手紙を書くことで、あの人は裁判官の心証を得た。これまで何もかも思い通りで、自分のためなら平然と嘘をつき通してきた元夫の、完壁なソツのなさが改めて怖い。

職場の牧田《まきた》司法書士事務所へ出勤すると、所長の牧田先生がパーテーション越しにチラチラとこちらの様子を窺っている。遅刻の連絡を入れるとき三枝先生に会うことは伝えていたので、何の用事か予測がついていたのだろう。かつて中堅法律事務所で新米司法書士と新米弁護士の同僚同士だったという縁で、三枝先生を紹介してくれたのも牧田先生だった。私は「少しよろしいですか？」と彼女を会議室へ誘った。

「長くご心配をおかけしました。無事にあちらの上告が不受理となって、正式に離婚できることになりました」

「うわぁ、おめでとう‼　よかった、よかったねぇ！」

牧田先生は両手を叩いて飛び上がらんばかりに、全身で喜びを表してくれる。肩にかけた白いストールのフリンジが跳ね、まるで一緒に小さく万歳をしているみたいに見える。パート時代から彼女には事情を少しずつ話していたから、三枝先生の次くらいに、これまでの離婚をめぐる経緯を理解してくれていた。

「これはお祝いしないとね。三枝先生と花野ちゃんも交えて今度ディナーでもどう？　今日そのまま書類を出しに行ってくればよかったのに」

「花野にも一応きちんと話してからと思って。午後に打ち合わせも二件入ってますし」

「ああ、例の家族信託案件ね」

「あちらの弁護士も同席されるそうです。おそらく遺留分の請求となるかと」

「弟さんがずっと行方不明でいてくれれば……なぁんて、私たちが言っちゃいけないね。もう一件の方の進捗は？」

「今回のファミリーカンパニーの法人登記で一旦クローズですね」

私が担当する家族信託案件は、成年後見制度に並ぶ老後の財産管理方法のオプションとして、徐々に相談が増えている。比較的新しい制度ということもあり、ちらほらと未知のトラブルも出てきていた。牧田司法書士事務所では、クライアントから直接依頼を受けることもあれば、提携している法律事務所や税理士事務所から、登記関連の業務のみ請け負うこともある。どちらであっても、私ともう一人の司法書士が、分担してこの業務を扱っていた。

「つくづく、大江先生頼もしくなったねぇ。もう我が所の立派な主力司法書士だもん。本当にすごい、よく頑張った」

言いながら牧田先生は、寒い戸外から帰った子供にするみたいに私の背中をさする。期せずして三枝先生と同じような言葉をかけられて、喉の奥がぐっと詰まった。

「あ、ありがとうございます……」

「頑張り通しで大変だったね。自分を誇って。あなたは偉いよ」

所属する八人の司法書士を束ね、三枝先生に負けず劣らずのやり手にも拘らず、いつでもおっとり穏やかな牧田先生の手と声は、私の心の最も弱いところに触れる。でもちっとも嫌じゃない。ずっと離婚に反対だった実家の母は、おそらくこんなふうに喜んだり、労《ねぎら》ったりはしてくれないだろう。感情が溢れ出すのを、もう止められなかった。

私はいつ、気付くべきだったのか。どのタイミングだったら、間に合ったのか。考えても仕方ないとわかっていても、繰り返し考えてしまう。

元夫の堀健太郎《ほりけんたろう》に初めて会ったときの印象は、〝育ちの良さそうなおじさん〟だった。

彼は私が契約販売員として勤めていた地元の携帯ショップの、親会社から出向してきた、いわば上司だった。東京出身で名門大学卒、誰もが知る大企業勤務。ドラマや漫画に出てくるようなスペックのエリートだけれど、外見はほんの少しシュッとした布袋《ほてい》様のような容貌で、同僚女子たちの評価は、「『いい人なんだけど』で終わるタイプだね」と厳しいものだった。

当時の私は地元の専門学校を経た新卒三年目で、何度か月間の契約数で表彰され、仕事が面白くなってきた時期だった。プライベートではその前年に、高校時代から付き合っていた男に浮気をされて別れて以来、「お金は男と違って裏切らない」がモットーだった。少ない収入をコツコツと貯金し、祖母から譲られた中古車を好みのものに買い換えるか、実家を出て車通勤不要の中心地で一人暮らしをするか、あの頃は男といるより、通帳を見ながら妄想する方が楽しかった。

健太郎は管理職の中では比較的若いこともあって、直属の上司たちよりずっとスマートに仕事をする人だった。セクハラまがいの余計な無駄口は叩かない、これまでの意味のわからない慣習よりも合理性と効率性を優先し、私たちのような契約スタッフの意見にも耳を傾け、季節キャンペーンなどでは率先して現場にも出て、スタッフへ分け隔てない気配りを欠かさなかった。私は次第に彼に尊敬の念を抱き、デキる人の仕事の仕方を学ぼうと、彼の仕事をアシストする機会があれば、誰よりも先に手を挙げた。

「小さくて一所懸命で、大江さんのこと、ずっと可愛いなと思ってた」

そう告白されたのは、一年で最も忙しい新生活キャンペーンの打ち上げの後だった。居酒屋チェーンの外で運転代行のドライバーを待つ間に真剣な交際を申し込まれた。それまで彼を恋愛対象として見たことはなかったが、学生時代の幼い交際と違い、尊敬から始まる恋もあるのかもしれない、と考えた。

当時を振り返ったとき、もしも私が彼に対して少しの好意も持っていなかったら、どうなっていたのだろうと思う。彼は上司で、私は最も立場の弱い販売員だった。そういう関係の歪さにも、若い私はまったく気付いていなかった。

付き合い始めてみると、十歳上の健太郎は私の未熟さを丸ごと受け入れて導いてくれるような包容力があり、地元の同年代の元カレたちよりずっと博識で、話が面白かった。これまでの狭かった世界がどんどん広がっていくようで、私は毎週末のデートに心を躍らせた。彼の要望で早々に紹介することになった私の家族も、すっかり彼を気に入り、当時まだ存命だった祖母も、「これでいつお迎えが来ても安心だ」と太鼓判を押した。

まもなく彼に新たな転勤辞令が下り、ごく自然に結婚へと進んだ。赴任先で籍を入れた翌年の秋に、彼の希望でわざわざ東京へ行って結婚式を挙げた。費用はほぼすべて堀家が持ってくれたので、反対する理由がなかった。高齢の祖母は入院中で来られず、仕方なくビデオ通話で私の花嫁姿を見せたが、それでも泣いて喜んでくれた。

最初の小さな違和感は、赴任先の系列店への再就職を彼に相談したときだった。

「聡美はもうあんなつまんない仕事はしなくていいんだよ。給料だってバイト程度だったんだし。生活費は少し多めに渡すから、しばらくのんびりして、家事も覚えてよ。母さんから俺の好物のレシピ送ってもらおうか」

「待って、レシピより、『つまんない』って……私の仕事をそんなふうに思ってたの？」

怒りよりもショックが大きかった。彼も私の仕事ぶりを認めてくれていたのだと思っていた。

彼は一瞬気まずそうな顔をしたあと、重々しい口調で言った。

「そうは見えないかもしれないけど、僕もプレッシャーで結構ギリギリなんだよ。ここで結果出さないと、本社に戻ったときに響くから。新しい環境を支えてもらえないかな？　仕事でもそうだったけど、聡美がサポートしてくれると、僕は本当に安心できるんだ」

ショックの余波は心の隅に残ったが、彼の必死さも理解できた。私は新婚の夫と、それ以上諍《いさか》わないことを選んだ。

でも仕事を辞めてから、改めて自分は働くことが好きだったのだと気付いた。彼の言う通り、手取りは同年代の全国平均を大きく下回っていたが、重点製品の契約を連続で獲得したり、担当した顧客に接客を気に入られ、まもなく家族全員分の他社からの乗り換え契約をまとめたときなど、自分なりの工夫が功を奏して、売り上げに繋がった達成感は格別だった。あの興奮は、彼から与えられたブランドバッグや４Ｋ大型テレビからは得られない。家事も極めるべき工夫の宝庫だったが、私は物言わぬ野菜やトイレよりも、人を相手にして報酬を得たかった。

新妻として家事に専念しつつ、私は空いた時間に資格の勉強を始めることにした。ネットであれこれ調べ、就職への有利さから、司法書士に狙いを定めた。最難関の国家資格の一つなんて、大卒でもない私にとってかなり無謀と思えたが、彼に仕事を馬鹿にされたことが、決意の底にはあったと思う。自分の貯蓄と資格取得までにかかる費用、家事との両立なども考慮して、通学が必要な専門予備校ではなく、料金の安い通信講座を選んだ。彼にも勉強を始めることを相談したら、

「司法書士資格を、通信で？　まあ、家事さえちゃんとやってくれればいいけど」

と苦笑いして流された。主婦のお遊び半分の勉強で、合格なんて到底無理だと思われているのは明らかだった。

学生時代、ずっと成績は中の下で、賢いと言われたことは一度もなく、兄や弟と違い、偏差値のより高い高校を目指すことや、大学進学を周りに期待されたこともない。そんな私は勉強が嫌いで、不得手なのだと、ずっと思い込んでいた。でも違った。私は勉強の仕方を知らなかっただけだった。この上なく明確な目標がある資格の勉強は、私の肌に合っていた。これまでまったく馴染みのなかった法律用語も、学生時代なら居眠り用の枕にしていたような分厚いテキストも、何もかもが新鮮で、面白かった。自分で計画し、やり方を工夫し、新しい知識を吸収するのは、仕事をしていたときと似た興奮があった。私は勉強そのものに、どんどんのめり込んでいった。

初めての試験の点数は散々だったが確かな手応えがあり、妊娠中に臨んだ二年目では、不合格ではあっても前年の合格点を超えた。

「今年は合格点が一気に上がっちゃったんだよね。でも去年だったら受かってたわけだし、来年また頑張るよ！」

私の結果報告に、健太郎は嘲笑の混じったやれやれ、という顔をした。

「何点だろうが不合格は不合格なんだから、ちゃんと結果に向き合いなよ。大体、運良く受かったところで意味なくない？」

彼は私のせり出したお腹を指さして言った。予定日は来月に迫っていた。

「育児と両立しやすい仕事だって聞いてるし、その前提で職場を選べば……」

私は彼がこれまで話半分に侮《あなど》っていたことを謝り、結果を一緒に残念がってくれるか、合格に迫った努力を褒めてくれるものと期待していたから、その冷めた反応に戸惑っていた。

「聡美は甘いよ。本当の仕事の厳しさも、育児の大変さもわかってない」

「私だってちゃんと働いてたし、育児の大変さを知らないのはそっちも同じでしょ？」

言い返すと、彼はテーブルを思い切り蹴り、無言で家を出ていってしまった。それから一週間は、いくら話しかけてもすべて無視された。

そんなふうに小さな違和感は積もっていったが、一方で、妊娠前後の不安定な時期に、健太郎の気遣いや優しさが身に染みる瞬間も多々あった。秋に生まれる娘のために、花野という名前を考えてくれたのも彼だった。

「俳句の季語で、秋の草花が咲く野原のことなんだ。春の華やかで明るい花もいいけど、切なくて趣のある綺麗さがいいなって」

花野が生まれてみたら、確かに育児の大変さは想像以上だった。花野は比較的夜泣きも少なく、育てやすい方だと思われたが、新幹線でも片道五時間の実家には出産以降はなかなか頼れず、健太郎も仕事が忙しくなった時期で、親しい友人もいない土地でのワンオペ育児に、私は疲弊するばかりだった。

ようやく赤ん坊との生活に慣れ、そろそろ勉強を再開しようと考えていた矢先、健太郎が東京へ帰任することになった。特に相談されることもないまま、義両親が自分たちの家と同じ地区に購入していたマンションが私たち家族の新居になった。息子の結婚前から投資用として所有していたと言うが、本当のところはわからない。「色々入り用だろうから」と義母が揃えておいてくれた家具調度は、高級なのだろうが重厚すぎて掃除がしにくく、自分たちのものという感覚が湧かなかった。

乳児を抱えての引っ越しだけでもストレスだったが、さらに気の重いことに、義母は「聡美さんが寂しくないように」毎週家へ来ては、さりげなく（と本人は思っていたようだ）部屋の汚れや食事内容をチェックし、育児についても、授乳時の声かけから聴かせるべき音楽、読むべき絵本まで、逐一アドバイスしてきた。私は早く自分の勉強を再開し、働きたくてうずうずしていたが、いずれ働き出せば義母の協力を必要とする時がきっと増える。そう考えて、彼女の頻繁な訪問にもなんとか耐えた。

義母の教育熱はすさまじく、赤ん坊の花野に毎日十冊の絵本を読むことを課され、満一歳になると、「お金は出してあげるから」と幼児教室にも入れることになった。

「聡美さんは知らないだろうけど、一流大学や会社に入るためには、やっぱり子供の頃からの積み重ねって大事なの。うちの健太郎も小学校から国立。大学は明応堂大だけど、本当は東大の理Ⅱだって入れるレベルだったのよ。健太郎の年は合格最低点が少し上がって落ちちゃったけど」

かつて自分が口にした言い訳だった。あのとき健太郎が私に言ったように、「ちゃんと結果に向き合いましょうよ。そもそも十年以上前の話ですよね？」と義母に言ったら、どんな顔をするだろうかと想像して、当時のショックを慰めた。

幼稚園は当然のように「お受験に強い」ことで有名な園へ通うことになり、私は黒や紺の送迎ファッションに身を包み、毎日花野と混み合う電車に乗って送り迎えをした。移動だけで母娘共に大きな負担ではあったが、早期教育用の知育絵本や、工作や農業体験といった園の多彩なプログラムは、大人の目から見ても面白く、花野も楽しんでいるようだった。私も雑談をする程度のママ友ができ、ようやく東京に馴染んでいけると思った。

歯車が狂い始めたのは、本格的に小学校受験準備が始まった頃からだった。幼稚園の他に水泳とヴァイオリン教室、受験用の幼児教室を掛け持ちし、五歳児が遊びもせずに宿題や復習を繰り返す日々は、どう見ても多忙に過ぎた。私自身も、園の先生や義母からの「母親の頑張りが合否を決める」というプレッシャーに、うまく眠れなくなっていた。家事のレベルは目に見えて落ち、夫や義母からちくちくと小言を言われることが増えた。

たまの土日、夫が気まぐれに花野の勉強に付き合ってくれたが、疲れているときは突然声を荒らげることがあった。花野も工作やお絵描き、運動は好きだったが、机に座ってひたすら問題を解くプリント学習は苦手意識が強く、私もいつも宥めすかして課題の分量を無理矢理やらせているような状態だった。

「何だその不真面目な態度は！　甘えるのもいい加減にしろ！」

その日もできない問題にぶつかって、鉛筆を放り出した花野に、夫は机を叩いて怒鳴った。花野は恐怖のあまり泣き出すこともできず、目にいっぱい涙を溜めて呆然としていた。

「怒鳴らないで！　こんな小さな子が遊びもしないで机に座りっぱなしだったんだから、飽きちゃうのは当たり前でしょ？　少し休憩させてあげて」

「お前がそうやって甘やかすからこの間の模試だって散々な成績だったんだろ？　母親の学歴が低いと子供の成績にも影響するんだから、お前が責任とって厳しくしないと、底辺校にしか受からないぞ。そうなったら恥ずかしい思いをするのは花野本人なんだからな！」

頭が真っ白になった。薄々気が付いていたのに、私は事実を見ないようにしていた。二人の間にはかつて、深い愛情も確かにあったのだから。

（この人は、私を心の底から馬鹿にしてる）

花野が唸るように泣き出して、夫が部屋を出ていっても、私は身動きできなかった。

私の不眠はますますひどくなった。日中は半ば寝ているような状態で、突発的に激しい動悸を感じた。そのリズムは私と花野を叱りつける、健太郎の声そのもののようだった。動悸が治まると、震える指先を押さえて何かの儀式のようにシンクと蛇口を磨いた。それらさえちゃんと光っていれば、何かがごまかせると思ったのだ。

夫が出張中のある夜、翌日の模試に向けて花野に課題の復習をさせていると、立っていられないほど心臓が波打った。鼓動が一気に速くなり、冷たい汗が首筋を伝った。喉が塞がってしまったかのように呼吸ができず、このまま本当に死んでしまうのではないかと思った。強張った顔でうずくまった私を見て、花野が「おかーさん！」と泣き喚いた。

（この子を絶対に、怖がらせちゃいけないのに）

慌てて呼んだ救急車が着く頃には、動悸は嘘のように治まっていた。

すべてが幻覚だったのか、今いるこちら側が幻覚なのか——。自分はとうにおかしくなっているのかもしれない、と思った。

念の為病院で検査をしてもらったが、原因は何もわからなかった。勧められて同じ病院の心療内科を受診すると、「鬱病が原因のパニック発作でしょう」と言われた。睡眠障害も鬱病から来るものだろうということだった。

初老の医師は、私の傍に座る花野の異変にも、すぐ気が付いた。

「チックが出てますね。これはいつから？」

花野が頻繁に歯を鳴らしたり、瞬きすることは気が付いていた。でもそれがチックと名の付く症状だとは夢にも思わず、単なる不思議な癖だと見做《みな》していた。義母に「躾《しつけ》がなっていない」と指摘されることばかり恐れていた。

医師に問われるまま、花野の日々の生活について説明すると、頻尿や胃痛など、勉強を避けるための言い訳だと思っていたことが、どれも見過ごせない症状だったと知った。私は家事どころか、花野に目を配ることすらできなくなっていたのだ。医師からは、直《ただ》ちに受験勉強を中止するように言われた。

「子供には大人のような抗不安薬は強すぎて、処方するわけにはいきませんから、ストレスの源を断つのが一番の早道です。お母さんにとっても受験はストレスになってるんじゃありませんか？」

「でも今さらやめるなんて、夫や義母にまたなんて言われるか……ただでさえ私の学歴のせいで、花野にも悪い影響が出てるのに」

「『夫源病』って言葉を聞いたことはありますか？　医学的な病名ではありませんが、カウンセリングの現場では頻繁に確認される現象なんですよ。夫が原因の不調全般を指します」

「ふげんびょう……？」

「こちらの病は元をすぐに断つのはさすがに難しいでしょうから、そうですね、お嬢さんと二人だけで、好きな場所へのんびりお出かけでもしたらどうでしょう」

帰り道、私は花野と手を繋ぎながら、二人で家を出て行く段取りを思い浮かべた。

大事な荷物はあらかじめ倉庫にでも運び出しておき、もしも夫に物がなくなっていることを気付かれたら、「整理収納アドバイザーのお友達に聞いて、断捨離を進めてるの」とでも言えばいい。すべての準備を終えて扉を閉める。施錠した鍵は郵便ボックスに入れる。その金属の涼やかな音まで、聞こえた気がした。

「花野、今度おかーさんとお出かけしようか。どこか行きたい所ある？」

「……わかんない……おうち？」

「──そっか。じゃあいつか行きたいところができたら、お母さんに教えてね。絶対、一緒に行こう」

「うん」

夫や義母に受験勉強を中断するなどと言えば、反対されるのは目に見えていた。ヴァイオリン教室は受験のために一時お休みすることにして、幼児教室の方は花野の体調不良を理由に休養を申し入れた。水泳だけは、花野が行きたがったのでそのまま行かせた。夫が家にいる週末は、「教室の直前対策講座がある」と花野を連れ出し、思いつくまま図書館や美術館、映画館や水族館を回った。ときどきごまかしきれず、夫にプリント学習を強制される夜もあったが、花野がチックを発症していること、受験直前期のナーバスな時期にメンタルに影響が出るような言動は控えるよう主張し、夫の暴言を食い止めた。

案の定、受験は第一志望から滑り止めまですべて落ち、夫は怒り狂った。

「あんな偏差値底辺校まで落ちるってどんな教育したらこんなバカになれるんだ？　やっぱお前の血だよ。恥ずかしくてしょうがない！　サボリ癖ばっかりつけてわがまま放題に甘やかして、お前のせいで、花野はろくな大人にならないよ！」

花野の前で夫がそう怒鳴ったとき、私は彼を二度と許さないと決めた。

その日のうちに三つの求人サイトに登録し、離婚へ向けて動き出した。

「おとーさんは、私のことが嫌いなんだね。ごのまま大きくなれなかったら、どうしよう」

泣き続ける花野に、父は病気なのだと伝えた。

「花野やおかーさんにいじわるしないといられない病気。どうやったら治るか誰もわからないの」

あとで知ったことだが、夫の従兄弟《いとこ》の子供も花野と同い年で、第一志望校も同じ、そして合格したという。従兄弟本人は日本の大学を卒業後に渡米して大学院で博士号を取得し、子供が五歳になるまで向こうの大学に助教授として勤めていたが、東京の企業に招聘《しょうへい》され、日本に帰国したと聞いた。教えてくれた義母ははっきりと言わなかったが、彼の出身校が、夫が落ちた東京大学理Ⅱだったことは、容易に想像できた。

花野は地元の小学校に入学したが、チックの症状は治まらず、四歳で止まったはずのおねしょを頻繁にするようになった。幼児教室の蓄積で成績はいいが場面緘黙《かんもく》を疑われるくらいおとなしく、それは自信のなさの表れと思われた。夫と小学校受験が、彼女の自尊心を奪ってしまったのだ。その責任の一端は、間違いなく私にもあった。

花野の初めての夏休みが終わったあと、私は義母にも夫にも告げずに、運良く採用してくれた牧田司法書士事務所で事務のパートを始めた。

「働きながら試験に合格？　もちろんできますとも！　勉強のコツとか何でも聞いて。晴れて資格が取れたら、ぜひうちでそのまま所員になってね」

面接でそう言ってくれた所長の牧田先生を始め、スタッフは皆優しく仕事のできる人ばかりで、私はすぐにこの新しい職場が好きになった。

やはり外で働くことは面白かった。かつて心療内科の医師から言われた通り、病の元の夫と、彼の家族の所有物である家から離れれば離れるほど、私は元気になった。パートの給料と夫から預かる生活費をやりくりし、私は着々と貯金を増やしていった。資格勉強の方も、前回の試験で既に基準点を超えていたことは私の大きな自信になっていて、勉強の要領も覚えていた。あとは記憶を更新するだけだった。

でも私が試験に合格するまでなんて、そんな猶予はまったくなかったのだ。

私は家の中の最も邪《よこしま》なものに、まったく気付いていなかった。

あの日は初夏の気配が近付いた、土曜日だった。

実家の母が結石で入院することになり、私は見舞いのついでに離婚の相談をしようと、花野を置いて飛行機で地元へ帰った。土曜の夜に一泊し、日曜の昼に戻るつもりだったが、離婚に反対する両親と大喧嘩になり、その勢いのまま実家を飛び出してしまった。予定では父の食事を作り置きし、家の掃除くらいしておこうと思っていたが、再び彼らとまったく嚙み合わない会話をする気力はなかった。

健太郎に経緯をごまかして説明すれば、またねちねちと嫌味を言われる気がして、私は事前に帰宅の連絡をするのをためらったまま、最終便の飛行機に乗って東京へ戻った。空港から電車とタクシーを乗り継いでマンションに着いたときは、午前〇時を過ぎていた。

暗い玄関をそっと開け、寝ている二人を起こさないように、できるだけ静かに家へ入った。花野の部屋を覗くと、タオルケットをはだけ、四肢を投げ出して眠っていた。枕の湿り具合から、夫は風呂の後に髪を乾かさなかったのだと呆れた。クーラーの設定を確認し、そのまま夫婦の寝室へ向かった。

最初に目に入ったのは、サイドテーブルのハイボール缶だった。夫は寝入ったばかりだったのだろう、耳にワイヤレスイヤホンを挿し、入り口に背を向けてベッドに横たわっていた。ゴーゴーといびきの響く暗い部屋の中、スマートフォンのスクリーンの光が天井に反射して、海の底のように揺らめいて見えた。画面を覗くと、花野を映した動画だった。

花野は浴室で自分の体を一所懸命に洗っている。カメラはどこかに固定されているのか微動だにせず、斜め前からひたすら裸の花野を捉えている。花野はカメラには気が付いていないようで、時折不安そうに顔を上げ、入り口の方を見る。その度に風呂の壁に淡い影が動くので、そこに夫がいるのだろうと思った。

自分が何を見ているのか、まったく理解できなかった。脳が思考することを完全にとめてしまった。

よだれを垂らし、枕で片頬の潰れた夫の寝顔と、ぶよぶよと膨らんだ腹にぼんやりと視線を走らせた。よく見れば、夫のパジャマのズボンは半ばずり落ち、膝に挟まれた右手は、下着の中にあった。バッテリーが切れたのか、やがてスクリーンはブラックアウトし、花野の残像だけが暗い部屋にチラチラと浮き上がって見えた。

声にならない掠れた悲鳴が喉の奥から漏れた。心臓が強く波打ち、体から今にも飛び出してしまいそうだった。全身が震えて足元から崩れ落ちそうになるのを、なんとか堪えた。

気が付くと、小型スーツケースに花野と自分の服を詰め、持ち帰った自分の荷物と一緒に玄関へ運んでいた。花野を抱き上げて、ぐずるのを宥めながら玄関へ急いだ。マラソンのあとのように、心臓の音がこめかみに響き、耳が半ば塞がったようにこもっていた。

「なにを夜中にバタバタ騒いでるんだよ！　下の階にも迷惑だろ！」

玄関に続く廊下に現れた夫は、片手にスマホを持ち、浮腫《むく》んで開ききっていない目でこちらを睨んでいた。恐怖で体中から力が抜けそうだった。寝ぼけた花野が腕からずり落ちて、「うえぇ」と泣きかけたのを、夫の「なんでいるんだよ？　帰るのは明日じゃなかったのか」という不機嫌そうな声が遮った。

唇は私が言葉を発することを阻止するかのように、意思に反してぶるぶると震えた。それでも私は、腹と足の親指に、渾身の力を込めた。足音だけは穏やかに、夫がこちらに近付いてくるのを、「こないで！」と叫んで止めた。

「そ、その動画はなんなの！　あなた花野に何をしたの⁉」

夫はハッとして、おそらく無意識に、スマホを私の目から隠した。彼の一挙手一投足が私の疑念を裏付けた。

「……なんのことだよ？　寝ぼけてるのか？」

「そっちこそとぼけないで！　それ以上花野に近付いたら、警察呼ぶから！」

私は花野の腕を引き寄せて、そのままマンションを飛び出した。

あのとき気が動転するあまり、証拠を取っておかなかったことは、今でも悔やんでいる。動画を自分へ転送するなり、画面の写真を撮るなりしておけば、裁判がこれほど長引くことはなかったのだ。

区の相談窓口で公的な母子シェルターに匿《かくま》ってもらい、そこから紹介された民間シェルターへ一旦移ると、夫の留守中にできる限りの荷物や重要書類を運び出した。実家はすぐに夫に見つかるし、離婚に反対する家族が私の味方をしてくれるとは、到底思えなかった。

〈お前は何か誤解してる。説明するから一度落ち着いて話そう〉

夫からはほぼ同じ内容の留守電とメッセージが山のように来た。

〈もし私たちを追ってきたら警察に通報します〉

私はそう一言だけ返して、夫のＩＤと番号をブロックした。

「もうお家《うち》には戻らないの？　おとーさんはけーさつにたいほされちゃうの？」

家の洗面室くらいの広さしかないシェルターの狭い個室で、花野に尋ねられた。

「おとーさんは花野に……たくさんいじわるをしようとしてた。だからそうなる前に、おかーさんは逃げないといけなかった」

花野は「いじわる」という言葉に明らかに顔を強張らせた。受験の頃のことが蘇ってしまったのかもしれなかった。幼児の頃のように膝に乗せて抱いてやると、頭で私の胸元を押すようにすがりついてきた。

牧田先生にも事情を話すと、すぐに三枝弁護士を紹介してくれた。

私は初めて、他人にこれまでの結婚生活を、違和感を覚え始めたときまで遡《さかのぼ》り、詳《つまび》らかに話した。小学校受験とモラハラの加速までは淀みなく話せたが、最後の夜の動画のことになると、また唇が震え、言葉よりも先に涙が溢れて、たどたどしい説明しかできなかった。それでも三枝先生は、一つ一つゆっくりと起きたことを確認し、メモを取っていった。

「よく頑張って花野ちゃんを守りましたね。心細かったでしょう」

私は子供のように嗚咽《おえつ》を漏らして泣き続け、その間三枝先生は、ずっと私の手を握っていてくれた。

「まずはお金を確保です」三枝先生は速やかに夫に連絡を取り、離婚協議の申し入れと、私たち母子の生活を維持するための婚姻費用の請求をしてくれた。すぐに夫からは支払いの拒否と私を罵倒するメールが送られ、先生はそのまま裁判所へ離婚と費用の調停という二つの申し立てをした。婚姻費用がすぐに支払われなかったとしても、申し立て日まで遡って請求ができるのだという。法律についてあれほど勉強し、離婚後の生活についても色々シミュレーションしていたのに、私は離婚するまでの法的ステップについては、ほとんどわかっていなかった。

「あちらの反応を見る限り、調停が成立する可能性は限りなく低いです。こちらには十分なモラハラの証拠がありますし、さっさと裁判の準備を始めましょう」

これまでの鬱病やパニック障害の診断書と、受験時の花野のチックと頻尿や胃痛の診断書、そして私の日々のメモ書きで、モラハラの立証はほぼ確実にできても、盗撮の立証は難しいかもしれない、ということだった。

「動画を見ていたという目撃証言だけでは。ただもしも花野ちゃんが、これまでに別の形でも虐待を受けていたとしたら——とにかく、専門家のケアのもとで、医師の診察を受けることをお勧めします」

三枝先生が暗に示唆《しさ》するところを想像し、ぞっとした。

それまでにシェルターで聞いたり、ネットで調べたりして、花野にはプライベートゾーンのことと、そこは私であっても花野の許可なく触れたり見たりしてはいけないこと、逆も然《しか》りで、誰かが自分のそれを花野に無理矢理見せたり触らせたりすることも、許されない行為なのだと説明していた。でも、父親がそれを花野にしていなかったか、本人に確かめることは、どうしてもできなかった。

「尋ね方にも訓練が要りますから、お母さんが責任を感じなくていいんです。そばにいて安心させてあげてください。それにあなたも傷付いていて、ケアが必要なんですよ」

ワンストップ支援センターから紹介されたカウンセラーは、優しくそう慰めてくれた。でも経験豊富だという女性医師の診察には、立ち会わせてもらえなかった。親が同席すると、子供は本当のことを言えなくなる場合がある、ということだった。

白いドアを隔てた部屋で、花野ができるだけ不安を覚えないように、もしも苦しい記憶があるのなら、病室の壁のようにすべて真っ白に塗りつぶされますように——私はただ祈ることしかできなかった。

後日、花野には性的な虐待の痕跡は認められない、という結果が出たときは、泣き崩れてしまいそうなほど、深い安堵を覚えた。花野はやはり、動画を撮られていたことも知らなかった。

「もう盗撮の件は裁判で争わなくてもいいです。最悪、とにかく堀と別れて、二度とあの人が花野と会わないようにできれば」

「会わせないようにするのはかなりハードルが高いことで……、でもまだ一つ、可能性がないわけではありません。警察に盗撮被害を届けることです。彼がスマホから動画を削除していても、かなり高い確率でデータを復元できます」

三枝先生に言われたその可能性は、諸刃《もろは》の剣《つるぎ》だった。

彼は花野にとっては父なのだ。父親が性犯罪者で、その被害者が娘であることが何らかの形で世間に知れてしまったとき、花野は二重に傷付くことになる。私はどうしても決断できなかった。三枝先生も無理強いはしなかった。夫にとっても、私が「警察へ行く」という最後のカードを取っておくことは、抑止力になっている気がした。

調停が始まると、夫側も弁護士を付けた。提出された彼の答弁書は、予想通り嘘ばかりが書き連ねてあった。こちらが提出する予定のモラハラの証拠資料を逆手に取るように、学歴コンプレックスのある私が、自身の資格試験や花野の小学校受験で切羽詰まり、精神が不安定になったこと、それが原因で花野までメンタルに不調をきたしたことなどが書かれていた。私は精神的にも経済的にも、到底ひとりで花野を不自由なく養育できる状況になく、だからこそ、自分が二人を支えたい、両家の母たちもできる限り助けると申し出てくれている、母娘二人のためにも婚姻関係を維持したい云々。

――可愛い子供の動画を見ていたことを、常人には考えもつかないような恐ろしい方向に解釈し、逆上して出ていってしまったが、それこそが、妻の不安定さを裏付けています

三枝先生から、相手方の書面を読むだけでかなりストレスがかかると聞いてはいたものの、そのショックは予想以上だった。平気でこんな嘘をつける人間と結婚生活を共にしていたことに、嫌悪感が収まらなかった。婚姻費用調停については、すぐに夫側が条件を受け入れて成立した。三枝先生によれば、向こうの弁護士の入れ知恵だろうということだった。

「こちらも仮払いの請求はしてましたけど、ごね続けてくれれば、『母娘を支えたい』という主張との矛盾をついてやったのに」

婚姻費用が振り込まれるようになると、私たちは牧田司法書士事務所への通勤に便利な郊外エリアで、安い賃貸アパートを見つけて引っ越した。花野も学区内の公立小学校に転校し、そのタイミングで、私は事務所でフルタイムの契約スタッフになった。半年後に迫った試験に向けた勉強も本格的に再開した。夫に「精神的にも経済的にも不安定」と断じられたことが、私の闘争心に火を付けたのだ。

「新しい学校では大江ってお母さんの苗字で通っていいって。だけどもし花野が嫌だったら堀のままでいいよ。お医者さんとかでは、まだしばらく『堀花野さん』って呼ばれることになるし」

「二つ名前があるの？　マールくんみたいだね。小学校ではマヌケのマールくんで、事件が起きると椿小路捜査官って天才になるんだよ」

シェルターや児童館に置かれた大量の漫画に、花野はたちまち夢中になっていた。『少年捜査

官・椿小路マール』もその一つだ。夫と暮らしていたときは、「勉強の妨げにしかならない」と、アニメや漫画を禁止されていたから、ここにきて興味が爆発したのだ。花野なりの方法で、新しい環境に適応しようとしてくれていることは心強かった。

当時は隠れるように暮らしていたから、極力地味な服装を心がけていた。花野の服も、女の子らしいものは半ば無意識に避けていた。スカートもほとんど捨てた。花野が今もファッションに興味がないのは、少なからずこの頃の刷り込みがあるのかもしれない。性被害の検査をしたあと、プライベートゾーンのことだけでなく、健太郎を含め、先生だろうと知り合いだろうと年上の男性と二人きりにならないこと、生活圏で避けるべき場所などを繰り返し教えた。この世におぞましい暴力があることを伝えなければならないという現実に、私はどす黒い怒りを覚えた。

離婚調停が不成立となり、三枝先生が離婚を提訴したのは、奇《く》しくも私の試験日と同日だった。前回試験を受けた時は、お腹の中の花野の存在そのものがお守りだったが、今回は「お互いにベストを尽くしましょう」という三枝先生の言葉が、私にかつてない落ち着きと集中力をもたらした。

八月に自己採点で去年の合格点を上回っていることがわかった。九月には第一回公判があり、私は夫が提出した陳述書を読んでも、至極冷静なままだった。そして十一月、遂に私は、自分の番号を合格者リストに見つけた。

試験に合格した日の翌朝、私は起き抜けの花野に、今日は「なんでもしていいデイ」だと告げた。

「学校を休んで、花野の好きなこと何でもしよう。すごいお金や日数がかかることは難しいけど、朝も夜もご飯じゃなくてお菓子だけ食べてもいいし、なんなら一日中パジャマでもいい」

花野はしばらく考えたあとで、東京郊外にある漫画図書館へ行きたい、と言った。新しい小学校の友達に聞いて、ずっと行ってみたかったらしい。近くの一般図書館からもしょっちゅう漫画を借りてきていたが、冊数があまりないので、ほとんど読み終えてしまったという。

「その図書館へ行ったら、暗くなるまで一日中読んででもいい？」

私はもちろん、最後まで居たっていいよ、と答えた。調べれば、そこは飲食の持ち込みが認められており、館内にはカフェもあるとのことだった。

「駅ビルのフードコーナーで美味しいお弁当を買っていこうか」

それは最高の日だった。私たちは文字通り、朝から晩までそこにいた。どこまでも続く漫画棚は、花野にとって天国だった。私たちは窓際の畳敷きスペースに陣取り、目当ての漫画を最終巻まで積み上げると、思い思いの姿勢で読み続けた。読み疲れたら、二人でテラスに出て弁当を食べ、ぼんやりとした。図書館は大きな公園に面しており、秋の初めの日差しは柔らかで、公園の端には遠く本物の〝花野〟も見えた。

午後が深まると、私は眠気に襲われ、思い切って畳の上に寝転がった。花野は「おかーさん、お行儀悪いね」と漫画本から顔を上げ、嬉しそうに言った。まどろみの合間に、小さく口を開けて漫画に集中する花野の姿を見上げ、幸福というものを、ようやく思い出せた。花野はその夜、「今までで今日が一番楽しかった」と言った。私は試験合格者リストに自分の番号を見つけたときより、もっと嬉しかった。

無事に一連の研修を終え、桜が散り始める頃に、私は牧田司法書士事務所の正式な所属司法書士になった。新たな給与も花野と二人で食べて行くのに十分な額で、私は牧田先生に飛びつきたい気分だったが、先生は「青田買い成功です」としれっとしていた。

三枝先生からは、給与が安定したところで、よりセキュリティの高いマンションに引っ越してはどうかと提案があった。

「今のところあちらにそういった暴力性は見られないけど、この先裁判が進んでいく中で万が一、ということもあるし、花野ちゃんが安全な場所で留守番できるなら、あなたも安心して仕事に出られるんじゃないかな」

私の中でも、ずっと引っかかっていた問題だった。元夫は表向き誰が見ても穏やかな人間だったが、その分どんどん露わになる冷ややかさや陰険さは底が知れなかった。彼のそうした邪悪な性質が、いつ具体的な行動に移るか、私はその予感にいつも怯えていた。

今のアパートと同じエリアに、「ココ・アパートメント」という面白いマンションがある、と教えてくれたのは、三枝先生のパラリーガルの女性だった。彼女もやはり離婚経験者で、三枝先生の元クライアントだった。

「私も息子が独立して、一人暮らしが寂しくなったら、こういう所に住んでもいいなぁって思ったんですよ。三枝先生もいいねいいねって。先生まで住んじゃったら社員寮だね、なんて話してたんですけど」

「そうなったら皆でお隣さんですね」

当のマンションを企画管理するNPOのサイトを見ると、希望する2LDKの部屋は空いていなかったが、南向きの広めの1LDKが空いており、私は花野を伴い、すぐに内見に行った。内見時に明かされた正確な住所から、花野の現在の小学校の学区内ということもわかった。

花野は共用リビングの、漫画が詰まった大きな本棚が気に入り、私は各戸が独立した賃貸マンションながら、隣人の顔が見える、という絶妙な距離感が気に入った。子育て世帯の子供たちの何人かは、学年は違えど花野と同じ小学校に通っている点もよかった。当時、説明がてらご馳走になったコハンは康子さんが作ったもので、豚汁と炊き込みご飯、エゴマを使った味噌田楽という素朴なメニューだった。誰かの手によって作られた食事の格別な美味しさを、私は久しぶりに心ゆくまで味わった。

ココ・アパートメントに引っ越すと、花野はたちまち他の部屋の子供たちと打ち解けた。皆で共用リビングの端に秘密基地を作り、そこはときに国際犯罪捜査室になり、海賊団の港になり、吸血鬼一族の城にもなった。その時々に花野がはまっている漫画の設定で、毎回何らかのミッションを課す遊びをしていたらしい。花野と子供たちの世界では、キッチンは敵の要塞で、中庭の菜園は妖精王国、子供たちが廊下を走らないように設けられた室内横断歩道は、呪いの谷だった。走ったら呪われる、を合言葉に、子供たちが整然と廊下を歩くようになると、他の住人たちからずいぶん感謝された。花野は学校では相変わらずおとなしく、「賢そう」という評判に反して勉強が苦手なのも変わらなかったが、ココ・アパートメントでは、かつて場面緘黙を疑われた頃からは信じられないほどの潑剌《はつらつ》ぶりだった。チックもいつの間にか治っていた。

他の住人たち、特に男性たちへの警戒を解くことはなかなかできなかったが、花野はしっかりと私の教えを守り、その都度彼らも何かを察したのか、誠実な配慮をしてくれた。ここは安全だと、何より私を確信させてくれたのは、隣家に住む大家の勲男さんの言葉だった。花野が隣にある彼の家の庭に勝手に入り込んでしまい、謝罪をしに行ったときのことだった。勲男さんは花野の冒険心と警戒心の強さを「両方持つことはなかなかできないものですよ」とひとしきり褒め称えた後で言った。

「子供にとって安心できる場所はいくつあってもいい。私のようなジジイがよその子供のためにできることは、せいぜいそういう場所を増やしたり、守ったりすることくらいなんだよねぇ。うちの庭が気に入ったならまたいらっしゃい、しっかり守っておくから」

あの言葉が由来なのか、花野は一時期、勲男さんのことを庭守《にわも》りさんと呼んでいた。彼が誰かを待ちながら、庭の秘密と庭そのものを守っているというストーリーは、その後しばらく花野の中で膨らんでいるようだった。思い返せばたぶんあれが、あの子が初めてオリジナルで作った物語だったのだ。

「おかーさん、私は大江花野に転生したんだと思う」

いつかのコハンのあと、皆とリビングでたっぷり遊び、部屋に戻ってきた花野がそう言ったことがある。

「大江花野は、堀花野とどう違うの？」

「大江花野は、したいことはしたい、好きなことは好き、嫌いなことは嫌いって言える子なの。何も怖くないから。あとね、大江花野は漫画家になりたいんだよ」

裁判の過程で調査官の家庭訪問を受けたときも、花野は個別質問の時間に漫画家の夢を話し、「滅多に会えない職業の人だから、あとでネタになるかも」と、調査官へ色々と逆質問をしていたらしい。私はそれを判決後に知った。花野がのびのびと今の生活を楽しんでいることが伝わり、私の資格取得と経済状態の安定も後押しとなって、提訴から二年で、私は親権を伴う離婚を勝ち取った。夫は控訴したが、ほぼ嫌がらせに近い裁判で、嘘の反証と長期化する審理に再び精神は削られたものの、一審が覆ることはなかった。通常はありえない最高裁への上告も、こうして誰もが予想した通り、却下されたのだ。

予定より一時間早くすべてのミーティングが終わり、都心の公園ともつかない小さな空き地の手前で、私は不意に時空のエアポケットに入り込んだような感覚を覚えた。スダジイの枝葉が、土の上のその日最後の陽だまりに影を落として揺れている。

長年私自身にまとわりつき、肥大していた『堀の嫁』という皮が崩れて溶け出す。血液が体を一巡するように、離婚という解放の実感が、ようやく私の隅々まで行き渡った。

私と花野という最強の二人を脅《おびや》かすことは、もはやあの人にはできない。面会という不安要素はまだあっても、私たちは何度だって、きっと戦える。

（だってこんなにもたくさんの味方がいるんだから）

どこからか力がどんどん集まってきて、私の中でスパークしそうなほどだった。

事務所へ直帰の連絡を入れると、牧田先生からすぐに「外部打ち合わせがなければ明日も有休奨励日とします」と返信があった。残念ながら打ち合わせはある。でもスマートフォンの向こうの先生に、額《ぬか》ずきたい気分だった。

一秒でも早く花野に会いたい。展覧会が開かれているギャラリーまで行ってしまおうかと思い立ち、交換したばかりの由美子さんのＩＤへメッセージを送ると、ちょうどココ・アパートメントの最寄駅へ帰り着くところだという返信が来た。

〈私も早く帰れそうです。よければ夕食をご一緒にいかがですか？　お弁当か何かを人数分買っていきます。義徳さんは帰れそうでしょうか？〉

〈ぜひぜひ。兄は今日も遅くなるそうですが、子供たちがイシマルさんの焼き鳥が食べたいと言うので買っていこうと思います。聡美さんは苦手なものはありますか？〉

イシマルは商店街の精肉店に併設された惣菜店だ。精肉店の方はコハンの買い出しでお世話になることも多く、店主夫妻とはお祭りや地域行事などを通じ、ご近所さんとして親しくしていた。

〈イシマルの焼き鳥大好きです！　お肉ばかりだとアレなので、野菜串も数種類買っていただけますでしょうか。あとは皆さんのお好きなものなんでも。今日のお礼にお代は払わせてください。お休みの日に本当にありがとうございました〉

由美子さんで焼き鳥とくれば、アルコールも必須だろう。私は都心の駅直結の商業ビルで、北陸の日本酒と、それに合いそうなつまみ、美味しそうなチーズケーキを見繕い、いそいそと家路を急いだ。

ココ・アパートメントへ帰り着いてみると、共用リビングのテーブルにはイシマルの焼き鳥と焼きおにぎりの他に、大きなステンレス容器に入ったキムチ、人参のおかずに、水を張ったボールに浸かった蒟蒻《こんにゃく》のような何か、そして何故か大量の文旦《ぶんたん》が載っていた。由美子さんと子供たちの向こうに、キッチンに立つ康子さんと、賢斗くんの姿も見える。

「聡美さんお帰りなさい。商店街で康子さんたちに遭遇して、一緒にご飯を食べることになりました。これ康子さんから、福島の凍《し》み餅とイカにんじん、あと去年ここで漬けたキムチ、イシマルさんのところからお裾分けですって」

去年の秋の終わり、ここへ近所の人も招いて、康子さんの指導のもと、皆でキムチ作りをするイベントがあった。一年分のキムチを親戚や近所の人と一緒に漬けるキムジャンという韓国の風習に倣ったもので、勲男さんの知り合いの畑の白菜を一括で購入し、各参加者の希望量に合わせて代金をもらい、漬け込む作業自体は皆で行うというシステムだった。商店街の仲間と一緒に参加してくれたイシマルさんは、お店でも売りたい、と一番大量に購入したのだが、康子さんが自分の分を食べ切ったと聞いて、お店のストックをくれたらしい。

「で、この文旦はどうしたんですか？　いい匂いだけど」

「やお銀さんが試しにいろんな規格外品を安く仕入れてんだ。あんぽ柿の残りとこの文旦使って、カンポットでも作ろうと思って。聡美さんも二、三個持っていきな」

康子さんによれば、カンポットとは東欧などで日常的に飲まれる、コンポートが起源の甘いフルーツジュースだという。やお銀さんも商店街の青果店だ。

「おかーさん見て！　山科先生にサインもらえた！」

花野が誇らしげに色紙を掲げて見せてくれる。サインと一緒に描かれた少女なのか少年なのか、綺麗な顔の人物画の下には「大江花野さんへ　描き続けてください。がんばれ〜」というメッセージが書かれていた。

「本当に会えたんだ。よかったね」

「すごい気さくで素敵な人だったよね」

由美子さんも自分の分の色紙を見せてくれた。大我くんは映画館で椿小路マールの相棒・パグ犬シエロのノートとペンケースを買ってもらったそうだ。三人三様で楽しい時間を過ごしたことは、皆の顔を見ればわかる。

「山科先生は高校生の頃から大道寺《だいどうじ》ふみこ先生のアシスタントをしてたんだって！　でも大学にも行ったんだって。大学では漫研で、みんなで毎年同人誌を作ってコミケで売って、すごい楽しかったって言ってた。私も大学行って、漫研に入りたい！　それで山科先生みたいに、在学中にデビューして中退する」

由美子さんが傍で吹き出した。私もおかしいやらあきれるやらで、母として戒《いまし》める前に、お腹からするっと力が抜けてしまう。でも同時に、花野がこうして能天気な子供でいてくれるのが、心底嬉しい。

「先々の目標ができたのは何よりだけど、大学は漫研に入るために行くところじゃないからね。

行くからにはちゃんと、勉強して卒業する気で行きなさい」

「はーい」

そんな話をしている間にも、賢斗くんが「焼き加減てこれぐらいでいいですか?」とフライパンの中身を見せながら康子さんに尋ねる。蒟蒻に見えたのが〝凍み餅〟と呼ばれるもので、それを焼いてくれているらしい。バター醬油の匂いが食欲をそそる。

この一年の間、二人の歳の差コンビは幾度もコハンを担当しており、箱入りの生意気そうな高校生だった賢斗くんも、台所に立つ姿がすっかり様になっていた。

「今日は二人もお出かけだったんですか?」

尋ねると、賢斗くんが早口で答えた。

「康子さんが手首捻挫してるのに文旦買いに行くって言うから」

「ありがとない。キムチもぜんぶ持ってもらって、らくちんらくちん」

からからと笑う康子さんに対し、賢斗くんは仕方ないなぁという顔をする。

この二人がこんなふうに自然なシェアメイトになるなんて、彼が家族の事情で引っ越してきたときは、想像もできなかった。二人の間の空気は、色に喩《たと》えるなら当初は補色同士だったのが、一年を経た今は、黄色と緑といった隣り合う色のように変化している。同じ系統でも色調でもなく、でも少しだけ重なる色素を持つ、家族とも友達とも違った彩り。

私は賢斗くんに、どこか元夫と似た匂いを感じていた。明応堂という学校が同じなだけでなく、こんなふうに都会で何の不自由もなく育ち、一流の学歴、長じて社会的地位を得たら、いつしか自然と他人を見下し、〝下の人間〟から奉仕されることを当たり前のように考えるのだろう、と。

そんな私の意地悪な予想は、どこからどう見ても田舎の人ながら妙に国際的な老婆と、素直さを隠しきれない高校生によって、見事に裏切られるのかもしれない。

「康子さん、このお餅なんで黒いの？」

大我くんが、焼いた凍み餅にせっせと海苔を巻きながら尋ねる。

「餅が崩れないように、〝ごんぼっぱ〟って草が混ぜてあんだ」

「ごんぽっぽ？」

「ご・ん・ぼ・っ・ぱ、だよ」

賢斗くんがすかさず訂正する。彼はもう何度か凍み餅を食べたことがあるという。

「お茶請けに凍み餅は、夜遅いときはさすがに重いけど」

「育ち盛りなんだからいーんだいーんだ。この前だってぺろーっと食っちまったべ？」

「あのきな粉味は美味しかった。黒豆茶によく合ってて」

「へぇー、二人は一緒にお茶したりするんだ？」

私が尋ねると、賢斗くんが「まぁ週に二、三回くらいは」と答えたので、思わず「えっ」と驚いてしまった。それはもう、れっきとした茶飲み友達だと思う。

私たちが焼き鳥と東北の郷土料理と東欧のジュース、キムチに北陸の日本酒とつまみとチーズケーキという、何のまとまりもない夕食を取る間、ココ・アパートメントの住人たちが入れ代わり立ち代わりダイニングを覗いては、「あれ、今日コハンの日だっけ？」と驚いた。中には「俺も参加したい」と皆へ供するための食べ物をすぐに調達してきた人もいる。誰かが来るたびに、子供たちは「ごんぼっぱ・カンポット」なる早口言葉を言わせた。三回連続で間違えずに言えた人は、一人もいなかった。

交代で風呂に入ったあと、私は花野に離婚が成立したことを伝えた。

「これから面会のこととか、向こうと相談することになるけど」

花野は無表情のまま、バスタオルでごしごしと髪を拭いたあとで、静かに言った。

「かわいそうだね」

「……お父さんが？　どうして？」

私は正式に離婚したことを責められたような気がして、胸の奥がずきりと痛んだ。でも花野の返事は、まったく思いもかけないものだった。

「お父さんと、堀花野も。お父さんは時間を止めようとしてたんだと思う。ずっと何も変わってないよってフリをして、そうしてれば、時間は進んだことにならないって信じて。私とお母さんは、どんどん時間が進んじゃってるのにね。だから大江花野に会うことで、時が進んでるって、お父さんが少しでも気付いてくれたらいいと思う」

「堀花野はなんで可哀想なの？」

「堀花野は、お父さんに嫌われてて、自分のことも嫌いだった。大江花野は、堀花野じゃなくてよかったってずっと思ってた。正式に離婚するって、堀花野が完全にいなくなるってことでしょ。

だから私だけは、かわいそうな子だったたって、堀花野のことを覚えておくの」

花野の不思議な解釈を、私がぜんぶ理解できたかというと怪しかった。でも花野なりの、過去との惜別なのかもしれない。

「私は堀花野も、大江花野も好きだよ。堀花野のことは、これからもずっと大事に思ってる。大江花野のことは……そうだな、最初のファンになろうかな」

「完成した漫画を読んでからでないと、本当のファンとは言えないと思うよ」

花野はドライヤーを当てた髪で顔半分を覆いつつも、照れて笑いをこらえる口元は隠しきれていなかった。

「完成を誰よりも待ってる。ただし勉強もちゃんと、ね。大学行って漫研入るんでしょ」

「うん、おかーさんが主人公の漫画も、いつか描いてあげるね」

私は最初の最初から、あなたのファンだ。予想もつかない展開の、常に未完のストーリー。泣き虫だけど、どんなときもへたばらない、ユニークで優しいキャラクター。あなたが私に、途方もない力をくれる。

そんなファンレターを、私はいつだって心の中で書き綴っている。

第5章

隣人の手は

廊下に開け放たれたドアが、その部屋の家主の不在を主張しているみたいだった。南側の窓から差し込む初夏の光の帯が廊下へ長く伸びて、うっすら舞う埃や、細かな傷、波紋のような木目を浮き上がらせている。

いつもなら一抹の寂しさを覚えるところだが、いま胸を満たすのは紛れもない安堵だ。部屋の主の枯れ枝のような骨の浮き出た手を思い浮かべ、そのことに後ろめたさを感じてしまう。歓迎会の記憶はまだ鮮明で、お別れ会を検討する間もなかったほどの、あまりにも早い退去だった。

共用リビングを覗くと、事務手続きをここで済まそうとしているのか、波多野さんがものすごい速さでラップトップを叩いていた。機嫌の悪さがキーを叩く指の力に表れるのでとてもわかりやすい。お疲れさまです、と声をかけると、本当に疲れました、と真っ正直な返答があった。

「晋太郎《しんたろう》さん、最後まで相変わらずでしたか」

「六ヶ月分溜め込んだ文句をひと息に捲《まく》し立てていかれました。途中からは〝合コンさしすせそ〟で返してたんですが、たぶん気が付いておられなかったですね」

波多野さんが使うとは一番予想できない言葉に、思わず吹き出してしまう。

「……〝センスいい〟って、何に対して使ったんですか」

「クローゼットの配置です。ベッドの横に間仕切りみたいにして置いてあったんで」

無理があるようなないような。でもあの晋太郎さんという人は、波多野さんの相槌の中身なんて気にも留めなかったのだろう。

主張したいこと、聞いてほしいことは山ほどあっても、相手にも意見があるということには配慮しない。まるで、自分と異なる他人の意見を受け入れたら負けるゲームであるかのように、理解できないことは切って捨て、いつだって自分の方が正しいと信じて揺るがない。噛み合わなさに疲弊した日々が蘇り、胸が重くなる。

僕のそんな様子を見て、波多野さんがぶっきらぼうに言い放った。

「和正さんが責任を感じることはありませんからねっ」

「感じてませんよ。冷たいかもしれないけど、難しそうだなと、うすうす思ってたんで」

ココ・アパートメントでは居住希望者を選別するということは基本的になく、保証人もいらない。説明会とコハン体験、そして定例会への参加を通して、ここでの暮らしを理解してもらい、最終的に住みたいか否かは本人の意思に委ねる。合わなそうだと思えば、希望者は自ら辞退していくのだが、稀《まれ》に今回のようなミスマッチも起こる。この十年の間に、入居後一年以内に退去した人は、晋太郎さん含め四人はいた。

波多野さんはうーんと眉間に皺を寄せて腕を組む。

「哲也《てつや》さんみたいなケースもあるから、もしかしたらと思ったんですけどね……」

「あそこはやはり道代《みちよ》さんのお力が大きいかと」

一ノ瀬哲也・道代夫婦は、このココ・アパートメントへ入居するまでは典型的な亭主関白カップルで、哲也さんが自分の掃除やコハンの分担を道代さんに押し付けようとするたび、僕らはやんわり諫めたものだった。

でも今では独立して別々に暮らす娘さんたちにも驚かれるほど、夫婦の関係性が変わった。台所にほぼ立ったことがなかった哲也さんは、いつからか自分が当番のときのコハンを「うをいちナイト」と称し、自ら捌《さば》いた魚を業務用グリルで焼く魚定食を定番メニューにしている。魚嫌いだった次男の龍介が、新鮮な塩焼きの美味しさに目覚めたのも、哲也さんのお陰だった。コハン以外でも家で道代さんの指導の下、酒の肴のレパートリーを増やしているそうで、たまに新作のお裾分けを持ってきてくれる。僕たち夫婦の間では、密かに彼のことを〝さかなサン〟と呼んでいた。

「晋太郎さんはこれからどちらに住まわれるんですかね」

「和正さんにも伝えてないとなると、きっとどなたも知りませんね……寂しい人だ」

からりとした口調ながら、波多野さんの言葉はナイフのように鋭かった。

脳裏で晋太郎さんの寂しくなった後頭部が、郷里の父のそれに重なる。

(この人にはどうやっても、何も届かない)

どうしようもなく変われない老爺たちを思い、仕方ないと頭ではわかっていても、どこか突き放し切れない自分がいる。そうやってしか生きてこられなかった状況がありありと想像できるから。同時に、関わろうとするたび手ひどいしっぺ返しを受けたときの虚しさが過《よぎ》り、ぜんぶ忘れてどこか遠くの国にでも行きたくなる。

このココ・アパートメント創立時からのメンバーである僕ら夫婦は、新規の入居者から悩みや疑問をもちかけられることが多い。相談だけならいいのだが、おそらく外見と性別から、僕をこの場所のリーダーのように見做し、リーダーシップを期待する人もいる。

晋太郎さんも例に漏れず、入居した週から僕に居住者組合の規約や子供たちのリビングでの遊び方まで、何かと〝相談〟という体《てい》の文句を訴えてきたものだった。

——定例会の議題として挙げてみてはいかがです？　皆で話し合いましょう

——気になったときはその場で、子供たちと改善に向けて相談してみては

当初はできるだけ丁寧に返していたのだが、晋太郎さんはまったく納得せず、次第に僕が面倒くさくなってのらりくらりとかわすようになると、いつしか彼の小言は僕自身に向かうようになった。

——あなたがしっかりしてくれないと

——そんな曖昧な基準じゃぜんぜんダメだ

ここには昔も今も、上に立つ役割の人間はいないのだと何度僕が言っても、晋太郎さんは「じゃあ今からそういう役割を作るべきだ」とぜんぜん理解してくれなかった。どうしてあそこまでヒエラルキーに固執していたのか、今も理解に苦しむ。とはいえ僕も会社では上下関係にどっぷり搦《から》め捕られているのだが。

ココ・アパートメントのリーダー不在ポリシーは徹底している。居住者組合に理事長はおらず、波多野さんも管理人ではなく、あくまで外部アドバイザーだ。こうした住まい方が北欧で始まったときからの伝統なのか、日本のＮＰＯの知見なのかはわからないが、定例会の進行役も、会議の準備をする役員も持ち回りだ。こうすることで、強い意見に場の空気が左右されることがないように、そこから進んで従属関係が生まれないようにしているのだと思う。

さらに、居住者定例会で何かを決めるときは合議制を取っていて、決して多数決にしない。故におそろしく時間がかかる。そこには時間対効果《タイパ》や論破などというものは存在せず、誰の意見も蔑《ないがし》ろにしない、という明確なポリシーがある。

意思決定が必要なときには五色の意思表明カード、通称〝ココカード〟を用いる。緑は賛成、青は〝賛成だが懸念があります〟、黄は〝判断できないから質問したい／意見があります〟、オレンジは〝強い懸念はあるが決定に従います〟、そして赤は〝提案に反対し、代案を検討したいです〟という意味を持つ。個々人のカードに応えることは勿論、最終決議も、色の割合に応じて持ち越したり、分科会を新たに設定したり、決定事項を期間限定にするなど調整をしていく。効率重視で、なんでも安易に多数決で決めるよりも、定例会の後も続いていく協働生活に禍根を残さないよう、落とし所を探ることが重要なのだと、住人たちは暮らしながら理解していった。

ディスカッションの経験があまりなく、個を尊重する欧米文化にも不慣れな僕たちは、暮らし始めた当初はこの定例会にかなり手こずった。大きな言い合いに発展してしまったことも何度かある。その都度皆で協力して、感情的な分断にならないように収めてきた。カードのルールを含め、波多野さんたちのサポートがあるからこそ、今も続けていられる。でもどうしてもこのスタイルに馴染めない人がいるのも無理からぬことだと思う。特に若い人で早々に退去した元住人の中には、貴重な休日の大半を費やすことになるこの定例会と、その後のリビング大掃除にうんざりして、という退去理由を挙げた人が何人かいた。

晋太郎さんの場合、当初はカードのルールを無視して長々と自説を述べることが多く、そのたびに進行役に遮られては機嫌を損ねていた。言葉の端々から大企業に長く勤め、労組の幹部であったことが窺え、そんな自分の意見は皆が聞くべきという自負があるようだった。

あるとき晋太郎さんが主導して、本棚とリビングスペースを圧迫しつつあった漫画本とおもちゃを半分の分量に整理しようとしたことがあった。予め住人宛に送られていた定例会の議案リストを見て、異例なことに花野ちゃんが母親の聡美さんと一緒に会議に参加してきた。本棚の漫画を誰よりも熱心に読んでいたのは彼女だった。花野ちゃんは僕らの前に堂々と赤いカードを出して言った。

「私たち子供のものをどうするか、大人だけで勝手にあれこれ決めるのはおかしいと思います。私たちにもちゃんと考えさせてほしいです」

ぐうの音《ね》も出ない正論だった。

実際、これまでも何度かアパートメント敷地内での遊びのルール作りや、クリスマスや夏祭りなどの各行事の内容について、〝子供会議〟を開いて子供たち主導で決めたことがあり、彼らは親である僕らが考えているより、ずっとしっかりした話し合いをした。

そう補足もしたのだが、晋太郎さんは小学生の少女に言い負かされたことによほどプライドが傷付いたと見えて、彼女の意見に対する代案を示さずに、ただ上書きするように緑のカードを出し、自分が主導した当初の方針を貫こうとした。議論のできない大人を前に困惑する花野ちゃんに代わり、すかさずチェンシーさんが言い放った。

「そういう態度は大人気《おとなげ》ないし、ズルいです」

晋太郎さんは言葉を失い、顔を真っ赤にして退席してしまった。

あの〝事件〟だけが原因ではないのだろうが、やがて彼は目に見えて部屋に引きこもりがちになり、どんどん影が薄くなった。哲也さんをはじめ、何人かの住人たちが、あの手この手で宥めようとしたらしい。だが最後まで彼が心を開くことはなく、こうして今日、退去に至ってしまった。


「やっぱりちゃんと自立してる方でないと、こういう暮らし方は難しいんですよ」

波多野さんはため息をつきながら言う。どこか自分に言い聞かせているみたいだった。

「でも晋太郎さんは奥さんと死別後、ずっと一人暮らしされてたんですよね。防災コミッティーの仕事は真面目に取り組まれてたし、洗濯も規則正しくされてて、会議以外ではきちんとしているように見えましたが」

「自立って、そういう生活のあれこれにおいてだけじゃなくて、自分の軸、自分の世界があるってことだと思うんです。他の誰が何と言おうと好きなものだったり、大事にしてることだったり、自分自身でいられる場所や時間であったりね」

　波多野さんは入力を終えてラップトップを閉じる。ココ・アパートメント以外にも二つのマンションの運営に関わる彼女は、元は建築家であり、地域やコミュニティ作りの研究者でもあると聞いている。

「自分の世界がなければ、他人にもその人の世界があるってことがわからない。自分は自分、他者は他者、それぞれの考え方・やり方があって当たり前ということが認められない。他人のことがいちいち気になって、文句をつけたくなる。それってある種の依存じゃないですか。特に子育てやお仕事を引退された方にとっては、これ重要なんじゃないかと、私は密かに思ってます」

　他人のやることなすことに口出ししたい人は、むしろ自分軸が強すぎて、他者にそれを強いているように見えたが、波多野さんの考え方にも一理ある気がした。

　晋太郎さんが人知れず自分だけの世界で好きなものに没頭している様を、僕は残念ながら思い浮かべられなかった。社会の中できっと真面目に、真っ当に生きてきただろうに、とても切ない。そしてあまりにも父に似ている。彼もまた、七十年以上生きてきて、自分で自分を幸せな気持ちにする術を知らないと思われた。それはたぶん、周りの人をも幸せにしないということだ。

「ではまた空室情報を更新しておきますね」

　言い置いて波多野さんは立ち去り、僕もリモートワークへ戻った。

　土曜夜のコハンは、以前ここに住んでいた青山《あおやま》洋平《ようへい》さんが知り合いの猟師さんからもらった鹿肉をステーキにして振る舞ってくれることになり、いつもより参加者が多かった。一緒に料理をするはずだった妻の奈穂子《なほこ》さんと娘の美空《みく》ちゃんが来られなくなってしまったと聞き、僕も副菜作りを手伝うことになった。洋平さんが肉の下拵えをする間、僕はコーンスープとキャロットラペの準備を進める。メインの食材費が浮いた分、今日のデザートは旬の桃と豪華だ。

「この何でもデカいキッチンに立つと、なんかしみじみするんだよなぁ」

洋平さんは鉄製の大型フライパンを二つ出しながら感慨に浸る。

青山一家は僕らと同じくこのココ・アパートメントの最初期メンバーだ。このマンションが建つまで、一年以上に亘る準備期間中、毎月のようにワークショップや組合の規約作り、キッチンやリビングの配置決めからインテリア選定、必要な備品のリスト作りなど、ゼロから一緒に暮らしを作っていった。鉄製のフライパンも、その重さから特に女性陣が懸念を示し、調達コミッティーの話し合いは長引いたが、年月を経た今は皆が最も愛着を感じるキッチン・アイテムの一つになった。

長女の美雨《みう》ちゃんと次女の美空ちゃんはそれぞれ晴暢と龍介と年齢が近く、二人ともしっかり者で、よくうちのうっかり者たちのフォローをしてくれた。逆に青山夫妻が急な仕事で帰宅が遅れるときなどは、僕か敦子がまとめて子供たちのお迎えに行ったりもした。入れ替わるようにそれぞれの家族が一家でインフルエンザに罹患したとき、互いに買い物や食事の世話を融通し合ったことも懐かしい。

美雨ちゃんが大きくなるにつれて自分の部屋を欲しがり、タイミングよく近所に条件に合った分譲マンションが売りに出て、一家は引っ越していった。その後もありがたいことに、こうして交流は続いている。

　洋平さんがリビングでジグソーパズルに興じるうちの兄妹に「おーい」と手を振ると、結衣が可愛い声で「ききゅうふたっつできたー」と進捗を報告してくれる。晴暢は黙々とピースを分類し、無数の熱気球が浮かぶ、二〇〇〇個の欠片に分かれたカッパドキアの青空以外、何も見えなくなっているようだ。

「晴ちゃんも結衣ちゃんもちょっと見ない間にまた大きくなったなぁ。今日龍ちゃんは？」

「サッカーの練習のあとJリーグの試合を観てくる。三〇一号室のカップルが、チケットを貰ったからって、もう一人の子と龍介を練習終わりに拾って、そのまま連れてってくれることになったんだ。十八時キックオフだから観ながら何か食べるって」

　一見軽やかな今どきの若者だが、根が真面目な享さんと茜さんは「子供とお出かけって初めてなんですけど、何か気を付けることはありますか？」と聞いてくれた。彼らも入居三年目なので龍介の多動の傾向はそれなりに知っているが、念には念を入れてくれたのだろう。小学校で担任が替わるたびに渡している龍介の取説《トリセツ》を、二人にも共有させてもらった。福祉手帳を持つ晴暢のそれよりはずっと短い。

「楽しそうじゃない。今のスタジアムグルメって美味しいらしいね。敦子さんは同窓会だっけ？」

「いやもっと小さい規模の、大学時代の友達何人かとランチ。お茶してから夕食までには帰るってさっきメッセージ来てた。奈穂子さんたちが来られないのを残念がってたよ」

「そっか。奈穂子もずっと皆に会いたがってた……美雨は塾があるから元々無理だったんだけどさ」

「美雨ちゃん附属なのに、塾に行くもんなの？」

「国立は私立みたいにほとんどが上の高校に進学できるわけじゃないんだ。中学受験で入ってきた外部生はみんなハイレベルだから、振り落とされないように必死なんだよ」

「あんな賢いのに、すごい厳しい世界なんだな。美空ちゃんは？　やっぱりまだお姉ちゃんと同じ中学志望？」

「今は、どうかな――」

洋平さんはどこか上の空で、鮮やかな赤色をした肉に塩胡椒を振っていた。鹿肉というと猟が解禁される秋から冬が旬なのかと思っていたが、春から繁殖期前の秋の初めが一番美味しいらしい。

たぶん二人とも高学歴の青山夫妻は、僕らよりずっと教育熱心で、姉妹には小学校受験をさせていた。年頃は近くても、うちの兄弟とは保育園までしか被っていない。龍介より一つ歳上の美空ちゃんも姉と同じ国立の附属小学校を受験したが、本試験の前の抽選で落ちてしまい、今は私大の附属小学校に通っている。

晴暢や龍介が定型発達の子供だったとしても、本人たちが特に希望しない限り、僕らは中学受験すら考えなかったと思う。目立った発達特性のない結衣ものんびり屋なので、このまま兄たちと同じ公立小学校に通うだろう。幸い学区内の小学校も中学校も穏やかな校風で、支援教室の先生もとても親身になってくれている。でもこれから義務教育の先へ進むなら、今のところ境界知能とされる晴暢も、受験をしなければならない。

(あの子にできるのか。そして、高校の、その先は?)

夕食は皆に大好評だった。弱火でじっくり焼き上げた柔らかな鹿肉ステーキには大人用に赤ワインソース、子供用には醬油ベースのソースが用意され、新しい食材には慎重な晴暢も、美味《うま》そうにぺろりと平らげた。敦子と洋平さんと三人で昔話に花が咲き、しまいには昔のアルバムを持ち出して、我が子たちが乳幼児の頃いかに可愛いかったかを懐かしむ会になってしまった。他の居住者たちも、代わるがわる結衣を抱っこしながら、子供たちの、特に我が家の兄弟の成長ぶりに感嘆の声を上げた。今でもたまに晴暢がパニックに陥ってしまった時や、龍介の癇癪が収まらないときなど、隣人たちには迷惑をかけてしまうことが多々あるが、成長を心から喜んでくれることに、胸があたたかくなる。

「あの、残ってるコーンスープと桃を康子さんに持っていってもいいですか?」

皆が各自の皿を順番に洗い始める中、二階のシェアルームの賢斗くんが遠慮がちに声をかけてくる。シェアメイトの康子さんは体調不良のために、昨夜コハンキャンセルの連絡があった。賢斗くんによれば、今日の夕方には熱が下がって起き上がれるようになったそうだ。

「もちろんだよ。キャロットラペはやめといた方がいいかな?」

「勲男さんの分も用意してあるんだけど、康子さんの代わりに届けに行って問題ないか聞いてもらえる？」

僕と洋平さんが口々に尋ねるのを、敦子がそれより、と遮る。

「スープよりリゾットがいいんじゃないかな。食後に服薬するならちょっとでもお腹に溜まるものがいいから。食べきれなかったら保存しておけばいいし」

ちょっと三分待ってて、と敦子はコ・キッチンに駆け込むと、手早くご飯をよそい、コーンスープと混ぜてレンジに入れ、一旦取り出し、よく混ぜたあとにピザ用チーズをかけて再びレンジにかけた。ぴったり三分後に乾燥パセリを振って差し出されたチーズリゾットをまじまじと見下ろし、賢斗くんは「すごっ」とぽつりともらした。「電子レンジと炊飯器を使い倒せ」は敦子の家事モットーなのだ。

洋平さんが「せっかくだからドア越しにご挨拶だけでも」と言い出し、結局皆で食事を届けがてら、康子さんと大家の勲男さんのお見舞いに行くことにした。

シェアルームの奥の部屋に賢斗くんが声をかけると、マスク姿の康子さんがのそりと部屋から出てくる。皆がベッドへ戻ってくれと恐縮しても、康子さんは意に介さない。

「ありがとない……ありゃ洋平さんまで──おひさしぶりです」

「ご無沙汰してます。今日ホントは奈穂子たちも来るはずで、康子さんに会いたがってました」

康子さんは目を細めて頷きながら、小さなダイニングテーブルに腰を下ろし、賢斗くんからリゾットと桃を拝むように受け取って、ゆっくりと食べ出す。マスクを外すとやはり顔色が悪い。

「美空ちゃんはこの辺でときどき会うな。先月だったか菜園の草刈りを手伝ってくれたんだ」

「え⁉　――そう、ですか……それはたいへんお世話になりました」

驚いて頭を下げる洋平さんに、世話になったのはこっちだと、康子さんは笑う。

「今日のコハン、せっかくだから勲男さんにお持ちしようと思うんですけど、僕らがいきなり行っても大丈夫ですかね」

僕が尋ねると、意外な答えが返ってきた。

「勲男さんは先週から入院してる」

「そんなにお悪いんですか？」

敦子が顔を強張らせると、康子さんは「さすけね」とひらひら手を振って否定した。軽い肺炎を起こし、検査や経過観察のために十日ほど入院するらしい。

勲男さんは以前、脳梗塞で倒れてから、半年以上におよぶリハビリを経て言葉を取り戻し、自力で食事もできるようになったが、下半身の麻痺が残ってしまった。ほとんどの移動を車椅子に頼ることになり、コハンに来ることはめっきりなくなっても、春先には、例年通り庭のお花見に僕らを招待してくれた。元々年齢の割に体格の立派な人なので、車椅子に座っていてもどこか威厳があり、子供たちにはその車椅子も特別なものに映ったのだろう、「いさおさん、王様みたい」「車椅子かっこいいね」と勲男さんの周りに集まっては羨望の眼差しを向けていた。

さっきまで皆と笑い転げて見ていたアルバムの中には、初めてここで迎えた春のお花見のスナップもあった。その中には僕らの間で「勲男さんビフォー・アフター」と呼んでいる一連のショットがあり、並べると子供に不慣れな勲男さんがだんだんリラックスしていく様が手に取るようにわかるのだ。最初は活発に走り回る美雨ちゃんや、大人の言葉をオウム返しする晴暢を前に困惑顔だったのが、次第に子供たちを庭に案内したり、遊び相手になってやったり、最後の集合写真では、ギャン泣きする赤ん坊の龍介を膝に抱いて思わず笑みを漏らした瞬間が写っていた。

あの集合写真に写っていたかつての隣人たちの半分以上が、それぞれの事情でもうここに住んではいない。中には勲男さんのように入院したり、介護施設に入っている人もいる。そしてあのときここにいなかった新たな隣人たちと、僕らは今日もコハンを共にした。

「また勲男さんが退院される頃に、お見舞いがてら家族で遊びに来ます。きっと」

じっと考え込むような様子だった洋平さんが言った。

「ほだない、喜ぶと思うよ。美雨ちゃん美空ちゃんと奈穂子さんにもよろしく。賢斗くん、敦子さんも、リゾットごっつぉさんです」

康子さんと賢斗君のシェアルームを辞し、敦子は子供たちのために風呂の準備をしに行き、僕と洋平さんは、二人でもう少し飲み直すことにした。

以前買ったまま飲む機会のなかった能登の純米大吟醸を共有のワインセラーから取り出し、家から持ってきたガラスのお猪口《ちょこ》に注ぐ。乾杯の言葉は出てこず、無言でお猪口を合わせた。

「引っ越さないで、ここにずっと住んでいればよかったかな。今更だけど」

「どうせ近所なんだから、美空ちゃんみたいに皆でもっと遊びに来ればいいじゃないか」

洋平さんはしばらく逡巡したあとで苦しげに口を開いた。

「美空さ……学校に行けてないんだよ。もう二ヶ月になる。理由を聞いても要領を得なくて、いじめじゃないと言ってるけど、本人もうまく説明できないみたいで苛立ってて、担任の先生も俺たちもお手上げ状態でさ」

「じゃあ康子さんが会ったっていうのは……」

「平日の学校がある時間に来たんだろうな。休日は同年代の子に会いたくないみたいで、ほとんど家から出ないから」

記憶の中の、溌剌とした美空ちゃんからは不登校という状況が想像もできない。保育園でもボス的な存在で、いつも多くの友達に囲まれていたことを覚えている。

「最初は無理にでも学校に行かせようとした。頭や腹が痛いと言っても仮病だろうと思って。でも付き添って家を出ても駅までの道で足が動かなくなったり、学校の手前まで行ってどうしても入れないって引き返してきたり。ホームで何時間も突っ立って、駅員の通報を受けた警察から連絡が来たときは、心臓が止まるかと思った」

思い出すとまだ、と言葉を詰まらせる洋平さんの、お猪口を持つ手が少し震えていた。悪い方へと想像してしまうのは無理もない。聞いている僕の方も、胸の辺りが冷たく固まっていくような気がした。

「今日も直前で……でもここへ来たい気持ちはあるってことなんだな……」

洋平さんは自らを落ち着かせるように大きく息を吐いた。

「息抜きになるなら、美空ちゃんにいつでも来たいときにおいでって言っておいてよ。日中ひとりにさせるのは心配だろ？　僕らがいないときでも、康子さんや哲也さんたちや、誰かしらいるだろうし、みんな大歓迎だと思うよ。敦子も大抵は家で仕事してるし、相手はできなくても見守るくらいなら」

「ありがとう――実はいま奈穂子から、しばらく俺が家で美空と過ごせないかって、相談されてさ」

「え、でも仕事は？　リモートワークができそうなのか？」

洋平さんは国内の大手自動車メーカー勤務で、おそらく管理職にある。長引く感染症の流行でリモートワークを導入する企業が増えたときも、製造ラインとのやり取りが多いので、フルリモートは無理だと言っていた記憶がある。

「……会社から退職勧告を受けてるんだ。残るなら九州の関連会社に転籍だってさ。新卒からずっとがむしゃらに働いてきて、家族との時間も犠牲にして勝ち抜いてきたと思ったら、今年五十歳ってだけで、自動的にリストラ対象になるなんて、笑えるよな」

やけっぱちな口調で話し続ける洋平さんに相槌も打てず、僕は呆然としてしまう。洋平さんは、お猪口の中でかすかにゆらめく酒にじっと見入っている。

「かたや、奈穂子はまた昇進したんだよ。もう年収も俺より上、この先アジア部門の幹部にだってなるかもしれない。子供たちの教育にはこれからますます金がかかるし、美空をこのままにしておけない、親がしっかり関わらないといけない。奈穂子は『焦って条件の悪いところに転職するより、一度立ち止まって、仕事に向けてた時間を美空と過ごしてみたらどうかな？』って――。俺だってわかってるんだよ、たぶんそれが最善なんだって。転職サイトで条件を入れてみたら、俺が受けられそうな会社の年収、今の半分ちょっとでさ、なんか、もう自分が情けなくて」

切実さを増していく言葉は途切れて空《くう》へ放り出されたまま、僕たちの間には、引き伸ばされたような、拠《よ》り所のない沈黙だけが残った。洋平さんが僕の方へ向き直る。何を話したいのかは、聞く前からわかった気がした。

「……和さんは、どうやって自分の気持ちにケリを付けられた？　そりゃ晴ちゃんのことで必要に駆られてっていうのが一番大きいと思うけど、仕事って人生の核だし、プライドや男としてのアイデンティティとか——簡単に割り切れなかっただろ？　キャリアを捨てて、後悔はなかったの？」

「僕は、ただ……」

惑いはずっと無くならないと思っていた。

同期たちが海外転勤になったり、街のランドマークになるような大きなプロジェクトを率いたりして、次々と昇進していくのを見て、やはり心が軋《きし》んだ。でも僕がいま、洋平さんの言葉で辿っているのは、過去の自分の心の内だ。今の自分と既に距離ができていることに、自分でも少し驚いた。

「みなさんの理想の暮らしはどんなものですか？」

このココ・アパートメントをゼロから作るとき、十五人ほどの参加者が集まった最初のワークショップで、波多野さんから投げかけられた質問だった。

僕の脳裏にすぐ浮かんだのは、敦子と晴暢、そしてこれから生まれる赤ん坊とテーブルを囲む、家族団欒の風景だった。当時はまだあの震災からまもなく、普通の日々はある日突然終わり得る、ということをいつも意識せざるを得なかった。発表の順番が回ってくると、隣に座る敦子も似たような想像をしていたようだった。

「家族一緒に食事をして、食後はリビングで一緒におしゃべりしてくつろいでって時間が、毎日当たり前のように続く暮らしです」

年代も性別もバラバラで、僕らのような子連れからシングルまで、家族形態もそれぞれの他の参加者たちは、吹き抜けのリビングやアイランドキッチン、四季の花咲く庭といった理想の家を起点に語る人もいれば、ワークライフバランスや職住近接、あるいは仕事だけでなく趣味や旅行の時間を増やす、といったライフスタイルを語る人もいて、皆と一緒に一つ一つの発言にうんうん、と共感した。

「ではもう少し日々の生活に落とし込んでみましょう。現在の平日の過ごし方を書き出していただき、横に先ほど発表いただいた理想を書いて、比べてみてください」

●五時半／起床・家族の簡単な朝食用意→六時半～七時半／通勤（一時間弱～現場によって変動）

●七時半～八時半／仕事→昼食（隙間時間に現場でコンビニ弁当など）→二十時～二十一時くらい（現場スケジュールによって変動）まで残業・退勤

●二十一時〜二十二時以降／一人で夕食・入浴　余力があれば家事の残り（風呂掃除、洗い物、資源ゴミまとめ、作り置きの下拵え、洗濯物片付けなど）↓午前一時〜／テレビ・妻と交代で子供の夜泣き対応など・就寝

理想を書き出す前に、文字にした自分の現実に、愕然としたことを覚えている。

僕の平日の一日はほとんど仕事で占められていて、家で過ごすのは睡眠時間を除くとほんの四、五時間、それは〝暮らし〟と呼べるものですらなかった。妻の敦子とのコミュニケーションはほぼ皆無で、晴暢の様子は夜に寝ぐずっているときしか知らず、そして食事はいつも一人だった。自分ではそれなりに充実した家庭と仕事の両立生活を営んでいると思っていたが、およそ家族団欒とは程遠い生活だった。

「理想と現実のギャップは埋められそうもない、と思う方も多いかもしれません。物理的条件や負荷、経済的な制約、色々ありますよね。自立した多様な世帯の間で家事の一部を共同化することにより、そうした負荷を軽減し、理想の暮らしに向けて互いに少しずつ関わり合いながら共に暮らす。それがココ・アパートメントの提唱する、豊かで合理的な暮らし方なのです」

波多野さんの言葉に、僕と敦子は自然と顔を見合わせ、新たな命を宿している敦子のお腹、そして会場の隅で、ずっとおもちゃの車のタイヤを回し続けている晴暢を見やった。職場でたまたま業界ニュースを見て、引っ越し先の参考にと参加したワークショップだったが、これからの生活を考えると不安の袋小路に陥りそうだった僕らに、まったく予想もしていなかった方向から、

わずかな光が射したような気がした。

当時三歳だった晴暢は、前の検診で「発達に遅れが見られる」と指摘され、専門病院での正式な診断を待っているときだった。だが僕らはほとんど確信していた。晴暢は保育園の同クラスの子たちと比べて発語が遅く、三歳になってもほとんど喃語《なんご》しか話せなかった。二歳を過ぎてやっと歩き出したものの、決して他の子と一緒に遊ぼうとせず、集団行動ができないから、運動会やお遊戯会といった行事ではいつも先生の膝の上でぼうっとしていた。すべてが、診断のあと慌てて敦子と読んだ本や、共有した記事に書かれていた、「発達障がいの子供の特性」に合致していた。指摘されるまでは、多少気になることがあっても「うちの子はとことんマイペース、でもそこがまた可愛い」と鷹揚《おうよう》に構えていたのに、いざ現実に直面すると、頭では理解できても、気持ちが追いつかなかった。

加えてその頃には、一歳半くらいから始まった夜泣きが激しくなっていて、敦子の疲労は限界寸前だった。生まれてすぐは放っておけばいつまでも寝ているような育てやすい赤ん坊だったのに、遅れて始まった夜泣きは、一度終えた授乳を再開しても、好きな歌をくり返し歌っても、抱っこであやしても、まるで収まる気配がなかった。激しいときは一、二時間泣き続けることも珍しくなく、マンションの管理会社経由で何度も近所から苦情が来た。一度などは児童相談所にも通報された。夜泣きが始まり、隣の部屋のほとんど会ったこともない住人から激しく壁を叩かれると、敦子は耳を塞ぎ、僕は晴暢の顔を枕で覆う想像に駆られた。邪念を振り払うように、晴暢が泣き止むまでひたすら夜中の街を抱っこして歩き続け、巡回中の警察官に職務質問をされたこともある。家にも街にもどこにも、居場所がないような気がした。

晴暢は本当に可愛くて、その分だけ、長過ぎる夜は地獄だった。人よりかなり楽天家の敦子も、何事にも動じないと定評のある僕も、日々重なっていく睡眠不足で気分の浮き沈みが激しくなった。どうしても仕事量を減らせず、育児参加が中途半端な僕への敦子の不満は日々蓄積し、爆発し、喧嘩もしょっちゅうだった。敦子は週の半分はリモートワークとはいえ、もはや第二子の産休前に退職するか、というところまで追い込まれていた。

それぞれの実家を頼ろうにも、富山に住む敦子の母は敦子が生まれたときからシングルマザーで、当時も今も現役の看護師として激務に就いていた。埼玉にいる僕の両親とは晴暢の三歳児検診の後から連絡を断っていた。障がいの可能性を伝えると、「近所の目もあるから、あまり家には連れてこないように」と父に言われたのだ。敦子にはこれからも口が裂けても言わないが、「次の子にも障がいがあるんじゃないのか？　まだ間に合うなら堕ろさせることも考えろ」とも言われた。実の親の言葉とは信じたくなくて、僕は思い出すたびに、怒りとも悲しみともつかない感情の暴風雨に襲われた。孫の命より、息子の気持ちより、近所の目にどう映るか——我が父ながら、馬鹿馬鹿しさが突き抜けて、ほとんど喜劇的だった。

恥というのは、名門高校で長年教師を務めた父の、教育の核だったように思う。「長男として恥ずかしくないように」「第一志望校に受からなかったら恥と思え」「私に恥をかかせるな」。まさに自分という軸がなく、他者の評価がすべてなのだ。でも生育過程でしっかりこの価値観を刷り込まれた僕は、いつも恥に恐怖し、追い立てられるように、地元の進学校、東京の有名大学、上場企業、と「恥ずかしくない」王道を進んでいった。

父を軽蔑しても、長年の呪いはすぐには解けなかった。理想の暮らしというものを考え始めたこの頃も、家族を養っていくために、そしてもしかしたら成人後も晴暢を支え続けるために、僕は何がなんでも出世しなければならないと思っていた。世間という他者の集合体が示す王道の頂点へ近付くことだけが、唯一の道だと思い込んでいたのだ。そうやって誰よりも結果を出すことに取り憑かれながら、同時に、育児の苦しみに真正面から向き合うことを避けている自覚も、どこかにあった。

それまで未来が閉じていくばかりに思えた僕ら家族は、毎月二度ほどのワークショップに参加しながら、少しずつ他の参加者に心を開いていった。ココ・アパートメントのプランが次第に具体化し、彼らの人となりがどんどん見えてくると、協力しながら共に暮らすというイメージも、さらに鮮明になった。

独身の人も、子供が既に独立した夫婦も、「少しは慣れてくれたかな」「毎回会うのが楽しみで」といつも子供たちを可愛がってくれた。もちろん中には子供が苦手そうな人もいたが、晴暢を含めた子供たちの存在そのものは、これから共に暮らすかもしれない一員として、受け入れてくれていることが窺えた。僕らにはそれで十分だった。

当の晴暢は、検診後に通い始めた療育センターのおかげか、発語が少しずつ増え、ワークショップが始まってから半年が過ぎる頃には、夜泣きの頻度も間遠になっていった。それでも定型発達の子供たちとの差は歴然で、特に年齢が一つしか違わず、年齢以上にしっかりしている美雨ちゃんとは、気がつくと比べてしまい、晴暢への申し訳なさと、親としての自己嫌悪とで二重に落ち込んでしまうこともしばしばだった。

「はるちゃんねー、『いっしょにあそぼ』ってゆってもムシするー」

「ごめんね、この子夢中になると周りのことがぜんぜん見えなくなっちゃうの」

「ずーっとくるまのタイヤまわしてるの、なんでー？」

「くるくる回るものを見るのが好きなんだよ。扇風機とか、換気扇とか」

幼児と会話が成り立つことに驚愕しながら、僕も敦子もなんとか晴暢の特徴を美雨ちゃんや他の参加者にわかってほしくて、言葉を尽くした。聞く力が弱いこと、毛糸の服は着られないこと、雷の音と飛行機の音が苦手なこと。

「こんな小さくても、自分なりのこだわりがいっぱいで、個性が全開なんだね」

とりわけ晴暢を可愛がってくれた大治郎さんがそう言ったとき、当の本人は無反応だったが、敦子は目を潤ませ、僕の心もフッと軽くなった。

僕らの説明を一所懸命聞いてくれた美雨ちゃんは、次の会合のときに、晴暢のために風車《かざぐるま》を作ってきてくれた。模様の付いた緑色と水色の折り紙を表裏に貼り合わせた、大人の目にも綺麗な出来で、僕と敦子はまたも、四歳でこんなことができるのかと驚いた。

「すごい素敵だね、ありがとう」

「この子、幼児教室でも工作の時間が一番好きなんです。昨日『これならはるちゃんぜったいよろこぶ』って猛然と作り出しまして。折り紙の組み合わせもあーでもないこーでもないって色々悩んで」

当時すでに臨月の迫る妊婦だった奈穂子さんが説明すると、美雨ちゃんは小さく胸を張って言った。

「きいろとね、あとピカピカのおりがみもつかわなかったの。はるちゃんきらいってゆってたから」

差し出された風車を見て晴暢は目を見開いた。療育センターでも発語のために風車を吹いて回す訓練があり、晴暢はその時間が大好きだった。

「うーうー」

必死で息を吹きかけるのだがうまくいかず、向かいで美雨ちゃんが「はるちゃん、こうやってフー」と手本を見せると、折り紙の羽はくるくると回り、晴暢は歓声を上げた。何度も美雨ちゃんを真似て挑戦するうちに少しずつコツを覚えたようで、緑色の風車は晴暢の息だけで、どんどん長く回るようになった。それを見た美雨ちゃんも大人たちも、「やったー！」と喜んでくれた。

「ここでなら……」

隣で敦子が赤い目をして言いかけた。その先の言葉は、僕もわかる気がした。

この人たちは、自分たちの隣に、僕ら家族の居場所を作ってくれる。

――互いに少しずつ関わり合いながら共に暮らす
僕らはワークショップのあとに毎回聞かれるアンケートで、ずっと保留にしていた「居住を希望します」という設問の回答欄に、その日初めて二重マルを付けた。

最初のワークショップから、ずっと考え続けていた理想の暮らしと、波多野さんの言葉と、すべてが繋がった気がした。

洋平さんはあの日のことをはっきりとは覚えていなかったが、僕は忘れたことはなかった。晴暢が他の子供と遊んでいるところを見られたのも、あのときが初めてだったのだ。

「僕はただ優先順位を決めただけだよ。家族と、みんなとも、ちゃんと〝共に暮らしたい〟っていうのが一番の希望だった。決めてしまえば、次のステップはもうはっきりしてた」

敦子は会社に事情を話し、予定より一ヶ月早く産休に入る許可を得た。僕は僕で、思い切って一年間の育休を申請することにした。常に他者の目で自分を評価していた頃には、考えもしなかった選択だった。

社員の九割が男性という僕の会社では、それまで育休を取得した男性社員は数えるほどで、取得期間も最長記録は二週間だったらしい。上司も先輩も同期も反対したが、僕の決意は固かった。さらに、復帰後は内勤に異動したいと伝えたら、上司は絶句した。それは出世コースから降りるという宣言に等しかったから。

「出世の可能性と家族の時間と、僕にとっては比べるまでもなかった。自分の〝理想の暮らし〟はもうワークショップで書き出してあったし」

そこには誰とも知らない人間から連綿と受け継がれてきた「男のプライド」も、「稼ぎ手としてのアイデンティティ」もなく、ただ僕たち自身の理想を実現するために、あらゆる手段を駆使する、という他の誰でもない、僕という人間の軸と意志だけがあった。

洋平さんはまだ腑に落ちない顔で、僕のお猪口に酒を注ぎ足す。

「給与の不安は？　まったくなかったのか？」

「それはしっかり計算した。年収の三〇％近くが残業代って仕事だったし、僕も敦子も育休中は減収になるから、結構シビアになることは覚悟してたね。あと地方に飛ばされるケースも考えた。その場合は法的に争えるかまで調べたよ」

幸いなことに僕も敦子も、運用の実態はどうあれ各種制度の整った大手企業勤務で、正社員としての立場も保証されていた。僕らはその幸運を、自分たちの理想の暮らしのために、遠慮なく、そして最大限に生かすことにしたのだ。

「俺には無理だ……とてもそんなふうには思い切れない」

頭を抱える洋平さんに、今度は僕が酌をする。

「僕だっていざ職を失うことになったら怖かったと思うよ。いろいろ運が良かった。一番の運はここに住んだことだな」

龍介の保活や会社の状況などを二人で検討した結果、敦子は育休を半年で切り上げて、フルタイムで復帰した。プログラマーという職種は常に人手不足らしく、ワーキングマザーの多い会社側の理解もあり、引き続き週の半分はリモートワークが認められた。僕は復帰後、望んだ通りの内勤で、もっぱら問題社員が島流しされると噂の部署へ異動となった。周囲からは気の毒がられ、残業がない分収入は減ったが、引き換えに得たものの方がずっと大きかった。

それぞれが復帰する前、家族四人で過ごした半年間は、素晴らしい時間だった。その間にココ・アパートメントも完成し、新しい生活が始まった。それは今まで知らなかったことの連続で、引っ越し、育児と合わせて目の回るような忙しさに何度も心が挫《くじ》けそうになった。でも同時に、

（あ、いま）

と自分が理想の暮らしの中にいることを実感する瞬間が、何度もあった。

育休を取っていなかったら、どれほどのものを逃《のが》していたのだろうかと怖くなる。

隣人たちとは、仲良くなったり気まずくなったりをさざ波のように繰り返しながら、少しずつ心地いいコミュニティを作っていった。ほんの隙間時間でも、龍介や晴暢を見てくれたり、彼らの度が過ぎた行為を注意したりしてくれる人がいることは心強かった。隣人たちが子供たちにくれるものは、きっと僕らとは違ったものだと思うから。彼らが差し伸べてくれる手を、僕たちはありがたく摑んだ。僕らもできるときにできるだけ、皆に向かって手を伸ばしてきた。

龍介が軽度の発達障がいと診断されたあと、晴暢のときより冷静に受け止められたのも、洋平さんたちをはじめとする隣人たちのお陰だ。この場所に住んでいなかったら、第三子なんて考えられなかっただろう。結局父にはこの十年会っていないが、母は何度か三人の孫たちに会いに来てくれた。子供たちは皆、「埼玉のじいじは死ぬほど忙しい」と思っている。

「会社で積み上げてきたものがぜんぶ過去になって、この先子供たちに仕事を抜きにして、胸を張れる自信がない。俺はとことん弱い……たぶん奈穂子の半分に満たないくらい弱い。そんでもって、すごく弱いって誰かに言われることが怖いんだよ」

弱いことを恥とする価値観も、恥への恐怖も、ぜんぶ痛いほど覚えがあり、それは僕の中にもまだある。だからこそ、何度だって自分に言い聞かせるのだ。

「弱いところのない人間ってどれくらいいるんだろう……誰だっていつかは必ず弱るし、弱さを無視した強さは虚勢じゃないのかな。僕ら家族は弱い部分を曝《さら》け出したお陰で、助けてくれる人にたくさん会えた。その分だけ自分たちが誰かにできることも増えたと思ってる」

「江藤家にはずいぶん助けられたもんな」

「それはこっちのセリフだよ。青山家がいなかったらどうなっていたことやら。だからさっきも言ったけど、美空ちゃんはいつでもここで大歓迎。晴たちもきっと喜ぶ」

ありがとう、と洋平さんはくしゃりと泣き笑いの顔になる。

「美空が今日来られなかった理由、本当はわかる気がする……あの子は俺と同じように自分の弱さを初めて知って、晴ちゃんに対して、これまでのことが恥ずかしくなったんだ」

ここにも恥が出てくるのか。当惑する僕をよそに、洋平さんは静かに続けた。酒はとうになくなっていた。

「美空のクラスメイトで、ときどきプリントとか届けにきてくれる子がいるんだ。何回か家に遊びにも来てて、クラスで目立つタイプとかじゃないけど本当にいい子で、俺たちも美空もすごく救われててさ。それで今朝、美空が言ってたんだ」

――あの子がいなかったら、私はもっと落ち込んで、部屋からも、もしかしたらベッドからも動けなくなってたと思う。ココ・アパートメントに住んでたとき、晴ちゃんは私より年上なのに一人じゃ何もできないって、ちょっと馬鹿にしちゃってたけど、いま私も同じじゃん、一人じゃ無理じゃん。偉そうにしてた自分がすごくカッコ悪い

勝気な美空ちゃんが父親に打ち明けながら、しょんぼりしている様がありありと見えるようだった。

「『晴ちゃんは優しいから、晴ちゃんがいてよかったっていう人がきっとたくさんいるね。そうやってぜったいに誰かを助けてるよね』って……小五の割になかなか言うだろ？」

「本当だなぁ……」

酔いのせいか歳のせいか、涙腺が緩い。視界は白く霞んで、雲の中にいるみたいだった。

不安は尽きないし、呪いはまだ僕の中のそこかしこにある。でもこうやって呪いを無効化してくれる小さな祝福もまた、必ずあるのだと思う。

「帰ったら美空ちゃんに『君の言葉はこの先きっと僕と晴を助けてくれる』って伝えてよ」

部屋へ戻ると、いつの間に帰宅していたのか、龍介が中途半端にパジャマを身につけ、綺麗な大の字で布団の真ん中に転がっていた。たぶん風呂上がりにダイブして、そのまま寝入ってしまったのだろう。布団の端に追いやられた結衣にタオルケットをかけてやると、ベッドの上で読書中だった敦子が半分寝ぼけながら、バルコニーにいる晴暢を〝回収〟してくれと言った。

「龍がスタジアムで買ったペンライトとツイン・メガホンでワーワー騒いで、晴暢が完全覚醒しちゃったの。スマホ見ようとするから取り上げたら、プチ癇癪起こして出てっちゃった」

掃き出し窓を開けると、ムッとする外気が肌にまとわりついた。地上のケラやキリギリスの鳴き声が、木々を渡る夜風に乗ってここまで届く。バルコニーの片隅で、闇に半分溶けた晴暢が体育座りしていた。

「おーい邪魔するぞー」

「……お父さん邪魔者なの？」

「晴が邪魔に思うなら、邪魔者だな。残念なことに」

僕は晴暢の隣に腰を下ろした。首や肩は相変わらず華奢だが、もうそれほど視線の高さは変わらないことを、しみじみと実感する。

「なら消える？　僕は学校のバスケットボールのときとか、リレーのときとか邪魔って言われるけど、まだ消えてない。でもいつか消えるの？」

「みんないつか、ある意味ではこの世界から消えるけど、邪魔だから消えるわけじゃないよ」

「晋太郎さんは『邪魔者は消えるよ』と言う。そのあとどこにもいない。本当に消える」

「あの人そんなふうに言ってたのか……でも大丈夫、晋太郎さんは消えてないよ。ここから引っ越して、どこか別の場所に住んでる。洋平さんちみたいに」

晴暢の表情が見えないから、納得したのかいまいち摑めない。

「でも晴がさよならできたならよかった。お父さんも他のみんなも、晋太郎さんにちゃんと最後の挨拶ができなかったから」

「僕は『さよなら』じゃなくて『いってらっしゃい』と言う……言った。晋太郎さんは入り口の外に出て、僕に『いってきます』と言った」

ああ、いま――終わりのない地獄のような夜、不安で眠れない夜、幸せで飛び上がりそうな夜。家族と、そして隣人たちと経てきたいくつもの夜の先に今夜がある。そんな感慨が僕の胸をスッと通り抜けていった。

いま――自分の世界を初めから持っていたこの子は、たくさんの人たちから様々なものを受け取って、もう僕らとは違うものを、誰かに渡せるんだ。

「……晴、『いってらっしゃい』ってどういう意味か知ってるか？」

「出かける人へのあいさつ」

「そうなんだけど、本当は『行って、帰ってらっしゃい』って意味なんだよ」

そして「いってきます」は「行きます」と「帰ってきます」が合わさった言葉だ。晋太郎さんは、どんな気持ちで晴暢に挨拶を返したのだろう。

「間違い？」

「いや間違ってない。というか、合ってると思う」

「よかった……」

晴暢が大きな欠伸《あくび》をしたので、そろそろ部屋に戻って寝ようと促した。虫の声がひと際高く響いて、夏の匂いが濃くなった気がした。

僕は晋太郎さんにどうしても苦手意識があって、晋太郎さんはここの誰にも心を開かなかった。あるいは開けなかったのかもしれない。それを仕方ないと流すことは簡単だけど、どうすればよかったんだろう、という後悔は抱えたままでいようと思う。僕らはこの場所で、確かに隣人だったのだから。ココ・カードには、〝反対〟するだけの、拒絶のカードはないのだ。

この世界で、隣同士ただ共に在るということ——晋太郎さんはどこかでまた、誰かの隣人になるだろう。その場所はここから遠ざかったようで、きっと近付いているはず。祈るようにそう思った。

第6章

隣人の花は

「やすこ！」

澄んだ声がすぐ耳元で聞こえたような気がして、布団の中でびくりと体が跳ねた。カーテンの隙間から覗く窓の外はまだ黒々としていて、時計を見ると午前五時を回ったところだ。やれやれ、と思う。歳をとって体力が衰えると、朝まで寝る力すらなくなっていく。

直前までどんな夢を見ていたのか覚えていなかったが、恐ろしく静かで果てのない暗い空間にたったひとり立っているような感覚はまだ生々しかった。誰かいないかと必死で叫んで返ってきたのが、あの優しい声だった。静江《しずえ》姉ちゃんのものだったのか、ハンナのものだったのか。辺り一面を照らす閃光《せんこう》のような響きをもう一度だけ味わいたくて、再び目を閉じる。

うつらうつらと意識の際《きわ》を漂っていると、微かに扉を閉じる音が聞こえた。賢斗くんが起き出してきたのだろう。安堵で自然と呼吸が深くなる。空っぽで冷たかった闇のそこかしこから、懐かしい人たちの、ドイツ語や方言の入り混じった、優しい囁きが聞こえてくるような気がした。

連休初日の金曜日は、ランチとディナー両方でコハンが供される予定だった。

ランチは大江母娘が担い、聡美さんお馴染みのポタージュに、ラタトゥイユと卵サラダ、花野ちゃんが初めて焼いたパンという豪華なメニューだった。母に手伝ってもらったとはいえ、パンはチーズ入りでお店のもののようにもちもちと美味しく、多くの参加者がオープンサンドにして食べた。

「しょっちゅうみんなのコハンを手伝ってたのは、お母さんを手伝うためだったんだね。さすが花野ちゃん！」

ちょうど泊まりに来ていた由美子さんが感心して言うと、聡美さんが首を振った。

「やっぱりそう思いますよね？　私もちょっと感動してたんですよ。でも違うそうで」

苦笑いする母を特に気遣うこともなく、花野ちゃんは堂々と言った。

「グルメ漫画は息の長い人気ジャンルだから。私の好きな漫画家さんて柱コメントやおまけページによると料理好きな割合が高くて、いろいろ創作に役立つのかなって」

柱コメントが何かはわからないが、すべてを漫画家という夢に繋げているのは、子供ながらあっぱれだ。そのひたむきさを羨ましいとも思う。実際、隣に座る大ちゃんはそんな花野ちゃんを憧れの目で仰ぎ見ている。

「ごっつぉさん。これ、もらっていくな」

聡美さんが用意してくれた、蓋付きの浅いスープボウルを持ち上げると、そばに座っていた敦子さんたちが「よろしくおねがいします」と声を揃えた。夫婦で何か言いたげにこちらを見つめている。勲男さんの体調が心配なのだろう。

「さすけねー」

〝差し支えない〟が訛り、〝大丈夫〟という意味になったこの言葉は、勲男さんとおらの故郷に共通する方言だ。

マンションの中庭に二つある開口部のうち、奥の方は隣の敷地の漆喰塀に挟まれた小さな鉄製の門に通じている。ここのところ門の鍵はいつも開けてあって、そこを抜ければ大家の五十嵐勲男邸の庭へ通じている。庭をぐるりと巡り、立派な縁側へ続く飛び石の傍のクリスマスローズは、以前に他の花と一緒に植えさせてもらったものだ。淡く緑がかった白い花弁にさっと薄紅を差したような佇まいが美しい。最初に花が咲いた冬、勲男さんに「これぞ花咲かばあさんだねえ」とからかわれたことを思い出す。

表玄関に回るまでもなく、勝手口のキーパッドに暗証番号を入力してから一度だけ呼び鈴を押す。返答を待たずに「どうもない」と上がり込むと、台所を抜けて、庭の正面に面した部屋を目指した。

そこへ足を踏み入れるたびに、彼女を看取ったあの部屋を思い出す。

ダマスク柄の壁の洋室と、この木造の和室とでは、部屋の設《しつら》えはまったく違うのだが、季節が同じ冬ということもあってか、庭へ開かれた掃き出し窓からの陽の入り方が似ているのだ。

明るい部屋は隅から隅まで清潔に保たれていても、そこかしこに滞留した死の気配を帯びた空気の層はやがて変質し、同じ部屋にいる者たちの気力をもじわじわと疲弊させる。翻《ひるがえ》って、溌剌と今を生きている人たち、例えばココ・アパートメントの子供たちがどれほどの生命力を帯びているのか、勲男さんの傍に来るとよくわかる。

介護ベッドに眠る部屋の主《あるじ》は、日本人にしては彫りが深く上背《うわぜい》もあり、全体に押し出しの強い容姿の持ち主なのだが、その存在感は日に日に薄れている。一人の人間の生々しさはとうになく、植物のように静かだ。

「菅野さんこんにちはー。五十嵐さん、さっきまで起きてらしたんですけどね」

通いで来ているヘルパーさんが小声で言いながら部屋に入ってきた。洗濯室にいたらしく、ほとんど音を立てることなく、綺麗に畳まれたリネン類をベッド脇の箪笥《たんす》にテキパキと収めていく。

「せっかく今日のコハンは人参ポタージュなのにな」

勲男さんは以前、聡美さんが作った茸のポタージュも、さつまいものポタージュも、とても美味しそうにぺろりと完食していた。半年と少し前に誤嚥性《ごえんせい》肺炎を起こし、だんだん嚥下《えんげ》が困難になっている今では、数少ない、そのままスムーズに食べられる彼の好物なのだ。

「へぇー人参のポタージュなんて食べたことないですけど、綺麗なオレンジですね。明日の朝食で出すよう引き継いでおきますよ」

三人のヘルパーさんが日替わりで勲男さんを担当してくれていて、明日来るのは入浴日を担当する、三人の中では一番若い男性だ。

お願いします、と彼女にスープボウルを渡そうとしたとき、小さなつぶやきが聞こえた。

「……ポタージュ……」

部屋の主の、青白く薄い瞼が少し震えたかと思うと、くわっと見開かれた。勲男さんは無表情に天井を見上げたまま、厳《おごそ》かに「たべる」と宣言する。

「あら、さすが食いしん坊ばんざい」

「やっぱり狸《たぬき》寝入りだったべ」

勲男さんは悪びれることなく自分で手元のコントローラーを操作し、ベッドの背もたれを上げる。徐々に目線の高さが近付いていて、そのいたずら坊主のような瞳に力があることに安堵する。

「わたしはこれに目がなくてねえ。聡美さんによろしく言っておいて」

ヘルパーさんがスプーンを持ってくると、勲男さんはサイドテーブルに載せたボウルからさっそくスープを口に運び、とても美味しそうに目を細めた。手元には少し震えがあるが、本人が嫌がることはわかっているから、特に介助はしない。

ベッド脇に置かれた革張りの揺り椅子に腰掛けると、巨大な窓枠というフレームの左側に、紅白の花弁を付けた源平咲きの梅の樹がしっかりと収まっていた。その根元には福寿草と、咲き残った水仙の黄色が輝いている。梅の開花は五分《ごぶ》といったところで、いちばん薫りが濃い頃だ。

「こりゃー特等席だあ」

中央の紅葉《もみじ》を挟んで窓のフレームの右側には花桃《はなもも》とソメイヨシノ、前景には枝垂《しだ》れ桜や八重《やえ》桜、飛び石に沿って紫陽花《あじさい》やクチナシなどが植えられ、作庭した人はどの季節に見てもどこかしらに華やかな彩りのある風景にしたことがわかる。

「前にも見たことなかったかねえ」

「中に上がるのはお花見のときくらいだったからな。この角度で梅を見たのは初めてかも」

以前はこの庭やココ・アパートメントの中庭を歩き回り、花木や野菜の様子を見つつ、合間に縁側でおしゃべりすることが多かった。勲男さんが車椅子生活になってからは、部屋までコハンを届けるようになった。

「康子さんの村で花見はしたんですか」

「桜の頃は田植えの準備で朝から晩まで忙しかったからなあ。嫁いだあとは近所の母ちゃんたちと味噌作りもしたりして……ああでも小学生の頃に、海の傍に住んでた親戚の葬式かなんかに行った帰り、きれーな桜のトンネルを見た」

あの辺りは今もまだ帰還困難区域に指定されているはずだ。見る人がいなくても、桜はただ花を咲かせ、人知れず散っていく。それを切なく思うのは人間の勝手なのだろう。

「今年は各地の追悼式で一般参加者を受け付ける見込み、とニュースで言ってたねえ」

「ほだな、また行ってこようと思ってる」

この二年の間は不定期に大流行する感染症のために、一般の遺族は式典に出席することができなかった。当日に現地へ行く代わりに仕方なく、地震の発生時刻に合わせてこの近くの神社で祈った。そこは水神を祀《まつ》っていて、村の氏神は山神だったが、神さまのよしみで距離も属性も関係なく伝えてくれるだろう、と無理矢理自分を納得させるしかなかった。

互いが、隣り合わせの県の県境に近い生まれであることは、ここで暮らすようになってまもなく知った。勲男さんがおらの東北訛りに気付き、出身地を教え合うと、他県とはいえ東北を貫く同じ山系の懐《ふところ》で、頻繁に人の行き来があった地域の出だった。当時はあの大きな震災からまだまもない頃で、勲男さんはこちらから話さない限り、おらの故郷の村のことをあれこれ尋ねようとはしなかった。爆発した原子力発電所から三十キロ圏内にある村の名は、繰り返しニュースに出ていたから、気遣ってくれたのだと思う。

でも肺炎を起こし、いっとき生死の境を彷徨《さまよ》ってからというもの、勲男さんはしきりに村の話を聞きたがるようになった。実は彼は六歳の頃に両親と離別し、親戚に引き取られて以降各地を転々としたが、東北へ行く機会はまったくなかったのだという。

――わたしと弟たちは、本家と両親のせいで故郷を奪われたんだよねぇ

ぽつんとそう言ったときの勲男さんの表情は恐ろしいほど空っぽだった。そこには悲しみも怒りも突き抜けた、圧倒的な暗闇があって、それ以上詳しいことは何も聞けなかった。

最初は確か、うをいちナイトのデザートに作ったずんだのぼた餅の話だった。

作り方を問われて話しているうちに、餅米の作付けや枝豆の栽培、母直伝《じきでん》の小豆《あずき》の煮方にまで話題は及び、彼岸の墓参りの話をする頃には、勲男さんの目には、しばらく見なかった強い光が宿っていた。それからは聞かれるままに、子供の頃の遊びや、村の神社の例大祭、農閑期にどんなふうに過ごしていたかなどを語って聞かせた。

山背《やませ》のせいでたびたび冷夏に見舞われる貧しい地方の、春の喜び、夏の輝き、秋の豊かさ、冬の静けさ。勲男さんがもう記憶の中にしかない故郷を恋しがるたび、懐かしさが込み上げ、同時に胸が苦しくなった。

勲男さんはすっかりスープを飲み終わり、ふぅっと満足気に息をつく。

この大事な、故郷の重なる隣人には、話しておきたい、とずっと思っていたことがある。

「……おらが今でも村の言葉を使ってるのはな、口に出すたび、懐かしい人たちがわらわら集まって来て、おらの傍でずっとおしゃべりしてくれてるような、そんな気持ちになれるからなんだ」

「うん、私も康子さんの言葉を聞いて、当時の情景が色々蘇ったよ」

「でもおらはもうあの人たちに会えねし、帰らんにぇ。生きてる人たちも、かつての友達や親戚、誰がどこいんのかも、よぐわがんね」

「あんなふうに二重の災害に見舞われて避難を余儀なくされて、混乱は大変なものだっただろうねえ」

「――それもあるけど、違うんだ。元々おらが何十年も前に、村を捨てたからなんだ」

「捨てた……？」

勲男さんの瞳に困惑の色が浮かぶ。故郷を奪われたというこの人には、もしかしたら軽蔑されるかもしれない。

「なんでおらがふるさとを捨てて、何年も国を離れてたか、そっから聞いてくんにぇかい？」

勲男さんがベッドの中でさりげなく居住まいを正した。それを見て、ずっと逡巡していた気持ちがスッと落ち着いた。

あの山間の村の中で、おらの家がとりわけ貧しかったのは、前にも話した通りだ。

父ちゃんは足が悪くてあまり働けなかったから、母ちゃんと上の兄ちゃん二人が、ひいばあちゃんとじいちゃんばあちゃん含めた家族みんなを養ってた。

歳の離れた兄ちゃんたちは中学を卒業すると、他の多くの村民と同じように、農閑期に東京へ出稼ぎに行くようになった。ほとんど遊んでもらった記憶がないまま、一年の半分も離れて暮らしていると、互いの顔なんてすぐ曖昧になるもんだ。そもそも向こうもまだ成長期だったし、こっちは幼児だったからな。でも帰ってきたときにくれる都会のお土産が楽しみだったことはよく覚えてる。きれいな包装のお菓子とか、ピカピカの鉛筆セットとか。

二番目の兄ちゃんはその後埼玉で所帯を持って、滅多に村に帰って来ることはなくなった。向こうの家に婿入りした身分で、お嫁さんに田舎へ行きたくないって言われたら、逆らえないんじゃないかって、誰かが噂してたな。

父ちゃんの代わりに稼ぐことはできないけど、静江姉ちゃんとおらも小さいうちから家の手伝いを当たり前のようにしてた。鍬《くわ》で畑の畝《うね》を作ったり、苗の堆肥《たいひ》になる木の葉を裏山まで採りに行ったり、水道もまだなかったから、井戸からの水汲みも大切な仕事だった。そんな仕事の合間に電気が通っている家で、姉妹二人でテレビを観せてもらうのが楽しみだった。東京オリンピックの中継もそうやって観たんだ。東洋の魔女とか、体操の小野《おの》選手も綺麗でかっこよかった。ひいばあちゃんはオリンピックの後に死んだんだけど、こんなすごい時代まで生きていられたんだから、もう何も心残りはないだろうってみんな言ってた。

静江姉ちゃんは村のどの子よりも美人で頭がよくて優しくて、自慢の姉ちゃんだった。小学校で習ったことを学校から帰るとおらにも教えてくれて、おらは姉ちゃんの青空教室が面白くて大好きだった。妹に教えるために誰よりも復習することになった姉ちゃんは、テストではいつも一番だった。お陰でおらも、小学校にあがったときは授業が簡単すぎて満点ばかり取って、親にも先生にも驚かれた。

兄ちゃんたちと同じように、姉ちゃんも中学を卒業すると働きに出た。先生たちからあの辺りで一番の高校に行けると勧められて、母ちゃんもなんとか進学させたかったみたいだけど、父ちゃんやじいちゃんが「女が勉強してもしょーねー」って反対した。そもそも行かせるお金もなかったんだ……あの頃は村の外の高校へ行くには下宿しなきゃいけなくて、ただでさえ高い昼の学校の学費に加え、下宿代や生活費までかかるなんて、うちにはとてもそんな余裕はなかったから。姉ちゃんもそれがよくわかってたんだろうな。でも本当は学校の先生になりたかったんだよ。

おらが中学二年のとき姉ちゃんは結婚した。相手は姉ちゃんが働いてた会社の社長さんの息子で、当時は専務だったはず。玉の輿だって村中の評判になった。村の人はふつう農協の二階の会議室で結婚式を挙げてたけど、姉ちゃんは海沿いのホテルだった。白無垢姿は眩しいくらい綺麗だったよ。お母ちゃんはこっそり、「農家に嫁がなくてよかった」って泣いてた。

中学を出たら姉ちゃんと同じように自分も就職するものだと思ってた。でも姉ちゃんが「やっちゃんは頭がいいし、これからの世の中では絶対に高校に行ったほうがいい」って。自分たち夫婦の新居に下宿させて、学費も出すからって姉ちゃんに説得されて、お父ちゃんもそれ以上反対できなくなったようだ。じいちゃんたちもいい顔してなかったけど、もう知るか、ってな。

自分の幸運が信じられなくて、村中走り回ったよ。当時ダンスを知ってたら、たぶん踊り出してた。それくらい嬉しかった。中学から高校へ進学する子なんて学年の半分くらいで、進学先もほとんどは村にある定時制の農業分校っていう時代だったから。

あの辺で一番の高校には受からなかったけど、県北の女子校では一番レベルの高い学校へ入学できた。あの時代は本当に楽しかった。姉ちゃんと一緒に料理したり、勉強したり。お義兄《にい》さんも優しくて、実の兄たちよりずっと話しやすかった。姉ちゃんはその頃妊娠していて、お義兄さんの会社を辞めて、家事の合間におらの教科書を読むのを楽しみにしてた。一緒に高校へ通ってるみたいな気分だったんだと思う。

同級生たちは県内のいろんな地区から来てて、村の子よりすごく垢抜けて見えた。クラブ活動はバレー部で、背が低くてアタッカーは無理だったから、レシーバー。東洋の魔女の松村《まつむら》選手みたいになりたくて、回転レシーブも練習した。チームの子たちとは始終一緒で、クラブ活動のない休日に遊んだり、おしゃれを教えてもらったりしたな。

思い起こせばあの頃、たくさんの引っ掛かりはあったんだ。特定の先輩や友人を前に抱く、自分の気持ちに名前を付けられなくて、誰かに聞くこともしなかった。聞いたってあの頃答えられる人はそうはいなかっただろうな。当時気付いていたらどうなっていたのか、と時々考えるけど、そうなっても、現実はあまり変わらなかった気もする。

高校卒業後、父ちゃんたちは当たり前のようにおらが戻ってくると思ってたけど、無理やり東京で就職を決めた。正確には川崎。当時はそんなに違いはないと思ってたな。姉ちゃんがあとの説得は任せろと言ってくれて、都会で不自由がないように色々支度して、送り出してくれた。母ちゃんにもこっそり伝えておいたら、出発の日に同じ電車に乗る村の人に餞別を託してくれてた。働き詰めで余裕なんかないなか、コツコツへそくりしてくれてたんだと思うと、勿体なくてずっと使えなかった。

川崎では大手機械メーカーの工場の事務として勤めたんだけど、寮には東北から来てた同じ年頃の子がたくさんいて、中卒で就職した子たちにはお姉さんと慕われ、先輩たちにも可愛がられて、毎日が充実してた。好景気の最中で、実家にお金を送ったり、姉ちゃんたち家族へプレゼントを買う以外、給料は自分のために遣った。会社の皆でスキーや登山、温泉にも行ったよ。同期はどんどん恋人を見つけたけど、おらは女友達と一緒にいる方が楽しかった。あの時もやっぱり、自分の気持ちがなんなのか、わからなかったんだ。

二年が過ぎた頃、母ちゃんが亡くなった。あまりに突然で現実感がなかった。どうやって村へ帰って、葬式の支度をしたのか覚えてない。ただ周りに言われるがまま近所へ塗りの食器を借りに行ったり、精進料理作ったり。母ちゃんのために買ってあったハンドバッグはお棺に入れてもらった。なんで早く送らなかったのか、自分が情けなくて、泣くに泣けなかった。

すぐに、半ば強制的に会社を辞めさせられて村に帰ることになった。実家は長兄が継いでいたけど、お嫁さんは父ちゃんともばあちゃんとも折り合いが悪かったらしい。母ちゃんが防波堤になってたんだと思う。兄ちゃん家族は別居することになって、入れ替わりにおらが戻った。東京に残るために抵抗しようと思えばできたかもしれないけど、そうするには当時のおらはすっかり弱ってた。寮の部屋を引き払うのに、兄ちゃんがわざわざ川崎までついてきたのは、逃げないように見張る目的もあっただろう。そしておらも、家族を見捨てられなかったんだ。

村に戻ってからは、寝たきりのじいちゃんと、今で言う認知症になったばあちゃんの世話、家事して田んぼして畑して、息つく暇もなかった。父ちゃんの酒やギャンブルで、家計にはいつも余裕がなかった。

姉ちゃんも色々援助してくれようとしたけど、二人の小さな子供抱えてて、迷惑はかけたくなかった。何度か来たお見合い話は、父ちゃんが「誰がうちの世話する」ってぜんぶ断った。決してお嫁に行きたかったわけじゃない。でも、一生この家からは出られないんだと思うと辛かった。楽しかった高校時代や会社員時代は、死刑の前に食べさせてもらうご馳走みたいなものだったんだ。おらはなす術もないまま、ただ若さを失って、家の仕事に明け暮れていた。

ばあちゃんとじいちゃんが相次いで亡くなった夏、田んぼの手伝いに行ってた家の人から男の人を紹介された。おらより十歳上で、ちょっと前に奥さんを亡くしたやもめ。村で二番目に多く乳牛を持ってて、三十路過ぎの嫁《い》き遅れには過分な話だと、周りの人が父ちゃんと兄ちゃんを説得してくれた。周りがどんどん話を進めてくれて、おらが嫁いだあとは、最終的には兄ちゃん家《ち》で父ちゃんを引き受けてもらうことになった。

そうやって結婚してすぐ、間違いに気付いた。おらはまったく男がダメだった。すぐに慣れると聞いてたけど、いつまで経っても夜は苦痛だった。でも向こうは跡継ぎの子供が欲しくて再婚したわけだから、毎晩毎晩、逃れることはできなかった。結局いつまで経っても子供はできなくて、夫も含めて皆から冷たい目で見られたけど、今となってはよかったな。

酪農は農業にも増して忙しかった。農業は天候っていうどうしようもないものがあって、雨になれば作業はできないし、農閑期もある。でも生きてる牛に休みはない。家も実家より大きくて格式もあったから、お客さんも多くて、姑《しゅうとめ》からはキツい指導を受けたよ。舅《しゅうと》はいやらしいくそじいだった。義両親が元気な分、実家より苦労が多かったな。なんのことはない、牢獄から別の牢獄へ移っただけだったんだ。

あの頃のおらは目が覚めてから眠るまで、自分を少しずつ殺して生きるしかなかった。そうやって生き続けることになんの意味がある、と何度も思った。姉ちゃんの存在と地区の婦人会がなかったら、たぶん牛舎で首吊ってたと思う。

婦人会は地区の嫁さんたちのグループで、村の行事で踊りの出し物をしたり、神社の祭りで加工食品を売ったりするんだ。家の仕事の合間にみんなで集まってキムチ漬けたり、凍み餅や味噌を作ったり。うちの婦人会には小豆名人がいて、祭りでは蒸したてのもち米をその場でついて作る大福が飛ぶように売れた。そのお金で踊りの衣装のために反物《たんもの》を買ったりしたんだ。和裁が得意な人、踊りが得意な人、みんなが得意を持ち寄ってたな。おらは元大企業社員ってことで、分担表とかスケジュール作り、あとは予算の管理を任されてた。あの婦人会の歳上のお嫁さんたちが、ある意味でおらを牢獄から逃がしてくれたんだ。

あるとき村で配られた募集チラシは、本当にピカピカ輝いてた。村の四十歳以下の嫁さんたちを海外、しかもヨーロッパに視察のために派遣するって、嘘みたいな計画が書かれていた。嫁不足が深刻になってた頃だから、嫁を大事にするアピールの意味もあったのかもしれない。いずれにせよ、そんなすごい旅行に参加するのは、きっと村長さんや地区長さんみたいな、いい家のお嫁さんだろうと思ってた。

「康子さん、行ってくれないか」

家を訪ねてきた地区長さんがそう頭を下げたときは、本当に夢でも見てるのかと思ったな。聞けばみんな、「家の仕事を放り出してまで行けない」「お姑さんの手前、応募なんてとんでもない」って、応募数が予想以上に少なかったんだ。頼みの地区長さんの家のお嫁さんは、三番目の子供を妊娠したばかりで、とても無理ということだった。

うちも当然、夫と義両親に反対された。姑は「おらもヨーロッパさ行ったことないのに、なんでこの役立たずが行くんだ」って。当時嫁の一番の仕事は子供を産むことだったから、その仕事を果たしてない役立たずって扱いだったんだ。でも地区長さんも、自分の区から参加者を出さなきゃいけないから必死だった。夫たちの頑なさに一度は引き下がったけど、その後もいろんな人と一緒に説得にやって来た。裏では婦人会の皆が、それぞれの夫たちを使って、地区長さんにプレッシャーをかけさせてたんだ。

「こんな機会二度とないから、やっちゃん絶対に行くべ」

「おらだってあと十歳若かったら！」って。

本当にありがたかったな。思えば姉ちゃん以外でおらを救い上げてくれたのは、いつだって家族とも友達とも違う、村の隣人たちだった。

そうしてあれよあれよという間に参加することになって、県庁所在地で研修受けたり、学者さんの講義を受けたりして、着々と準備は進んでいった。一緒に行く嫁さんたちは半分以上知らない人だったけど、若い人たちも年上のリーダーたちも元気でおもしろかった。学者さんは東京のかっこいい女の人で、ヨーロッパまで同行してくれた。

生まれて初めて海外に行く朝、おらたち参加者は役場の前に集合した。みんな夫やじいちゃんばあちゃん、子供たちが見送りに来てて、仲間たちも泣いたり笑ったり、今生《こんじょう》の別れみたいな盛り上がりだった。おらの家族は姉ちゃんと姪っ子を除いて誰も来なかった。そのときハッキリわかったんだ。仲間たちの中でおらだけ子供がいなくて、婚家で不在を惜しまれていないどころか、人間じゃなく労働力だと見做《みな》されてるってことが。すうっと冷めた頭に姉ちゃんと姪っ子の「たくさん楽しんできてね」って言葉は、なおさら温かくて染みた。おまけに姉ちゃんはすごい額の餞別までくれた。

研修のメインはまだ統一前の西ドイツの農家ステイで、おらたちは二日間だけフランスのパリとヴェルサイユを日本人ガイドの案内で観光したあと、寝台列車でミュンヘンへ向かった。びっくりしたのは、駅で待ってた通訳兼ガイドが金髪に青い目のドイツ人だったことだ。大学で日本に一年留学して、その後も大学院の二年間を日本で過ごしたことのある、おらより少し歳上の女性だった。それがハンナだ。フルネームはハンナ・フォン・ブライヒレーダー。フォンが貴族を示すことは後から知ったけど、本人はその名を避けてたみたいで、

「ハンナ・Bで通してマス。日本語の花火みたいでいいでしょう?」と笑った。

その瞬間におらの中を駆け抜けたのも、花火みたいな光、あるいは熱だった。ミュンヘンの街はパリに負けず劣らず、絵から抜け出したみたいに綺麗だった。たくさんの花と緑に彩られ、通行人のためのベンチは清潔で、歩道までタイルで飾られて……自分たちの村だって自然豊かで緑が綺麗ではあるけど、街を挙げて〝景観を作る〟なんて考え方があること自体、知らなかった。

一日目の視察先は歴史的な広場や市庁舎、昔の王宮の見学っていう、一般的な観光旅行で行くような場所だった。それでも十分刺激的で、みんな写真を撮りすぎて、最終日までフィルムがもたない、なんて困ってた人もいた。家事を担う妻たちとして、市場の野菜や、出される食事にも興味津々だった。すぐに、ドイツ人の食卓はおらたちよりずっと合理的で簡素だってわかったけど。夜はちょうど開催中だったオクトーバーフェストへ行って、タガの外れたおらたちはビールを浴びるように飲んだ。いろいろ飲み比べてみたけどどれも美味しくて、村にも醸造所を作ろう、なんて言い出す仲間もいた。

二日目は日本語に直訳すれば「婦人の家」と呼ばれる、いわば女性のための駆け込み寺へ行った。あの当時で十年以上前から国中に作られた施設と聞いた。男性の女性に対する身体的、性的、精神的な暴力が社会問題になって、婦人権の気運が高まる中、虐げられた女性や子供が安心して暮らせて、自立できるようにする場所が求められたんだそうだ。

日本にも母子寮や婦人保護施設はあったけど、買春防止や救貧の意味合いが強かった。まだDVという概念もなく、夫からの暴力を理由に離婚することは、妻の我儘《わがまま》と捉えられてた時代だったからな。

「そんなふうに逃げてしまったら、母親ひとりでは子供をちゃんと育てられないんでは？」

「ドイツでは四割の子供がひとり親、あるいは実の親とは違う保護者に育てられてます。平均的な両親・子供という家庭の中で父の暴力の犠牲になる代わりに、この『婦人の家』を経て幸福を摑んだ子供たちがたくさんいます」

仲間の質問に答えたソーシャルワーカーの言葉には本当にびっくりした。子供がいる仲間たちはたぶん、もっと。口には出さないけど、子供のためを思って夫や義両親の暴力に耐え、離婚できない人も中にはいたんでないかな。

「老後はどう考えてます？　子供が男の子だったら養ってもらってお嫁さんも来るからいいけど、女の子だったらその子の夫に頼るしかないし、娘はただでさえ義両親と自分の母親を両方看ることになるから、すごく負担になりますよね。かといって老いた女が一人で生きてもいけないし」

数少ない大学出の仲間が質問すると、今度はソーシャルワーカーが目を剝いて驚いてた。

「ドイツでは成人したら誰しも独立するのが当たり前で、親、ましてや義両親と同居することなんて考えられません。なぜ夫の両親の面倒をみなければならないのですか？　結婚相手は夫であって、その両親と結婚したわけではないでしょう」

「でも家族なんだし、歳とったら色々できなくなることが増える。誰かが助けなきゃ」

「それは家庭内ではなく、政府や社会で解決していくべき問題と考えます。そもそもなぜその助ける〝誰か〟が妻や娘でなければならないと思うのですか？　あなたたち日本の女性は、そう思い込まされているのではありませんか？」

質問した仲間は当惑して、黙り込んでしまった。それを見たハンナが気を遣って補足してくれた。

「こうした考え方の前提は、男女に限らず子供も老人も障がいのある人も、誰もがみんな等しく思いやりを持たれるべき大切な存在ということデス。家族といえども、ほかの誰かの犠牲になるべきではない。ドイツもまだ道半ばですが、そういう考えの下で、『婦人の家』のほかにも様々な施策が検討、実行されてマス」

ハンナの言葉に、おらはなんだか泣けてきて、涙が止まらなくなってしまった。

あの家で思いやりを持たれたことなんてなかった。大切にされたこともない。そういうもんだと諦めて、自分が犠牲になってるなんて思いもしなかったけど、間違いなくおらは、夫たちに一方的な犠牲を強いられてた。母ちゃんが死んだあとの実家でもそうだった。

自分を憐れんでの涙というより、もっと何か大きなものに繋がって、そこからいろんな人たちの感情が流れ込んできたようだった。母ちゃんもばあちゃんも、これまでどんだけの女が「あんたは大切な存在だ」って言われないまま生きて、死んでいったんだろう。みんな自分自身がその言葉に値するって知らなかったんだ。教えてくれる人もいなかった……。もちろん姉ちゃんや一部の仲間たちみたいに、夫や子供からちゃんと大切に思いやりを持たれてる女たちもいる。でもそうでない女たちは、どうすれば？

「婦人の家」訪問のあとは街の中心地に戻って昼食だったんだけど、感情をどっと溢れさせたおらは抜け殻みたいになって、食べたり話したりがうまくできなくなっていた。皆も複雑な顔はしてたけど、「日本社会も、日本の女も、もっと変わらねば」って意気軒昂な人が多かった。やっぱりどこかに自分の家庭への自信と信頼があったんじゃないかな。

ハンナはおらを心配してくれて、「少しでも食べて」って昼食のメニューを変更してスープにしてくれたり、いろいろ気を揉んでくれた。自分の言葉がおらを傷つけたと思ったんだな。そうではなくてって話をしながら、気が付いたら母親が死んでからのこと、結婚生活のこと、あれこれと吐露してた。

「子供もできないし、これまでもこの先も、おらが大切にされることはないだろうな」

「康子さん自身が大切な存在デス。それはどんなときも、誰の前でも、誰がいてもいなくても、何をしてもしなくても、揺るがないのデス」

軒下の氷柱《つらら》を透かして見る空みたいなハンナの青い瞳に見つめられて、おらの心臓は飛び出しそうに跳ねた。高校のときや会社員時代に、友達を前に似た状態になったことはあったけど、このときおらを揺さぶったのは、比べ物にならないくらいうんと強い力だった。おら自身が気持ちを自覚する前に、体がおらの気持ちに勝手に反応してたんだ。

「ありがとない……ハンナさんもかけがえのない、までーに、あい……扱われるべき人だよ」

「までー？　それなんデスカ？」

心を込めて、大切に、丁寧に、手間ひま惜しまずじっくり。両手を意味する「真手」が訛ったというその言葉が、おらは今も村の言葉で一番好きだ。説明すると、ハンナも気に入ってくれた。

「人をまでーに扱う……それは愛するってことと同じデハ？」

おらはつい顔を赤らめてしまったが、なんとか頷いた。本当は彼女に「までーに愛されるべき人」と言いたくて、言えなかったから。

「ありがとナイ。口に出して言われると、嬉しいものデスネ」

おらたちは馬鹿みたいに、までーだ、大切だって繰り返し、お互いへ言葉を贈った。何かのおまじないみたいだったね。

研修旅行はその後いくつかの街を経由して、農家泊をする村に着いた。車窓から見える景色がおらたちの村にあまりにもそっくりでびっくりしたよ。そこは農家が民泊客を受け入れながら民宿も経営しているという村だった。おらたちを泊まらせてくれたのはみんな酪農家で、作業の様子を見学しているうちに、おらやほかの酪農家の嫁はあれこれ手伝い始めてね、言葉は通じなくても、牛の種類や作業のやり方が違ってても、やっぱり農民はどっかで相通じるものがある気がした。

迎え入れられた彼らの家庭でもやっぱりおらたちはカルチャーショックを受けた。料理を作ったり皿洗いをしたり、家事の主《おも》だった担い手が妻であることは日本と変わらなかったけど、夫たちは妻の傍で、頼まれなくても始終何か手伝うんだ。うちみたいに夫や姑があれこれ指図するだけって光景は、一度もなかった。夫たちは妻の手作りケーキは世界一美味しいとか、彼女のためにキッチンを買い替えたとか、こちらが照れるくらいの愛情表現をしてた。妻たちは妻たちで、家をピカピカにして、自分で作ったドライフラワーを飾り、窓辺で花を育てて、心底〝暮らす〟

ことを楽しんでた。

おらたち客より家族を優先って態度もはっきりしてたな。子供たちも、おらたちが将来の夢を聞いたら、先生だったり機械工だったり、誰も酪農家とは言わなかった。でも親たちはそれでいいって。子供は親とは別の人格で、子のやりたいことを応援するのが親なんだって。

彼らを見てると、おらたちが当たり前と思ってたこと一つ一つが、自らを家に縛る鎖みたいに思えてきた。日本とドイツでは文化も社会も違うと言っても、彼らの家庭が眩しくてしかたなかった。仲間たちも、その表情を見れば同じ思いだとわかった。個人主義って冷たいことのようだけど、彼らはちゃんとお互いを思い合ってたよ。それぞれがおらよりずっと大切にされてた。「婦人の家」のようなものが作られるんだから、皆がホストファミリーのような家庭ではないだろうけども。

民泊の最後の夜は盛大なお別れパーティーで、村中の人が講堂みたいな建物に集まってくれた。おらたちは歌を歌ったり踊りを披露したり、村の人と一緒に二人羽織《ににんばおり》をしたりして盛り上がった。皆と笑い合いながら、おらはいつだってハンナを目で追いかけていた。向こうも同じで、何度も何度も視線がぶつかった。

パーティーを抜け出して、村の中を歩き回りながら、おらたちはこの研修旅行で思ったことや自分の家のことなんかを、たくさん話した。ハンナも一度、ご先祖のころから親交のあった家の息子と結婚して、すぐに破綻したのだと話してくれた。

「私はいま最高に自由で幸せ。康子さんも自由になるべきデス。このまま日本に帰国して、元の生活に戻って、自分を殺して生きていたいデスカ？」

そんなわけない。こんな生き方や考え方もあるのだと知った今は、どうやってもあの家へ戻って耐えられる気がしなかった。たぶんおらは壊れてしまう。いやだ。でも。

まとまらない思いを吐き出すおらの手を、ハンナはずっと握っていてくれた。

「私を信じて、任せてくれマスカ？」

村の真っ暗な夜に底光りする青い瞳に魅入られたまま、おらは頷いていた。ハンナはそっとおらの頬にくちづけをして、計画を話してくれた。

「まずあなたに、病気になってもらいマス」

翌朝は村からフランクフルトへ移動して、そこで一日観光や買い物をして過ごし、おらたちの研修旅行は終わった。仲間たちは皆「帰りたくない」「でも子供に会いたいね」「父ちゃんの顔がもう懐かしいよ」なんて言って、数十時間後には会えるのに、家に国際電話をかける人も多かった。

出発の日の朝、おらはハンナに指示された通り、仲間たちに腹痛を訴えた。皆が朝ご飯に行っている間にバレー部時代のアップ運動を繰り返して、汗かいて顔を真っ赤にしてな、ベッドから起き上がれない状態を装ったんだ。

「救急車を呼んだ方が」「飛行機はどうすんだべ」すっかり出発準備を終えた仲間たちがなにもできずに途方に暮れるなか、ハンナが言った。

「ホテルにお医者さんの手配をお願いしマシタ。病状は伝えてありマス。私たちはとにかく空港へ向かいまショウ。あとのことは私に任せてくだサイ」

医者の話はもちろん嘘だった。おらはそのままホテルのベッドの中で、まんじりともせずハンナの帰りを待った。取り返しのつかないことをしてしまったという後悔で目の前が真っ暗になったり、今からでも間に合うかもって布団撥ね除けて、いやもう無理だって枕で顔を覆ったり。そのとき、十八歳で東京へ出た日のことが蘇った。怖いことなんか何もない、もっと広い場所へ辿り着いてやるぞっていう、自分がかつて持ってた勇ましさを思い出すと、腹の下に少し力を入れられるようになったんだ。

無事に一行を空港で見送ったハンナはホテルへ戻ってくると、興奮にキラキラした目でおらをぎゅっと抱きしめた。

「おめでとうございマス。今日から康子さんは自由デス」

人にちゃんと抱きしめられたのは、大人になってからはそれが初めてだった。ちょうどその日はホテルで何か大きなイベントがあって、暗くなっていく部屋の中で、外の賑わいや華やかな音楽が聞こえてきたのを覚えてる。

ハンナは家族が出資する語学学校におらを奨学生として入学させ、ビザや保険なんかの手続きをあっという間に進めてくれた。同時におらは静江姉ちゃんに電話して、経緯を洗いざらい打ち明けた。姉ちゃんは絶句してたけど、おらが家でどんな扱いを受けているかも知っていたから、戻ってこいと強くは言わなかった。でもおらが縁もゆかりもない、言葉も話せない国で、無事に生きていけるとはとても思えないとも言っていた。

おらは改めて、姉ちゃん宛に手紙を書いた。夫と父親宛にも謝罪の手紙を書いて、帰国したとき渡すはずだったお土産もそれぞれ同封して送った。姉ちゃん宛の手紙には差出人住所を書いておいたから、しばらくして返事が来た。村ですごい騒ぎになって、いろんな噂が立ってること、有名な雑誌に「人妻失踪事件」という見出しで記事が載ったことなんかが、淡々と書かれてあった。土下座する兄ちゃんと父ちゃんに、「恥をかかされた」って夫が叩きつけた離婚届も同封してあった。もちろん、兄ちゃんたちからは絶縁された。

――こんな方法しかなかったのか、ずっと考えてます。でも確かなのは、私はやっちゃんに幸せでいてほしいということです。何かあったらいつでも帰ってきな。村は無理でも、またうちに来ればいい

静江姉ちゃんだけは変わらず、おらを大切な存在として扱ってくれた。それで充分だった。

一緒に暮らし始めても、ハンナとすぐに恋人同士になったわけじゃない。おらはそういう、女の人同士っていう関係がまだわからなくて、やっぱり〝普通〟から外れていくのが怖くもあって……でも、ハンナはいくらでも待つと言ってくれた。断片的にしか話してくれなかったけど、たぶん日本にいたときに彼女にはとても好きな女の人がいて、その人に受け入れてもらえなかったんだ。家族と距離を置いていたのも、離婚のことだけじゃなく、やっぱり彼女の性的指向も関係していたんだろう。当時のドイツでは男同士と違って女同士は法律違反にはならなかったけど、多くの人から忌み嫌われるのは変わらなかった。

ハンナは通訳や翻訳、ときにはおらの通う学校で語学講師をしたりして生計を立てながら、同

時に作家としても活動していた。雑誌でときどきエッセイや詩を書いていたんだ。おらは語学学校に通いながら、家賃代わりに家事を一手に引き受けた。「出世払いでいいデス」と言われたけど、気が収まらなかったし、ハンナもおらの作る日本料理もどきを喜んでくれた。市場で買い物中にあれこれ尋ねたりするのもいい会話練習になったんだ。そのうち商店の人や近所の人とも知り合いになって、ドイツ料理を習ったりもした。みんなおらのことを住み込みのメイド兼留学生だと思ってたな。初めて作った本格的なドイツ料理は、ハンナの大好きなアプフェルクーヘンというりんご入りパウンドケーキだった。そうやって二人の暮らしをちょっとずつ作り上げていく一方で、ベルリンの壁が崩壊するって信じられないような出来事が起きて、街も社会も目まぐるしく変わっていった。

おらたちは長い休みのときはよく二人で各国へ旅行した。東北から東京へ行くみたいな感覚でフランスへ行ったり、オランダへ行ったりしたな。ハンナは旅先のほうが心が自由になって筆が乗るから、気ままに旅をしながら暮らしたいって夢みたいなことをよく話してた。おらが語学学校の課程をぜんぶ終えて、学校でそのまま日本人留学生たちをサポートする職に就いた頃、それは夢じゃなくなったんだ。

ハンナはエッセイストとして初めて出版した本がドイツ国内で評判になり、とんとん拍子に大手出版社での小説執筆の契約が決まった。前金だけで一年間二人で暮らせる額だった。それで二人とも語学学校の仕事を辞めて、まずスペインのバルセロナを目指した。それからは、いろんな場所を転々とした。ヨーロッパだけでなく、作家のための滞在執筆プログラムへの招聘なんかもあって、アメリカやカナダにも行った。南米でも国々を巡りながら半年くらい過ごしたこともある。

おらは移動するたび、その街の市場へ行き、生産者に会い、郷土料理を学ぶことをミッションにしてた。そうやってどこへ行っても、その土地土地に合った形で、でも何より自分たちにとって快適な暮らしを作り上げることがおもしろかった。知っての通り、おらはあまり料理はうまくないが、大好物の甘い物には何より情熱を傾けた。ハンナも甘い物好きだったしな。楽しく、までーに暮らそう、という意味で「までーLeben《生活》」がおらたちのモットーだった。Lebenは生活や人生って意味のドイツ語だ。そうやって各地で食卓を充実させて、現地の言葉も食べ物を通じて覚えるおらの体験を、ハンナがエッセイに書いたりもしたな。でも小説で海外を舞台にすることはなかったよ。二冊出版された小説はどちらもミュンヘンの、古い家柄の家族の話だった。

当時すでに同性カップルの登録パートナーシップ制度を導入していたデンマークにいたときは、ここで永住権をとってカップルとして暮らそうか、なんて話をしたこともある。有言実行のハンナの言葉でも、おらはそれだけは夢物語だってことを知っていた。ハンナはどこの国にいても、決して誰にも、おらたちの関係を公にしようとしなかったから。それぞれの国のレズビアン・コミュニティとも、深く交わろうとはしなかった。

「秘書みたいなこともしてくれる、大親友」

それがおらを紹介するときの決まり文句だった。ミ・メホール・アミーガ・ケ・タンビエン・トラバハ・コモ・ミ・セクレタリア。マイ・ベスト・フレンド・フー・オルソー・ワークス・アズ・マイ・セクレタリー……おらはこの言葉なら、今でも五カ国語ですらすら言えるんだ。

姉ちゃんとはずっと手紙や電話のやりとりをしてた。新しい場所へ移るたびに土地の写真付き絵葉書と一緒に手紙を送った。姉ちゃんの綺麗な字の返信を読むのも、同封された、年々成長していく甥や姪の写真を見るのも楽しみだった。何度か会おうともしたんだ。おらがビザの手続きで日本へ一時帰国したときとか。村の近くへ行くのは憚られたけど、少し離れた大きな街ならどうかって。でもいつもタイミングが悪くて会えずじまいだった。ドイツへ来るようにも誘ったけど、その頃はもうバブル経済崩壊の余波が深刻化してて、義兄さんの会社にも余裕がないようだった。世紀が変わる前に父ちゃんが死んだときも、おらは帰国しなかった。

二十年の間、浮き沈みはもちろんあった。正直日本へ帰ろうかと思ったことも何度かある。でもやっぱり、おらはハンナとの日々を、この上なく幸せな、かけがえのないものだったたって思い出す。彼女はおらの親友で師で、最初で最後の恋人だった。

最期の二年間はミュンヘンの、イギリス式庭園のほど近くにある、二人で最初に住んだアパートへ戻った。やっぱり故郷で過ごしたかったんだろう。大腸癌だった。そのとき初めて彼女の両親と弟の家族にも会った。

おらはフォン・ブライヒレーダー家の弁護士に指示されるまま、いろんな書類にサインして、役所へ出向いて、気が付けばハンナの法定遺産相続人になっていた。ドイツでも二〇〇一年から始まった同性カップルのための生活パートナーシップ制度は、正式な婚姻関係にかなり近いもので、異性カップルとほとんど同じ権利がもらえたんだ。ただし、書類にはこの関係を口外しないことって誓約書も含まれていた。ハンナの家族からは、おらへの親しみどころか娘への慈しみもまったく感じなかったけど、それでも彼らだって、彼女が生きている間に、本人の望み通りに死後の手配をするくらい、愛情はあったんだろうな。

おらは懐かしいアパートの一室で、ようやく公に認められた伴侶の存在感が、ゆっくりと陽の中に溶けていくのを、ただ見守ることしかできなかった。世界を巡っていたときは、「までーLeben」始め、適当にドイツ語と日本語、さらにはおらの村の方言を交ぜた会話が二人だけの言語みたいで、おらたちの仲をいっそう特別にしていたけど、最期の日々のハンナは、日本語や方言を話すことはほとんどなかった。おらにとってのハンナの半分が、すでに欠けているみたいだった。

ターミナルケアに移行して、もう会話らしい会話はできなくなるというとき、ハンナはおらに分厚い原稿の束を託した。表紙にタイトルはなく、ただハンナ・Bとだけ書かれていた。数ページ捲って、そこに書かれているのはおらたちのことだってすぐにわかった。おらに内緒でずっと書き続けてたんだな。最後のページは、ミュンヘンへ戻ってくるところで終わっていた。

かろうじて聞き取れたのは、「私の魂」と「永遠に私たちだけのもの」という意味のドイツ語だった。

誰にも明かさない関係でも、形に残そうとしてくれたんだと思うと、嬉しさと哀しさがいっぺんにこみ上げてきて、おらはその場で崩れ落ちてしまいそうだった。

「わかった。これは二人だけのものだ、誰にも見せない」

おらがドイツ語で返すと、ハンナは微かに唇を震わせた。さらに何か言おうとしたのかもしれないし、笑ったのかもしれない。

　そうしておらは彼女を看取った。二〇一〇年の、今日みたいな冬の日のことだった。

　そこまで話したとき、陽はずいぶん西へ傾いて、梅の木も勲男さんの顔も、真横から光を浴びて眩しそうだった。リモコンでブラインドを調整すると、勲男さんは静かに頭を下げた。

「大切な人のことを話してくれて、どうもありがとう」

「こっちこそ、聞いてくれてありがとない。ハンナの話をちゃんとしたのは、静江姉ちゃん以外では勲男さんが初めてだ」

「それは光栄だねぇ。賢斗くんにも話してなかったの？」

「恋人と世界中を旅したことや、どんな場所へ行ったかはちょくちょく話したよ。でもそれまでの経緯は、詳しくは……」

「もう少し世の中が見えてこないと、彼には理解の難しいところがあるかもしれないねぇ」

「あの子なら賢いから、すーぐいろんなものを吸収していくべ」

　話す機会が来たら話すし、特に機会がなければ話さない。それでも関係性は変わらない。おらたちはそういう、〝いい塩梅《いやんべ》〟の隣人だ。勲男さんは微笑んで頷く。

「その私小説を自分で翻訳することは考えてないのかい？」

「……ハンナと約束したんだ、二人だけのものにするって。それにドイツ語をどんどん忘れてるし、おらなんかの翻訳じゃ力不足だ」

少しも考えなかったといえば嘘になる。ハンナの著作権も相続財産の中に含まれていた。ハンナの本はむかし一冊だけ日本語へ翻訳されていて、でも、その翻訳者は日本とドイツ両国で大学を出た文学者だった。

「まあ誓約書のこともあるだろうけれども、二人のストーリーの半分は康子さんのものだし、こうして生きていれば変わるものもある。大切にする方法は色々あっていいと思うけどねぇ」

そうなのだろうか。こうして十年以上の歳月を経て、二人の歴史を初めて口に出して語ったことで、おらの中では確かに何かがゆっくりと動き始めている。凍ったままだった当時の感情なのか、当時は気付かなかったハンナの真意なのか。それらがこれからどんな形を取るのか、今はまだわからない。

勲男さんがもう一度ブラインドの羽の角度を調整すると、梅の一番花開いた枝は見えなくなった。

「村にはその……、出奔して以来戻ってないのかい？　あの大震災のときは……」

すぐには答えられなかった。これもまた、ずっと口にできなかった話だ。

「村ではなく、静江姉ちゃんの町に帰ろうとした……あの日にな」

勲男さんの瞳が揺らいだ。津波で姉やその家族を亡くしたことは以前に伝えていた。でもどういう状況だったのかは、話していなかった。

まるで体ごとあの日、そしてそこへ至る悲しみの日々に戻っていくようだった。細胞の一つ一つが、あの途方もない絶望をまだ記憶している。

ハンナの葬式でも、一周忌のミサでも、おらがパートナーとして扱われることは決してなかった。死後も彼女が眠るフォン・ブライヒレーダー家の霊廟《れいびょう》には埋葬されない、足を踏み入れることも許されない。そう淡々と言い渡されて、向こうの弁護士に問い詰めると、漫然とサインしたあの誓約書に、すべて書かれていたことがわかった。こちらが見落としたのか、あちらが巧妙に偽造したのか、今となっては確かめようがない。

遺産はあの家からの手切れ金だった――ようやくそう悟ったとき、おらは日本に帰る決心をした。

彼ら家族の知らない、ハンナの遺した原稿にこそ彼女の魂は生き続けていて、それはおらだけのものだった。彼女が若い頃に長い時間を過ごした日本へ一緒に帰ろう。二人で見たかった故郷の桜を見て、彼女の名前である花火も見に行こう。そう決意して、すぐに静江姉ちゃんに連絡した。ハンナの死後ずっとおらを心配してくれていた姉ちゃんは、すごく喜んでくれた。

――やっちゃんの好物いっぺ用意して待ってってっから
帰国する前日にかけた電話での会話が、姉ちゃんの声を聞いた最後になった。

成田空港への到着は三月十一日の午後遅くの予定だったから、東京のホテルに一泊して、翌朝に新幹線とレンタカーを乗り継ぎ、海沿いの姉ちゃんの家へ行く予定だった。近くに住む甥と姪それぞれの家族も合流する予定で、彼らにトランクいっぱいのお土産を渡す瞬間を思い浮かべ、わくわくするという気持ちを久しぶりに思い出していた。

あと三十分もしないうちに成田に着陸するというタイミングで、機内アナウンスがあった。関東広域で大きな地震があり、成田空港が閉鎖しているから、着陸許可が下りないということだった。機内はざわりとした空気に包まれたが、たぶん誰もそのとき起きていたことの何万分の一も想像できていなかった。大幅に予定時刻を過ぎて、最終的に飛行機が着陸したのは、愛知の中部国際空港だった。

携帯電話から姉ちゃんに電話をかけてもまったく繋がらず、誰かが固定回線の方が繋がりやすいらしいと話しているのを聞き、公衆電話の長蛇の列に並んだ。並ぶあいだ空港のテレビに映った中継映像には、高校時代を過ごした懐かしい町の港が半ば海に沈んでいる様子が映っていた。中継は次々に各地へ津波が押し寄せる様を映し出し、あまりにも非現実的な光景に、おらを含めて見入っていた人々が、皆ぽかんと口を開けて、あぁ、あぁと唸っていた。放っておくと勝手に口が開いてしまうのは、現実を受け入れられない体がずっと叫ぼうとしていたからなのだと思う。公衆電話からかけても、姉ちゃん家《ち》には繋がらなかった。

空路だけでなく、線路も道路も寸断されて、成田やその先の東北へ向かうこともできず、その夜は航空会社が確保した名古屋のホテルに泊まった。一睡もできずにテレビを見続け、電話をかけ続けた。夜遅く、第一原発から三キロ以内の住民に避難指示が出たとニュースが告げた。

「おらは姉ちゃん家が三キロ以内なんだか、近いのが第一原発なのか第二原発なのかもよくわからなくてイライラした。ホテルのWi-Fiも微弱でほとんどネットにアクセスできなかった。朝のニュースで避難指示が十キロ圏内に変わってて、ますます混乱したな。それからの経緯は、大体これまで話した通りだ」

道路が封鎖され、ひとりでは現地へも行けないなか、ボランティアに参加して情報を集めたり、あらゆる手を尽くして静江姉ちゃんたちの行方を探した。やがて姉ちゃんと姪とその子供、甥の妻と子供三人が、津波で流されていたことを突き止めた。わかったときはもう火葬は終わっていて、四月に遅れて執り行われた葬式にだけ、なんとか出席することができた。遺影の中で笑う静江姉ちゃんは、歳をとってふっくらしてはいたが、相変わらず綺麗だった。ずっと写真だけの付き合いだった皆にも、会えるはずだった。でも目の前には遺体すらなかった。残された甥と義兄は憔悴し切っていて、ほとんど会話らしい会話はできなかった。甥の一番下の子は今も見つかっていない。

「国の指示で全村避難になって、家族と隣県に避難してた上の兄ちゃんに会ったのは五月になってからだ。持っていった物資は受け取ってもらえたけど、玄関で追い返された」

数十年ぶりに会う兄は、一瞬父本人と見紛うほどよく似ていた。向こうはおらが誰か、すぐにはわからなかった。

——村の恥がのこのこ訳知り顔で来たって、何の役にも立たないどころか目障りだ！　村を捨てたおめなんかに、原発に村を奪われた俺たちの気持ちは一生わがんね
兄は顔を歪めて怒鳴った。その通りだと思った。どこにも身の置き所がなくて、そそくさと帰るしかなかった。

ボランティア先の避難所や仮設の商店街で、かつての婦人会や研修旅行の仲間らしき人を遠く

に見かけたこともあったけれど、向こうは気付いていたのかどうか。どちらにせよ、声をかけることも、かけられることもなかった——できなかった、と言うべきか。村の名前を聞くたびに、兄の言葉が深々と心に突き刺さった。

気が付けば部屋はだいぶ薄暗くなっていた。ブラインドから覗く残照は青みを帯びた金色で、庭が夜の姿に変わりつつある。陽の縁がおらと勲男さんの足の先から、徐々に遠のいていくのをじっと眺めた。

「これまで村のことをあれこれ聞いて、苦しい思いをさせてしまったんだねえ……申し訳なかった」

そう言って頭を下げる勲男さんの瞳は少し潤んでいた。

「楽しい思い出もたくさんあったんだ。おめのお陰で思い出せた。それに大事な人たちの話ができるのは、苦しくもあるけど、やっぱり嬉しいんだよ」

正直な気持ちだった。それまでは絶望や罪悪感で、幸せな記憶にも無理やり蓋をするばかりだったから。

「おらにはこれからも村へ足を踏み入れる資格はない。復興に役立つような能力もない。せいぜい募集に応じて通訳や翻訳ボランティアをするくらいだ。おらよりずっと学のある、もっと専門的でレベルの高いドイツ語話者もたくさんいるしな。でもちっとでも役に立つことがあるなら、すぐにでも飛んでいくつもりだ。あの村の皆の苦しみは一生わからなくても、あの人たちが故郷を奪われて、理不尽に苦しめられてるってことを一生忘れね」

この十年あまりの間に、まるですべてが終わったかのように、あの辺りのことを報じるニュースが減った。三月のあの日の前後だけ、申し訳程度に話題に上るくらいだ。除染土の仮置き場だ、仮仮置き場だなんだと行政の無策に振り回され、変わり果てた故郷にも帰れないまま、今も日々を生きている人たちが大勢いるというのに。

「わたしも忘れないよ……と言っても、かなり先の短い一生だけれどもねぇ」

「このじいさんは、またへらず口ただいてんでねーど」

毒づくと、勲男さんは微笑みながら背もたれに深く体を預けた。

長時間話を聞いたせいで、きっと疲れてしまったのだろう。そろそろアパートメントへ戻ろうと立ち上がりかけたとき、勲男さんが再び口を開いた。

「前に言ったかもしれないけど、わたしは小さな頃に故郷を奪われてねぇ。あの震災のときも、特に気にかけてもいなかった。でもこうして三途の川に片足を突っ込んでみると、自分の中の空疎に焦りを覚えたんだよ。核というか根っこというか、還《かえ》る場所を取り戻したいと思ってねぇ。康子さんの話を聞いてると、どんどん小さい頃の幸せだった風景が鮮やかになって、嬉しかったんだよねぇ……」

「――奪われたって、何があったんだ?」

勲男さんが視線を彷徨《さまよ》わせる間、おらの問いが彼の中で黒斑のように広がってしまう気がした。

勲男さんは静かに、村八分みたいなものかねぇ、と呟いた。

「記憶は断片的で、はっきりは覚えてない……元はうちの両親に非があったんだろう。子供の目にもだらしないところがある人間だった。家族揃って村にいられなくなって、父はそのまま逃げて、母はすぐ下の弟を道連れにした。わたしは一番下の、まだ赤ん坊だった弟を抱いて逃げた」

勲男さんの表情はまた、たちまち空っぽになった。そっちへ行ってはダメだ――その一心で、思わず薄い背中に触れる。勲男さんはおらが誰だかを忘れていたみたいに目を瞬《またた》いた。

「と、まあこんな出自で、〝頼みは自分だけ〟が幼い頃から骨の髄まで染みててねぇ。生きていくためには、誰かを信頼してる余裕なんかなかった。人と関わるのは多大な労力がかかる、関わることで不幸も生まれる。親戚も友人も妻も切り捨てて、誰も信じなくなったら、おもしろいように物事の流れが明快になってねぇ、お金も稼げるようになった」

勲男さんは空っぽになる代わりに露悪的な笑みを浮かべて続ける。

「ここの土地をココ・アパートメントに貸すときだって、わたしは〝協働するコミュニティ〟なんて別にどうでもよかった。家賃滞納がほぼない、新しい形態のマンション投資と聞いて、興味を持っただけだったからねぇ。でも波多野さんが焚き付けるようなことを言うもんだから」

――どれほど住人同士が信頼関係を築こうと、家賃収入は変わらないだろう

――信頼は換金できない価値があります。ひとつ信頼関係を築けるかどうか、居住者の皆さんで試してみてはいかがですか。きっとその価値がおわかりになりますよ

二人の間で、そんな会話がなされたという。

「まあ生意気だ、と計画に乗ってみたんだよ。そうしてこの通り、あなたたち住人は信頼関係を

基にして、しっかりコミュニティを作り、わたしは満足のいくリターンを得てる。簡単すぎて、そこまで価値があるんだかないんだか、よくわからないけどねえ」

勲男さんのへらず口は止まらない。まだ元気な証拠だと思うと愉快にもなる。

「おめがどんな意図だろうと、おらはここがあってよかった。ここに救われた。あの頃はそれこそ誰かと関わることなんてもう二度とないだろうと思ってたけど、今はちょっとずつ関わる人が、いっぺいる」

故郷を捨て、最愛の人たちを次々失って、自分にはもうどこにも行くところがないと思っていた。まるで真っ暗で果てのない部屋の中に、たった一人取り残されたように。でも今は、あの頃は考えもしなかった場所で、隣人たちに囲まれている。

「……おめの還る場所は、生まれた所でなんねの？　ここじゃいけねの？」

勲男さんは虚を突かれたようにしばらくぼんやりとして、おもむろに言った。

「そんなふうに考えたことはなかったねぇ」


大停電が起きたのは、その連休最後の日曜の夜のことだった。

土曜からぐっと気温が下がり、みぞれ寸前のような雨が降って、おらと賢斗くんはそれぞれ夕食を食べたあと、レモンミントティーでいつものお茶の時間を過ごしていた。

おかわりのお湯を入れようとポットに手を伸ばしたところで、突然暗闇に包まれた。

呆然とするおらをよそに、賢斗くんは素早くスマートフォンを取り上げ操作を始めた。

「よかった、ネットは繋がってる」

カーテンを開けると、近くのマンションや家々の灯りも、非常灯以外は消えていた。

「えっと防災マニュアルだと、家電のコンセントは抜くんですよね。康子さんの部屋、テレビあるよね？」

促されて部屋のテレビの電源を切りに行った。賢斗くんも自分の部屋を点検しながら、「エアコンと冷蔵庫はそのままでいいはずです」と頼もしい。そうしてる間にも、エアコンが停止した部屋はみるみる冷えていく。おらと賢斗くんはコートを着込み、予め防災コミッティーから配られていたヘッドライトを付けて廊下に出た。

共用リビングの向かいの倉庫では、すでに防災委員たちがテキパキと備蓄品を取り出していた。

「アルミ毛布出したんで、必要な人は取ってってください」

「その後、情報は？　これいつまで続くの？」

「自家発電機とポータブル電源はまだいいか。石油ストーブとランタン全部出しとこう」

「あ、一階のオートロック切れたよね、錠を切り替えないと。外出してる人いるかな」

「賢斗くん、メーリスで安否確認送ってくれる？　あと暖を取りたい人に毛布とストーブを出したことを伝えて」

去年の秋に防災訓練でシミュレーションした通りで、皆落ち着いたものだった。互いのヘッドライトに目を細めながら、笑顔を見せる余裕すらある。それを見て、おらもようやく冷静になった。

真っ先に浮かんだのは勲男さんのことだった。この時間であればもうヘルパーさんは帰宅して、家でひとりのはずだ。

「勲男さんとこにカセットガスストーブ一つ持っていっていいか？」

「それだとあの部屋には小さいでしょう。僕が持つので石油ストーブがいいと思います」

義徳さんが防災委員たちに「いいよね？」と確認し、息子の大ちゃんが「僕も行く」と不安そうに言う。ランタンとアルミ毛布を分担して持ち、勲男さんの家に向かった。

勝手口の電気錠はやはり開いていた。内部はアパートメントよりも少し温度が低い気がする。

「勲男さん！　さすけねーがよ？」

床暖房も切れてひんやりした部屋は雨戸が閉まっているため真っ暗だった。三人分のヘッドライトに照らされた勲男さんは布団をすっぽり頭から被り、その隙間から震える声で「さすけね」と答えた。

大ちゃんと手分けして大型テレビのコンセントを抜き、ベッド周りをランタンで照らし、布団の上にさらにアルミ毛布を被せた。「ありがとう」と、強張っていた勲男さんの表情が和らいだのを見てホッとする。

加湿器代わりにヤカンを載せた石油ストーブで部屋がすっかり暖まった頃、賢斗くんと江藤一家、聡美さん母娘、享さんと茜さんまでぞろぞろと集まってきた。

「まだ復旧の目処が立たないみたいで、とりあえずなるべく密集してストーブで暖をとろう、と。共用リビング組とこちらで分かれてみました」

そういう和正さんの首には、眠たげな結衣ちゃんが猿の子のように取りすがっていた。

「あ、お湯沸かしてるんですね。ちょうどよかった、これみんなで飲みませんか?」

聡美さんが取り出したのはフリーズドライの甘酒なるものだった。お湯を注ぐだけで出来上がるのだと言う。

「それ晋太郎さんが提案してくれたやつですね」と義徳さん。

晋太郎さんとは、去年の初夏に短い期間で退去してしまった男性だった。どこか居丈高で、あまり好ましい人ではなかったが、防災コミッティーの仕事にはきちんと取り組んでいたようだ。

「なるほど、甘酒って飲む点滴っていいますもんね。保存がきくなら備蓄にぴったりかも」

敦子さんが言うと、龍ちゃんが「子供もお酒を飲んでいいの?」と不思議そうな顔をする。

「お正月にお寺で飲む白いあれ」と兄の晴ちゃんに言われ、あれかー! と手を叩いた。

勲男さんの家のキッチンから拝借したティーカップやマグカップに乾燥した甘酒の素を入れ、お湯を注ぐとみるみるふやけてとろりとなった。

「はぁ美味し〜!」

茜さんが感嘆のため息を漏らし、皆も同意する。勲男さんは電動ベッドが動かなくなってしまったため、おらが応接室のソファから持ってきた大量のクッションを背に敷き、スプーンでひと匙ずつ掬《すく》って飲んでいる。

人口密度の上がった部屋は、ヤカンのお湯と甘酒の湯気で霞んでいた。それぞれヘッドライトを切り、LEDランタンの光に淡く照らされた皆を見ていると、遠い日の細部を思い出せない夢の中を彷徨っているみたいだった。

「なんだか百物語ができそうだなぁ」

和正さんが言うと、花野ちゃんが「わぁ、やってみたい！　終わるとお化けがでるんでしょ」と乗り気になり、龍ちゃんと大ちゃんは「怖いのはやだ」と抗議した。

「せっかくだから、定例会のときみたいに近況報告でもしようか。じゃあ最初は賢斗くんから」

和正さんにいきなり振られ、賢斗くんは一瞬慌てて「特に報告するようなことは何も」と言った。

「四月から大学でしょ？　今は何してるの？」と敦子さん。

賢斗くんがエスカレーター式の大学附属校に通っていることは皆知っていて、彼は既に上の大学の法学部へ進学が決まっている。

「受験がないんで英語と料理を勉強してます。将来法曹関係に進むにしろ、ビジネスマンになるにしろ、どこでも生きていけるようにしておきたいんで」

大人たちはおぉーと自然にどよめいた。引っ越してきた当時の箱入り少年とは隔世の感がある。

賢斗くんは去年の秋頃から冷凍デリバリー弁当の頻度が減り、代わりに自分で焼き魚や野菜炒めといった簡単な夕食を時々作って食べるようになった。それはイタリアに駐在している両親から、都内にできた高校生でも入れる国際学生寮への引っ越しを勧められたタイミングと重なっていた。彼なりに自立を証明しようとしているのかもしれない。

「なら賢斗くんのコハンももうすぐかな？」

「……やってみようと思います。友達にも早く食べさせろって言われてるんで」

初耳だった。賢斗くんはおらを見ると「康子さん、そのときはアドバイスとヘルプをお願いします」と言った。おらは「了解だべ」と親指を立てる。

それからは子供たちの報告が続き、龍ちゃん大ちゃんがこの前の練習試合でコンビプレーを決めたこと、花野ちゃんが初めてストーリー漫画を描いていること、そして晴ちゃんが高校受験の準備を始めたことを知った。

続く親たちが趣味や最近観た映画や体形変化のことなどを報告し、おらは自然と、

「ちゃんとしたドイツ語翻訳の勉強を始めっぺと思う」

と口に出していた。勲男さんと目が合うと、今度は勲男さんが親指を立てた。

「何人かの方はもうお気付きのことかと思うのですが……」

順番が回ってきた茜さんがおずおずと切り出すと、享さんがそっと彼女に上体を寄せる。

「春頃に、うちに新メンバーが加わる予定です」

お腹に両手を当てた茜さんの顔がぱぁっと綻んだ。

ああやはり。茜さんは夏の終わり頃からずっと体調が悪くて、ようやく回復してきたと思ったら、頬がふっくらしていた。細身なうえにいつも長い丈のセーターやコートでお腹を覆っているから、確信は持てなかったのだが。

「気付いてたよー。もう色々聞きたくてうずうずしてた」

聡美さんがベッド横の揺り椅子を茜さんに勧めながら、嬉しそうに言う。茜さんは「じゃあ遠

慮なくどっこいしょ」と腰掛けて、恐る恐る背もたれに体重を預けた。

「つわりが安定期過ぎてもぜんぜん終わらなくて、おまけに倒れて入院までしたから、皆さんにきちんとご報告するタイミングを逃しちゃったんですよね」

もう平気なの？　という敦子さんの質問に茜さんは力強く頷く。

「嘘みたいにスッキリ！　もうご飯が最高に美味しくて。美味しく食べられるってこんなに幸せなことなんだって改めて思いました」

「男？　女？　どっち？」と龍ちゃんは興味津々だ。

「ゆいは女の子がいーい」

結衣ちゃんの、人形を選ぶような調子に皆で笑う。茜さんは椅子の背にすがった結衣ちゃんの小さな手をそっとお腹のところに導いた。

「この子は男の子なのか女の子なのか、もしかしたらどちらでもないかも……でもいま一所懸命大きくなってて、頑張って生まれてくるから、可愛がってもらえたら嬉しいな」

「お兄ちゃんたちと同じくらい可愛がる！」

「逆だろー！　結衣は俺たちに可愛が、が……るがられてるんだよ」

龍ちゃんの舌がもつれて、花野ちゃんが「呪文か」と冷静にツッコミを入れた。

「享さん、いまどんな気持ち？」

「あー聞きたい！　ちゃんと実感ある？　それとも準備万端なタイプ？」

聡美さんと敦子さんに問われ、口元をランタンの光でくっきりと照らされた享さんが、わずかに唾を飲み込むのが見えた。

「まだ保留にしていたところがあって……彼女の中に子供が育ってて、その子は自分の遺伝子を半分持ってるって、頭ではわかるんですけど、なかなか……」

亨さんは茜さんを見つめ、彼女のお腹へ視線を移すと、

「……正直怖いです。こんな自分がちゃんと親になれるのか、未知過ぎて。この言葉もそろそろ本人に聞こえてて、それが後々どんな影響を及ぼすのかとか、考えるのも怖い」

和正さんがうんうん、と頷く。

「僕も怖かったよ。突如逃げたいって気持ちが湧いてくることもあった。同時になんか世界中のものを肯定できそうな、訳のわからない喜びが爆発してて、無意識に自分の中でねじ伏せてたけど、怖さは間違いなくあった」

義徳さんも頭突《ずっ》きするように大きく頷いたので、いつの間にか父の膝に座っていた大ちゃんが驚いている。敦子さんは晴ちゃんたちをしみじみと見つめて言った。

「最初は誰でも親になったことなんてないから、〝親になる自信〟なんて心許ないもんだよね。でも私の場合はもう体の中に人ひとり入ってて、毎日生死が気になって、『逃げたい』を通り越して『逃げられない』って……」

「こうして話すことでまざまざと思い出しますね。マタニティ・ハイとか、とにかくお腹が重かったとか、強めの思い出の陰で忘れてたけど」

聡美さんは言いながら、花野ちゃんの肩を撫でている。

「まあ今は逃げるときは本当に逃げてるからね。『今日は妻と母をお休みします』って」

敦子さんの言葉に、享さんは驚いて「どういうことですか？」と聞き返す。

「カプセルホテルとかに泊まりに行くの。一応予めスケジュール調整して。彼が夫と父を休むときもそう」

おとうちゃんこないだサボった、と結衣ちゃんに報告され、和正さんが苦笑する。

「サボったんじゃないよ休んだんだよ。君たちを大事にするには、まず自分たちを元気にしとかないとって思ってる。だからおかあちゃんもおとうちゃんも疲れてるときは休んで、元気になって帰ってくるようにしてるの」

敦子さんが「あなたたちも、おとうちゃんおかあちゃんを大事にしてくださーい」と子供たちに声をかけた。三人兄妹だけでなく、他の二人の子供も笑いながら「はーい」と言った。

「大事にするってどうするの？」

晴ちゃんが尋ね、敦子さんはしばらく「うーん」と考え込んで答えた。

「悩んだり、困ったりしていることはないか。そうであれば、どうしたら元気に、幸せになるかって気にかけて、話して、自分にできることをしていく……私とお父ちゃん、龍と結衣、人によって方法も対応も色々だと思うから、これって言い切れないんだけど」

晴ちゃんはまだ首を傾げている。

「もしかしたら、この世で一番重要な問いかも」という聡美さんの言葉に、大人たちが頷く。

ずっと黙っていた賢斗くんが、「までー」と答え合わせをするようにおらを見て言った。

「その人の幸せのために、一緒に幸せになるために、までーに接する、心を配る、関わる、とか……そんな感じじゃないですか」

おらがたまに使うまでーの意味を、賢斗くんだけでなく皆が知っていて、「なるほどね」「さすがだなぁ」と感心する。今はもういない大事な人たちが、この人たちと少しだけ知り合ったような気がして、おらはなんだか陽だまりの草っ原に寝転がったみたいにくすぐったくて、嬉しかった。

「……皆さんが、こうして」

享さんが言いかけて、言葉を探すように勲男さんの部屋の高い天井の暗闇をそっと見上げる。

「いろんな親と子の姿や、大人の在り方を見せてくれるから、覚悟を決められたというのもあります……不安はあるけど、この子に会えるのが楽しみっていうのが、今は大きいです。大事にしたいと思います。その気持ちだけは確か」

「へっぽこな私たちなので、どうか今後ともアドバイスいただけたら。どうぞよろしくお願いします」

享さんの言葉を引き取るように茜さんが続け、二人で頭を下げた。

「喜んで」「お互い様だよ」「できることがあったら言ってね」皆の優しい言葉の連なりに、おらも続いた。「シン・ココ・ベビーを、までーに迎えるべ」

二人がたまには少しだけ逃げたり、立ち止まったりできる余地を。ここは皆がそうやって隣人へ手をのばし、与え合う場所だ。

「勲男さんの近況は？」

花野ちゃんがベッドに近づくと、うとうととしていた勲男さんが身じろぎした。

「もう寝るべ？」

背中に当てていたクッションを取り除いてやると、勲男さんは素直に横になる。

「僕らうるさかったですよね、すみません。そろそろお暇《いとま》しようか」

義徳さんが立ち上がりかけると、勲男さんは手をひらひら振って押し止《とど》めた。

「暗いときは、ちょっとうるさいくらいがちょうどいい。私の近況は……お化けになる修行を始めたことかねぇ。出てくるとき大ちゃんと龍ちゃんを怖がらせないようにしないと。晴ちゃんと花野ちゃんは歓迎してくれそうだけども」

「このじいさんは、またへらず口たたいてんでねーど」

「そうですよ、まだまだ早い」と和正さん。

「勲男さんならお化けでも怖くないよ！」龍ちゃんは精一杯胸をそらして強がった。

勲男さんが何か呟きかけ、おらが傍らへ耳を近付けたとき、パッと部屋が明るくなった。

「ここか」と聞こえた気がした。


葉桜の薄緑へ眩いばかりの光が反射する昼下がりに、勲男さんは亡くなった。

一度は入院したものの、回復しないまま緩和ケア病棟を勧められると、本人は自宅へ戻ることを希望した。そうして庭に面したいつものベッドの上で、静かに息を引き取った。亡くなるまでの三日間はほとんど眠っていて話すこともできなかったが、穏やかな顔をしていた。だからこちらも落ち着いて見送ることができた。

代理人の初老の弁護士がすぐにかけつけ、すべてを取り仕切った。遺言で葬儀は行わず、そのまま骨を焼く直葬、しかも収骨の儀式を省くため、骨を残さず灰にする「焼き切り」をするために、遺体は翌日には葬儀社の手によって、関西の特別な火葬炉のある施設へ運び出された。別れを惜しむ間もない慌ただしさで、やはり皆の間には寂しさが残った。

誰からともなくお別れ会をしようということになり、今日は勲男さんの庭にココ・アパートメントの住人やその家族、友人などが集まり、一品を持ち寄るピクニック・コハンになった。ドレスコードは散った桜の代わりにピンク色をどこかに身に付けるというものだが、八重桜の花びらはまだまだ残っていて、目に映る景色がピンクでいっぱいになった。

勲男さんの家はココ・アパートメントの敷地と共に、波多野さんたちのNPOに遺贈されたそうだ。

「あとお墓も残していただいたんですよ。これから自分のように親族のいない人がアパートメントで亡くなったら、希望に応じて活用してほしいって」

ピンク色のシャツを身につけた波多野さんが缶ビールを片手に言うことには、勲男さんの灰が撒かれた近所の寺の樹木葬の一区画を、すべて買い取った状態で遺贈されたそうだ。

「あの世でも大家をやる気だべ」

フォーエバー大家さんですね、と波多野さんが豪快に笑い、はずみでビールがこぼれた。

「本当はゼロ葬――火葬場でそのまま遺灰を処分してもらうことを希望してたそうなんですが、二ヶ月ほど前に弁護士さんからご連絡があって、あの埋葬地が遺贈リストに加わってたんですよ。何か心境の変化があったのかな」

勲男さんの「ここか」という声が、囁くような風音に交じって聞こえた気がする。

「おらも死んだら利用させてもらうかな。また隣人ていうのも悪くない」

ハンナが眠る場所からは遠く離れているけれど、あの小説の中では、おらたちは永遠に二人で旅をしている。今日は彼女の大好物だったアプフェルクーヘンを作ってきた。

そういえば、と波多野さんがハッとする。

「最後にご挨拶したとき、勲男さんに『まんまとあなたの術中にはまったねぇ。ミイラ取りがミイラになったよ』と言われまして。なんのことかわからなかったんですが、康子さん心当たりあります?」

「ミイラ取り……?」

お化けになる練習をしているとは言っていたが。記憶の時計の針がくるくると回転を始め、カチリと止まる。いつか、勲男さんが波多野さんに言われたという言葉。

――信頼関係を築けるかどうか、居住者の皆さんで試してみてはいかがですか

ははは、と思わず笑いが漏れた。

(まったくどっちが簡単なんだか、打ち明け話どころか家も財産も預けていって)

愉快が過ぎて、目尻に涙が浮かんだ。困惑顔の波多野さんに教えてやる。

「勲男さんは、おらたち住人のことを信頼したってことだべ」

おらたちは、誰も信頼してこなかった勲男さんにとって、信じるに足る存在になったんだ。勲男さんが、おらたちにとってそうであったように。

庭の入り口の方で歓声があがり、見ると茜さんと享さんが飛び石をそろそろと辿りながら、ゆっくりとこちらへ歩いてくるところだった。享さんの腕の中には、ピンクの水玉模様の、フード付きのおくるみにちんまり収まった赤ん坊が抱かれている。

享さんが庭の端まで届くように声を張った。

「皆さん、新しい住人をちょっとだけ紹介させてください」

エピローグ

インターフォンを押すと、「ほーい」と低い声が応答して、オートロックが小気味良い音を立てて開錠した。私はカメラに向かい、「誰もいない？」と念押しする。

「いないよ」

「よかった、ありがとう」

エントランスを通り抜け中庭へ出ると、二階のリビングからジャージ姿の龍介が降りてきた。今日は高校の創立記念日で午前中は家にいると聞き、予めメッセージアプリでエントランスの鍵を開けてくれるようお願いしていたのだ。

「俺もう出るから」

「オッケー。部活頑張ってね」

「そっちも……っても、何を頑張るのか知らないけど。犯罪だけはやめてよね」

「何言ってんの、忘れ物を取りに来ただけだよ」

ならばなぜ平日の、誰もいないときをわざわざ狙って来たのか。

当然そういう疑念は持っているだろうが、龍介は一瞬こちらを窺うように目を細めただけで、

「じゃーね」と行ってしまった。ジャージから覗くうなじはまだ頼りないのに全体がゴツゴツとしていて、大きくなったなぁ、と親戚のような眼差しでその背中を追ってしまう。

中庭に足を踏み入れると、トマトや茄子やピーマンが旺盛に葉を伸ばしていた。トマトはもう青い実が付き始めている。そういえばこの時期のグリーンコミッティーの仕事は、夏野菜の脇芽を取って追肥することだったと思い出す。康子さんがよく「野菜が美味しくなる準備を始められるように、手助けすんだ」と言っていたっけ。和正さんのドライカレー、茜さんのサラダピザ、母から私へ引き継がれたラタトゥイユ。夏野菜がふんだんに使われたそれぞれの住人の得意料理を思い浮かべるだけで、じわっと唾がわく。

そのまま中庭を突っ切り、隣の敷地の裏口にあたる小さな鉄製の門扉《もんぴ》の前に立つ。何年もの間しょっちゅう行き来したのに、いつだってここへ来ると、小さかった頃の憧れが胸をくすぐる。外から眺めるだけで想像が止まらなくなるような、どうしても行ってみたかったどこか。あの頃いくつもそんな場所があった気がするのに、思い切って本当に足を踏み入れられたのは、この門の先の美しい庭だけだった。

門扉を押すと、難なく開く。そこから垣間見える庭は、木々も草花も、初夏の濃い緑に染まっていた。前庭へ続く敷石の脇には花期の終わったクリスマスローズの葉が茂り、白と青の紫陽花が密集した瑞々しいガクを丸く開かせている。

私はバックパックの布越しに、買ったばかりのシャベルと軍手の感触を確かめた。

ことの始まりは、四月にあった勲男さんの七回忌だった。

七回忌といっても勲男さんは無宗教だったので、法要をするわけでもなく、ただ毎年命日前後に行っている旧五十嵐邸での花見の宴《うたげ》を、今回だけ「七回忌」と呼んだだけのことだった。

献杯のあと、波多野さんが皆を前に「夏から庭の整備を予定しています」と発表した。

「この場所をより地域に開いたものにしていくために、庭自体のバリアフリー化をずっと検討していたのはご存じの通りです。ようやく資金の目処が立ちましたので、工事に着手することになりました」

皆が心配していたような、景観を大きく変えることは極力避けるが、配置された石をどかしたり、歩道を整備したり、一部の木を植え替えることになるらしい。

この場所が変わってしまうことは寂しかったが、変わらないでいられるものなんてほとんどないということは、我が身をもって知っていた。

「と、いうことで、ちゃんと報告しましたよ、花野ちゃん」

「え？　え？」

感慨に耽《ふけ》りながら康子さんの凍み餅をかじっていた私に、皆の視線が集中する。「なんで？」

「勲男さんの遺言書にしっかり書かれてたんですよ。『樹木を移動させるなど、庭に大きく手を加える時は、十分な猶予を持って三〇二号室の大江花野氏に告知すること』って」

疑問と驚きで餅に歯を立てたまま固まっていると、龍介がああ、と手を打った。

「花野ちゃんがお庭番だったからじゃね？」

皆が「なるほどー」と納得する。言われて、私も当時のことをだんだんと思い出した。

かつてこの庭は、勲男さんに招かれたときだけ遊べる特別な庭だった。それは主に春の花見と夏の流しそうめんのときで、当初子供たちは自由に遊んでいたのだが、花木を傷付けたり玉砂利を撒き散らしたりすることがあったため、私の提案で子供会議を開き、ルールを決めたのだった――木に登らないこと、ボール遊びはしないこと、小学生未満の子だけで遊ばせないこと。私はその内容を勲男さんにも説明して、了承をもらった。「お庭番」はそのとき誰か大人が面白がって私につけたあだ名だ。

「もう住人でもないのに、わざわざ遺言書に……」

複雑な表情でぽつんと呟く母と共に、私も勲男さんに対してどこか申し訳ないような気持ちになる。

私たち母娘は、母がローンを組んで購入した近所の分譲マンションへ、私が高二の夏休みに引っ越していた。引っ越した今でもココ・アパートメントへは頻繁にコハンを食べに来たり、たまに誰かの手伝いに来たりもしているが、通うのと住んでいるのとではぜんぜん違う。

――花野も大学卒業後は出て行くかもしれないし、今のうちから準備して、老後の安心を確保しておきたい
ココ・アパートメントの中で当時空室になっていた、もっと広い部屋に引っ越すという選択肢もあったのだが、母はローンを組むならなるべく早い内に、と判断したらしい。私は現時点で大学生にすらなっていないけれど、もしも漫画家デビューできたら、仕事のスペースが確保できる

部屋を、自分で借りたいとは思っている。

私が勲男さんの本当の意図にようやく気付いたのは、その日の終わり、夕陽に沈む庭を後にしたときだった。


「たまにみんなに内緒で、あの庭に忍び込んでたんですよね。そのときにタイムカプセルを埋めたんです。勲男さんはたぶんそれで私を名指ししてくれたんだと思います」

ファミレスのようにテーブルとイスがずらりと並んだ出版社の打ち合わせブースで、私は少し声を潜めた。前後のブースも埋まっていて、背後にいるのは私たちのような作家と担当編集者と思われた。

「それで工事になる前に掘り起こせってこと？」

反田《そりた》さんは目をキラキラさせて身を乗り出してくる。思った通り、この話に手応えを感じてくれた。

「たぶん。はっきりそう書いてないのは、私の判断に委ねてくれてるのかもしれないし、勲男さんが一緒に埋めたものもあるから、他人に掘り出される前に何とかしろということなのかも」

「なるほど、中身を見てみれば、意図もわかるかもしれないね」

「ちょっと機会を窺って、内緒で掘り出してこようと思います。何を入れたのかもはっきり覚えてないけど」

うっすら思い出せる断片もあるのだが、もう十年は経っているので記憶は朧だ。

「タイムカプセルってやっぱりちょっとわくわくするよね。昔はみんな土に埋めたらしいけど、私の頃はもう倉庫に保管することになってた」

「反田さんの頃でもそうなんですね！　私の小学校も保管派でした」

だからこそ、昔の卒業生たちがタイムカプセルを校庭から掘り起こすのを見て、自分も埋めてみたくなったのだ。彼らの発掘セレモニーを見たのが夏休みのプール帰りだったことも、次々と思い出した。

「ちょっと、私とハナさんは六歳しか違わないんだからね？」

反田さんは軽く眉根を寄せる。私がペンネームとして名乗っているＨＡＮＡは、元々ＳＮＳのアカウント名として使っていたものだ。

「東京は土地が限られるし、土中でケースに水が入ってダメになることが多かったから、地上で保管が増えたらしいね。今や外部の業者が保管を請け負ったり、アプリでデータ保管とか当たり前だって」

「そうなってくると、埋めたり掘り出したりのシーンがあまりいい絵にならなそうですね。ストーリーも色々仕掛けるのが難しそうな……」

言いながらも、脳内ではドーパミンがどばどばと放出されているような感覚があって、大小さまざまなアイデアが湧いて出る。私はそれをなんとか捕まえて、いろんな形を与えてみる。タイムカプセル会社の社員が主人公なら少しファンタジックな要素を入れて広がりそう。アプリならバグを起こしてデータの中身が他人のものと入れ替わる、なんてミステリー仕立てのストーリーもありかも。

「やっぱりアパートメントはネタの宝庫だったね。でもネタがよくても最後はどうストーリーに昇華させるか、生かすも殺すもハナさん次第だよ。ネームできたらすぐ連絡して。楽しみに待ってる」

「頑張ります！」

反田さんは十ヶ月前に私が漫画誌の新人賞で佳作をもらったときから担当に付いてくれている。その漫画誌はかつて憧れの山科文月先生も連載していた歴史ある雑誌で、私は中学生の頃から投稿を続けていた。

絵は正直かなり厳しいがストーリー構成に光るものがある、という編集部の選評を支えに、この春に大学進学を、というか受験した学校は全落ちだったので、浪人生として受験勉強を一旦やめ、今という時間をぜんぶ漫画に注ぎたい、と母を説得した。

——やっぱりまだ、漫研入部以外では進学すること自体に意義が見つからなくて。それより小さくてもせっかくのチャンスだから、いま飛び込んでみたい。でないと、この先どんどん言い訳を作っちゃう気がする
——まあ勉強したかったら、いつからでも遅くないことは私が体現しちゃったしね
それなりの意気込みで相談したのが拍子抜けするくらい、母からは特に反対もされず、「学生待遇で生活費はこれまで通り心配しなくていい代わりに、家事の分担を増やすこと」だけ約束した。

担当が付いた直後から毎月数本、あらゆるジャンルのネームを提出してきたが、これまで一度も反田さんの求めるクオリティに届かず、足掻《あが》いていた。そんな中で何か目新しい題材を、と育ったココ・アパートメントの話をしたら、今までで一番、反田さんの食いつきがよかった。勲男さんの七回忌と遺言書の一件があったのは、まさにそんなタイミングだったのだ。

真上に移動した太陽の光は、もう真夏の強さに近く、木陰から出ると頭のてっぺんがじりじりとする。前庭まで歩を進め、建物の中にも周りにも人の気配がないことを改めて確認する。雨戸もピタリと閉まっていた。ここは波多野さんたちＮＰＯの私有地で、もはや私はココ・アパートメントの住人でない以上、これは不法侵入だ。そのうえ勝手に土地を掘り起こすのだから、できれば誰にも見られないまま済ませたい。

鳥の囀《さえず》りや、微かな地鳴りのような虫の音《ね》、時折り柔らかに吹く風が起こす葉擦れ以外、何も聞こえない。こうして誰もいない庭の音を聞くのは、本当に久しぶりだ。勲男さんが亡くなったあと、ここは土日になれば波多野さんたちＮＰＯ関連のものだけでなく、地元の様々な団体の会合やイベントに貸し出されていたし、命日のピクニック・コハンはいつだって人でいっぱいだった。

記憶に間違いがなければ、私がタイムカプセル代わりのお菓子の缶を埋めたのは、庭の塀の際《きわ》にある、この庭ができるより前からそこに生えていたという樫の根元だ。いつだったか夜明けから間もない時間に、その幹へスポットライトのように陽が真っ直ぐ注ぐのを見たことがあって、特別な場所だと思ったのだ。

根元をぐるりと観察し、大体の見当をつけた。子供の手で一日とかけずに埋めたくらいだから、それほど深くはないはずだ。少しずつ位置をずらしながら、三つ穴を掘ったところで、シャベルの先にカチッと手応えがあった。

勢いづいて掘り進めると、透明なビニール袋に包まれた花模様の丸い缶が出てくる。母がよく仕事先でもらっていた老舗菓子店のもので、中身のクッキーはもちろん、シックでおしゃれな缶のデザインが昔から好きだった。今も家ではセロハンテープや輪ゴムなどの小物を整理するのに使っている。

その場で土を払い、少し水滴の付いたビニール袋を破る。缶の側面にはマジックで、埋めた日とその十年目にあたる去年の秋の日付が書かれている。ちょうど十年目に掘り返すつもりだったことを、すっかり忘れていた。

(勲男さんは覚えていたのかな)

反田さんの話を聞いてから、中に水が浸みていることを少し心配していたのだが、意外にも蓋の部分はビニールテープでぐるぐるに巻かれ、厳重な封がしてあった。勲男さんが手伝ってくれたのかもしれない。苦労してビニールテープを少しずつ剝がし、蓋を開いた。湿った匂いが鼻を突いた。

中の物も個別にプラスチックバッグに入れられていて、防水対策はバッチリだった。私は当時の勲男さんと自分の周到さを褒めてあげたくなる。一つ目のバッグを開けると、「ほりはなの」

と書かれた名札バッジと、花の形のペンダント、新品と思われる刺繍入りのハンカチが入っていた。

名札バッジは両親の離婚前にほんの一時期通った小学校のものだった。校舎の様子やクラスメイトのことはほとんど覚えていない。花の形に象《かたど》られたシェルの中央に淡水パールの付いたペンダントは、父がどこかの出張土産で買ってきてくれたものだ。今まで存在すら忘れていたけれど、もらったときはとても嬉しかったことを思い出す。確か宝箱に仕舞っていたはずだが、こんなところにあったなんて。そしてハンカチは父方の祖母からのプレゼントだった。淡いピンク色の地にＨ・Ｈのイニシャルと、文字に絡まるように紫色の小さな花が刺繍されている。母のいないときに必ずと言っていいほど母の悪口を言っていた祖母は、おしゃれな人ではあった。

父と堀の祖父母には、高校を卒業するときにしばらく進学を見合わせる旨をメールで報告したが、養育費に一部含むはずだった大学の学費はどうすべきか、という向こうの弁護士からの母宛の問い合わせ以外、特に反応はなかった。

両親が別居してからしばらくの間、毎月のように届く父からの手紙には、どれほど私と一緒に暮らしたいか、一人で寂しいかが綴られていた。いつも厳しかった父との落差が哀れで、私は幼いなりに罪悪感を抱いていた。大江花野となってからの母との二人暮らしは、信じられないほど楽しかったから。これらはその頃に埋めたものだ。

（お墓のつもりだったのかな）

中学に上がったくらいから、父は明らかに私への興味を失った。私が彼の望む中学受験をしなかったからかもしれないし、いつまで経っても私が見た目ほど賢い子にならなかったからかもしれない。父の理由が何であれ、私の方にも幼い頃のような罪悪感は綺麗さっぱりなく、父の態度の変化に特に落ち込むこともなかった。母に相談し、形骸化していた毎月の面会を双方合意の下で終了してもらった。以来、父とも祖父母とも、会っていない。

二つ目のプラスチックバッグの中身は縦長封筒で、表面に汚い字で「十八才の大江花野へ」と書かれてあった。途端に下顎のあたりがもだもだと落ち着かなくなる。見たいような、見たくないような。ココ・アパートメントの住人たちにタイムカプセルの存在を知らせなかったのは、こういうものを見られたくない、という思いもあった。

恐々封筒から中身を取り出して覗いてみると、自分宛の手紙に、絵が何枚か、そして「庭の七つの秘密」と題された創作ストーリーらしきものが入っていた。

さっと目を走らせただけで、「今のわたしのゆめはまんが家になることです」という一文やら、『少年捜査官・椿小路マール』のマール君の拙い絵やらが飛び込んできて、気恥ずかしさに叫びたくなる。

とりあえず「ほりはなの」の物もすべてまとめて封筒に入れ直し、バックパックの内ポケットへ折れないように仕舞い込む。自分の部屋のベッドの上で、深呼吸して眺めたい。

最後のプラスチックバッグは、たぶん勲男さんのものだ。二人で缶に入れた記憶はぼんやりあるのに、彼が何を入れたのかは完全に忘れてしまった。実際に見ていなかったのかもしれない。白い洋封筒の表面には何も書かれておらず、開けると何枚かの写真が入っていた。

「はなのちゃんか⁉」

突然背後から名前を呼ばれ、あやうく尻餅をつきそうになる。

痺れた膝の裏をさすりながら振り向くと、藍染のプルオーバーにお揃いのズボンを穿いた康子さんが、目を丸くしてクチナシの向こうの敷石の上に立っていた。

「こりゃたまげた。ほんなとこで何してんだ」

「うわー見られちゃったー」

しっかり掘った三つの穴も、土で汚れたビニールもクッキー缶も、言い訳のしようがない。諦めて木の下から出ていくと、さっきよりさらに日差しが強まっていた。

康子さんの前に立つと自然と視線が下向きになり、彼女の真っ白になった髪の間に地肌が透けているのが見える。自分が成長した年数の分だけ、彼女は細くなって縮んでいるようだ。

一昨年、康子さんはかつてパートナーだったドイツ人作家の私小説を翻訳出版して、少しだけ有名になった。同性愛がタブー視され、同性婚の法律も存在しなかった時代に、海外で女性のパートナーと暮らした珍しい経験から、たまに性的マイノリティの権利保護団体の講演に呼ばれたり、行政機関から意見を求められたりもするらしい。ファンだという若い人から高齢の人まで「きれーな女の人」が、全国津々浦々からたまに訪ねてくるとも聞いた。

あくまでパートナーからの視点とはいえ、私たちはあの本を通して、それまでまったく知らなかった康子さんの過去を垣間見た。カバーの裏側には二人が寄り添う写真が使われていて、知的な金髪の恋人も、康子さんのスタイリッシュな服装も、遠い世界のものみたいだったけど、やっぱり康子さんは康子さんだと思った。後に私のペンネームが決まったとき、「いい名前だべ」と堂々と惚気《のろけ》る、新たな一面も知ったけれども。

「勲男さんが庭のことで私の名前を遺言に書いてくれてたでしょ。あれ、むかし私があそこにタイムカプセルを埋めてたからだったんだよ。思い出して、掘り返しに来た」

康子さんは背後の樫の木を見上げ、私が示した穴と缶を見て、はぁーと感心したように大きなため息をつく。

「何を埋めたんだべ？」

「十年後の自分に宛てた手紙とか絵とか色々——勲男さんが入れたのはこれ」

私は康子さんに、封筒に入っていた写真を見せた。それはたぶん毎年の流しそうめんの会の集合写真で、全部で六枚あった。一番新しい日付のものには、この庭を背景に、勲男さんも康子さんも私も写っている。私たち母娘が入居した年の夏のものだ。

「ああ、なつかしいな」

康子さんがその一番新しい写真を裏返すと、真ん中に達筆で「隣人たちと、」と書かれていた。末尾は読点に見えるが句点かもしれない。それとも書きかけのまま入れてしまったのだろうか。だとしたら、勲男さんはこの先に何を書こうとしたのだろう——十年後の自分に、あるいは私に向けて？

「工事が入ると、今年はここで流しそうめんは無理かな」

「んだな。まあ中庭使えばいい。また夏にチェンシーさんや賢斗くんも日本に来るって言うし、義徳さんたちも帰ってきたら、流しそうめんは外せないべ」

中国へ帰国したチェンシーさん、アメリカの大学院にいる賢斗くん、転勤で今は名古屋に住んでいる義徳さん父子は皆、夏休みになるとアパートメントへ〝帰省〟する。義徳さんたちが住んでいた部屋には今では由美子さんが暮らしていて、父子が東京へ帰ってくるときはそこに泊まるのだ。身長一八五センチと、あまりにも成長し過ぎた大我は「いい加減狭いから、俺だけでもゲストルームに泊まりたい」と言っていた。

出て行った人の後には新しい人が来て、出て行った人も私のようにたまに戻ってきて、一方で康子さんたちのように、ずっとここに暮らす人がいて、ここで生まれた人も、亡くなった人も、なんとなく隣同士暮らしながら、ココ・アパートメントは続いていく。

康子さんは目を細めてぐるりと庭を見渡す。この風景を名残り惜しんでいるのだろう。勲男さんの次にこの庭で長く過ごしたのは康子さんで、たぶん私は三番目くらい。

私はこの庭の、写真や動画には映らない風の音や緑の匂いや空気そのものを、なんとか脳裏に焼き付けようとする。どんな漫画が描けるかまだわからないけれど、それぞれの人の記憶の中にある光景を、少しでも捉えられたらいいと思う。

また十年経っても思い出せるように。私たちが忘れても、誰かが覚えていられるように。そして十年後ここの隣で暮らす誰かにも、また届くように。

「お茶でも飲むか。りんご剝くよ」

「わーい、ご馳走になります！」

私は急いで掘り返した土を埋め戻し、もう一度康子さんと一緒にぐるりと庭を見渡すと、木々の向こうに覗くココ・アパートメントを、懐かしさと新鮮さの入り混じった気持ちで見上げた。

本書は「小説推理」二〇二三年十二月号～二〇二四年六月号（二〇二四年五月号除く）
に掲載された作品を加筆修正したものです

白尾 悠●しらお はるか

神奈川県生まれ。アメリカの大学を卒業後、日本で外資系映画関連会社勤務などを経て、フリーのデジタルコンテンツ・プロデューサー、マーケター。2017年「アクロス・ザ・ユニバース」で「女による女のためのR-18文学賞」大賞と読者賞をW受賞。著書に、受賞作を含む『いまは、空しか見えない』や、『サード・キッチン』『ゴールドサンセット』がある。

隣人《りんじん》のうたはうるさくて、
ときどきやさしい

2024年11月23日　第1刷発行
2025年 1月15日　第2刷発行

著　者——白尾 悠

発行者——箕浦克史

発行所——株式会社双葉社
東京都新宿区東五軒町3-28　郵便番号162-8540
電話03(5261)4818〔営業部〕
03(5261)4831〔編集部〕
http://www.futabasha.co.jp/
(双葉社の書籍・コミック・ムックが買えます)

DTP製版——株式会社ビーワークス

印刷所——大日本印刷株式会社

製本所——株式会社若林製本工場

カバー印刷——株式会社大熊整美堂

落丁・乱丁の場合は送料双葉社負担でお取り替えいたします。
「製作部」あてにお送りください。
ただし、古書店で購入したものについてはお取り替えできません。
［電話］03-5261-4822（製作部）

定価はカバーに表示してあります。

ISBN978-4-575-24776-3 C0093

好評既刊

少女マクベス

降田 天

演劇女子学校で学内一の天才と謳われていた、劇作家志望の設楽了。ある日、了は舞台から転落死する。事故死とみなされたが、「死の真相を調べに来た」と宣言する新入生が現れた。演劇を愛する生徒たちの眩く鮮烈な学園ミステリー。

好評既刊

産婆のタネ

中島 要

札差の娘、お亀久はかどわかしに遭って以来、男と血を恐れ、家から出られなくなった。そんな様子を見かねた母親は「産婆の神様」と呼ばれるお夕ネのもとに連れていく。産婆見習いとなったお亀久。いつの時代も、自分らしくありたいと願う女性を応援する物語。